AF203314

Rowohlt Verlag GmbH, Kirchenallee 19, 20099 Hamburg

Kontaktadresse nach EU-Produktsicherheitsverordnung:
produktsicherheit@rowohlt.de

Roman Rausch, 1961 in Würzburg geboren, arbeitete nach dem Studium der Betriebswirtschaft im Medienbereich und als Journalist. Für seine Trilogie um den Kommissar Johannes Kilian wurde er 2002 auf der Leipziger Buchmesse mit dem Books on Demand AutorenAward ausgezeichnet. Heute lebt er als Autor und Schreibcoach in Berlin und Würzburg.

Mehr über den Autor und sein Werk:
www.Roman-Rausch.de

Aus der Reihe um den Würzburger Kommissar Kilian und seinen Kollegen Heinlein sind bereits erschienen: «Tiepolos Fehler» (rororo 23486), «Wolfs Brut» (rororo 23651), «Die Zeit ist nahe» (rororo 23837), «Der Gesang der Hölle» (rororo 23890), «Der Bastard» (mit Blanka Stipetic, rororo 24495) und «Das Mordkreuz» (rororo 24763). Aus der Reihe um den Hamburger Profiler Balthasar Levy liegen weiterhin vor: «Und ewig seid ihr mein» (rororo 24106), «Code Freebird» (rororo 24395) sowie «Weiß wie der Tod» (rororo 24604). 2009 erschien der ebenfalls in Würzburg angesiedelte historische Roman «Das Caffeehaus» (rororo 24977).

«270 Seiten Spannung.» (ZDF über *Tiepolos Fehler*)

Roman Rausch

Die Seilschaft

Kommissar Kilians siebter Fall

Rowohlt Taschenbuch Verlag

Dieser Roman ist frei erfunden. Ähnlichkeiten mit lebenden oder verstorbenen Personen wären zufällig und sind nicht beabsichtigt. Die verwendeten Ortsnamen, Werke, Gruppierungen und alle sonstigen Bezeichnungen stehen in keinem tatsächlichen Zusammenhang mit dem Roman.

4. Auflage April 2021
Originalausgabe
Veröffentlicht im Rowohlt Taschenbuch Verlag,
Reinbek bei Hamburg, September 2010
Copyright © 2010 by Rowohlt Verlag GmbH,
Reinbek bei Hamburg
Redaktion Andreas Feßer
Umschlaggestaltung any.way, Cathrin Günther
(Foto: © mauritius images/imagebroker)
Satz Aldus PostScript (InDesign) bei
Pinkuin Satz und Datentechnik, Berlin
Druck und Bindung BoD - Books on Demand GmbH,
Norderstedt, Germany
ISBN 978 3 499 25332 4

Die Partei hat uns alles gegeben,
Sonne und Wind, und sie geizte nie.
Wo sie war, war das Leben,
Was wir sind, sind wir durch sie.
Sie hat uns niemals verlassen,
Fror auch die Welt, uns war warm.
Uns schützt die Mutter der Massen,
Uns trägt ihr mächtiger Arm.

LOUIS FÜRNBERG, LIED DER PARTEI

Es herrscht eine Atmosphäre «der Angst, der Unterdrückung
und der Drohungen» in der Partei.

KURT TAUBMANN

Ich habe einen typischen Frauenfehler gemacht.

UTE VOGT

Prolog

*Angesichts des Trümmerfeldes, zu dem eine Staats- und Gesell-
schaftsordnung ohne Gott, ohne Gewissen und ohne Achtung
vor der Würde des Menschen die Überlebenden des zweiten
Weltkrieges geführt hat, in dem festen Entschlusse, den kommenden deutschen Geschlechtern die Segnungen des Friedens,
der Menschlichkeit und des Rechts dauernd zu sichern, gibt
sich das bayerische Volk, eingedenk seiner mehr als tausend-
jährigen Geschichte, nachstehende demokratische Verfassung.*

PRÄAMBEL DER BAYERISCHEN VERFASSUNG

1

«Gelobt sei Jesus Christus», sprach der Priester und schlug das Kreuzzeichen.

«Im Namen des Vaters und des Sohnes und des Heiligen Geistes. Amen», antwortete die Frau. Sie bekreuzigte sich ebenfalls.

Es war dunkel und stickig in diesem engen Beichtstuhl aus dem vierzehnten Jahrhundert. Könige und Bettler hatten hier ihre Sünden einem barmherzigen Gott gebeichtet, lange bevor die Partei von ihrem gottesfürchtigen Weg abkam und die Hoffnungen ihrer Wähler dem Eigennutz opferte.

Der Knieschemel war hart und ungepolstert. Der bußfertige Sünder sollte spüren, dass Schmerz einer Lossprechung vorausging.

Die Frau ließ ihr Gesicht nicht erkennen. Wie es die Frauen – oder um im Sprachgebrauch des Volkes und des Glaubens zu bleiben –, wie es die Weiber seit jeher taten, hatte sie ihr Haupt mit einem Tuch bedeckt. Es schützte sie vor den neugierigen Blicken der Kirchgänger wie auch des Beichtvaters, sofern er doch einmal in das Gesicht einer Mörderin, Betrügerin oder Ehebrecherin sehen wollte.

Auf den sonst üblichen Bibelvers oder das einleitende Gebet verzichtete er an diesem Tag. Er musste sich ranhalten, es ging auf die Mittagszeit zu, und er hatte seit dem Frühstück nichts mehr zu sich genommen.

«Gott, der unser Herz erleuchtet, schenke dir wahre Erkenntnis deiner Sünden und seiner Barmherzigkeit.» Er räusperte sich. «Was führt dich zu mir?»

Die Frau wusste um den vorgeschriebenen Ablauf. Sie hielt ihr Haupt gesenkt und ihre Hände gefaltet – äußere Zeichen der wahrhaften Bereitschaft zur Besserung.

«Ich möchte in Demut und Reue meine Sünden bekennen.»

Der Priester nickte zustimmend. Er rückte mit seinem Kopf näher an das kleine Gitter heran, das den Beichtenden vom Beichtvater trennte.

«Welche Sünden hast du begangen?»

«Ich habe die Unwahrheit gesprochen», flüsterte die Frau. «Ich habe geflucht und damit den Namen unseres Herrn beschmutzt.»

Sie hielt inne.

«Waren das alle deine Sünden?», fragte der Priester.

«Ich hatte auch unkeusche Gedanken.»

Wieder stockte sie.

«Sprich weiter. Noch etwas?», forderte er.

«Ich … ich bin sehr zornig gewesen», antwortete sie mit zitternder Stimme. Ihr bisher demütiger Blick ins Dunkel des Beichtstuhls hob sich und überwand das kleine Gitter. «So zornig wie noch nie in meinem Leben zuvor.»

Der Priester bedeutete ihr, leiser zu sprechen.

«Was war der Grund deines Zorns?»

«Diese gottlose Brut», zischte sie, «sie haben den Namen des Herrn entehrt.»

Er schien zu wissen, wer damit gemeint war, und seufzte.

«Was haben sie denn nun wieder getan?»

«Sie geben seinen Namen für den ihren aus und besudeln ihn damit.»

«Werde deutlicher. Was meinst du genau damit?»

Die Frau atmete tief ein, als gelte es, eine lange Liste von Verfehlungen vorzutragen.

«Da ist einer, er hat zu Hause Frau und Kind, und dennoch

legt er sich zu einer anderen ins Bett. Jeder weiß davon, aber keiner unternimmt etwas dagegen. Statt ihn aus dem Amt zu jagen, preisen sie ihn als ihren neuen Anführer.»

«Ich habe davon gehört.»

«Ein anderer lügt, betrügt und stiehlt, als gäbe es keine Strafe für ihn. Und tatsächlich: Der Richter lässt ihn ungeschoren davonkommen. Er sagt, die Beweise reichten nicht aus, um ihn zu verurteilen. Dabei liegen sie offen auf der Hand.»

«Ich verstehe gut, was du meinst.»

Sie seufzte. «Diese Welt ist aus den Fugen geraten. Ich erkenne sie nicht wieder, und ich weiß nicht, wie ich mich darin noch zurechtfinden kann. Ehrwürdiger Vater, ich bin ein Kind unseres allmächtigen Herrn, und ich bemühe mich stets, seinen Geboten zu folgen, aber diese Scheinheiligkeit und Dreistigkeit, mit der sie sündigen, ist nicht länger zu ertragen. Ich fürchte, ich werde noch verrückt darüber, wenn ihnen nicht bald Einhalt geboten wird.»

Der Priester nickte. «Der Zorn ist eine große Sünde. Er lässt uns Menschen schreckliche Dinge tun.»

Er hielt kurz inne, besann sich dann eines Besseren.

«Sorge dich nicht länger, denn es gibt da noch einen anderen Zorn. Einen, den der Herr nicht als Sünde sieht. Es ist ein gerechter Zorn, der durch begangenes Unrecht erzeugt worden ist. In den Schriften heißt es dazu, dass man dem Bösen nicht freien Lauf lassen darf. Das Böse zu bekämpfen ist die Aufgabe jedes guten Christenmenschen. Dein gerechter Zorn ist gar ein heiliger, wenn du dich gegen die Missachtung der Gebote unseres Herrn stellst, so wie es Jesus getan hat, als er die Händler aus dem Tempel seines Vaters vertrieben und sich gegen die verlogenen Pharisäer gestellt hat.»

«Aber das war Christus. Wie kann ich mich mit ihm vergleichen?»

«Er ist unser aller Vorbild. Wahres Christsein bedeutet

nicht Schwäche oder Tatenlosigkeit, sondern Kraft, sich gegen das Böse und die Sündiger zur Wehr zu setzen.»

Ein zufriedenes Seufzen, Zeichen ihrer Erleichterung.

«Ich danke Euch. Ihr habt eine große Last von mir genommen.»

Er nickte. «Hast du noch etwas zu beichten?»

«Nein, Vater. Das war alles.»

«Willst du nun bereuen?»

«Ja, Vater. Ich bereue, dass ich Böses getan und Gutes unterlassen habe. Erbarme dich meiner, o Herr.»

Der Priester nahm ihre Bitte als Zeichen der Reue entgegen und sprach sie von allen begangenen Sünden los.

«Nun geh hin in Frieden und sei ein starker Christenmensch. Bete zehn *Gegrüßest seist du, Maria* zu unserer heiligen Mutter Maria als Buße für deine Sünden.»

Er schlug das Kreuzzeichen.

Sie erwiderte es, blieb aber auf dem harten Betschemel knien.

«Ist noch etwas?», fragte er.

Sie blickte auf. «Ja, Bruder Vinzenz. Was gibt es Neues?»

2

«Herrschaftszeiten!»

Werner Schwerdt beugte sich über die Zeitung. Die Rede des Kreisvorsitzenden interessierte ihn in diesem Moment keinen Deut mehr.

Es war nicht zu fassen: Woher hatte dieser Schmierfink nur das Foto? Es zeigte ihn mit zerzaustem Haar, übernächtigt und verkatert beim Verlassen der Wohnung, von der eigentlich niemand wissen durfte. Sein Büroleiter hatte sie auf den Namen einer entfernten Cousine gemietet – einer unwiderstehlich süßen Studentin der Kunstgeschichte. Somit konnte niemand eine Verbindung zu ihm herstellen.

Schon bei der Schlüsselübergabe hatte es ihn in den Fingern gejuckt. Der Körper dieses jungen Dings machte jeden noch so guten Vorsatz zunichte. Aber nein, hatte er sich gesagt, die Verwandtschaft von Mitarbeitern bleibt tabu. Daran gab es nichts zu deuteln.

Nach einer Weile fragte er sich dann doch: Zu welchem Zweck sollte der Herr so wunderbare Früchte erschaffen, als dass man sie nicht pflücken dürfte? Reinste Verschwendung.

Eine reife Pflaume wollte vom Ast genommen werden. Das war schließlich ein Naturgesetz, von Gott gegeben.

Und bei allen guten Geistern, die Kleine war reif.

Anfänglich etwas spröde – das musste in der Familie liegen –, aber bei der Aussicht, was er noch für sie tun könnte und welche Möglichkeiten er ihr eröffnen würde, ließ sie alle Bedenken fahren und gab sich ihm hin.

Genau so liebte er sie. Weigerung und Hingabe. Er kannte die Menschen, und vor allem die Frauen, gut. Sie waren zu allem bereit, wenn die Belohnung stimmte. Ein weiteres Naturgesetz, das mit Eva, der Schlange und dem Apfel Eingang in die menschliche Existenz gefunden hatte.

Nicht umsonst war er zum Generalsekretär der Partei ernannt worden. Er wusste, wie die Dinge funktionierten. *Gibst du mir, gebe ich dir.* Das war das schlichte Geheimnis von dreißigtausend Jahren Menschheitsgeschichte. Mit ihm wurden Königreiche erschaffen und wieder niedergerissen. Es gab keinen Grund, etwas daran zu ändern. Der Handel lag den Menschen im Blut, er machte sie zu dem, was sie in seinen Augen eigentlich waren: rückgratlose Opportunisten, die für den eigenen Vorteil ihre Mutter verkauften, sofern – und das war das Entscheidende – der Preis stimmte. Die Kunst dabei war, den Preis so gering wie möglich zu halten und den Partner an sich zu binden. In dieser Disziplin war er Meister geworden. Vorschriften und Regeln interessierten ihn nicht. Das war etwas für Erbsenzähler und Idealisten.

Er hingegen stand darüber, er machte die Gesetze.

Doch dieses Foto hier war eindeutig zu viel. Es verstieß auf beleidigende Art und Weise gegen den Ehrenkodex, den er und seine Parteifreunde mit der Presse geschlossen hatten.

Keine kompromittierenden Fotos im Wahlkampf.

Sein Blick schweifte zur Bildunterzeile. Der Fotograf war nicht namentlich genannt. Offenbar wieder einer dieser schmierigen Paparazzi, die nichts anderes zu tun hatten, als ehrbaren Bürgern nachzustellen. Wenn er nur einen dieser Halunken zu fassen bekäme, am besten nachts auf einer Brücke oder in einer dunklen Seitengasse. Er würde keinen Augenblick zögern.

Der Autor des Artikels war eine Frau. Sonja Lindström. Er hatte noch nie von ihr gehört.

«Kennst du die?», fragte er seinen Wahlkampfmanager, der neben ihm im großen Rund des Kaisersaals der Residenz zu Würzburg saß.

Der verneinte. «Muss eine Neue sein.»

«Überprüf sie. Ich will wissen, wer sie ist, und vor allem, wie sie zu dem Foto gekommen ist.»

Ein flüchtiges Grinsen huschte über die Lippen des Wahlkampfmanagers. Dem Generalsekretär entging es nicht.

«Du bist der Letzte», zischte er ihn an, «der hier etwas zu grinsen hat. Wie kommt das Foto überhaupt in die Zeitung? Noch so ein Mist, und du kannst wieder Wahlplakate kleben.»

«Das ist das Blatt der anderen», wehrte er sich. «Wir haben kein Druckmittel, um es zu verhindern.»

«Dann streng den letzten Rest deines kümmerlichen Hirns an. Werbeanzeigen zurückziehen kann jeder Anfänger. Finde die Schwachstelle und nutze sie.»

Am liebsten hätte er ihm das Schmierblatt um die Ohren gehauen. Wie sollte man mit solchen Stümpern einen Wahlkampf gewinnen?

Dieses eine Foto konnte ihm alles kosten. Es traf ihn an seiner einzig verwundbaren Stelle – seinem Privatleben. Wieso ließen sie ihn nicht sein Leben führen, wie er es sich vorstellte? Schrieb er es denn anderen vor?

Sicher nicht. Nun, bis auf ein paar Kleinigkeiten vielleicht, die in das Verständnis der Partei von Familie, Ordnung und Moral passten. Ansonsten konnte jeder tun und lassen, was er wollte. Und jetzt diese Machtlosigkeit – mit ansehen zu müssen, wie jeder x-beliebige Praktikant seine heimtückischen Fotos in Zeitungen veröffentlichen durfte.

Es war die gleiche Machtlosigkeit, die er alle vier Jahre verspürte, wenn er sich jedem dahergelaufenen Schnösel anbiedern musste, damit er ihm seine Stimme gab. Sosehr er auch die Idee von Demokratie liebte, das Volk war ein verdammter

Unsicherheitsfaktor. Seine Macht zu begrenzen war für einen Politiker die einzig sinnvolle Schlussfolgerung.

Dieses Foto. Im Hintergrund war ein Schatten am Fenster zu sehen. Es war der von Charlotte.

Er hatte sie bei der alljährlichen Starkbierprobe auf dem Nockherberg mit anschließendem Politiker-Derblecken kennengelernt. Charlotte, die liebenswerte Gattin des Gegenkandidaten, war eine harte Nuss gewesen. Eifrig und züchtig stand sie ihrem Gatten zur Seite, und selbst die derbste Spitze gegen ihren politisch nicht immer glücklich agierenden Mann nahm sie mit offensichtlicher Heiterkeit.

Erst im Bett hatte sie ihm gestanden, dass sie vor Scham am liebsten in den Boden versunken wäre. Er sei ein aufgeblasener Wichtigtuer, der, außer dumm daherzureden, nichts auf die Reihe brachte. Sie hasste ihn mit jeder Faser ihres Körpers, genauso, wie sie ihn nun mit aller Leidenschaft betrog.

Das war der leichte Teil der Verführung gewesen.

Der schwere war, die vielen kleinen, aber auch großen Geheimnisse über den politischen Gegner zu erfahren. Es gelang ihm mit dem Versprechen, sie zu heiraten, sobald die Wahl entschieden war. So lange sollte sie für den Ehemann lächeln und für den Liebhaber die Ohren offenhalten. Um alles Weitere würde er sich kümmern.

Der Plan war so weit aufgegangen.

Und nun das. Wenn die Medien erführen, wer sich hinter dem Vorhang verborgen gehalten hatte, dann würde die Stimmung kippen. Er wäre dann nicht länger der Wahrer von Recht und Moral im Freistaat, sondern nur noch ein schändlicher Hurenbock, der nicht die Finger von anständigen Frauen lassen konnte. Sein Gegenkandidat wäre damit der bedauernswerte, gehörnte Ehemann, dem man nun mit dem Wahlzettel über die erlittene Schmach hinweghelfen musste.

Das war eine gefährliche und beängstigende Situation.

Eine Frau konnte alles zerstören.

Sowohl die Reporterin Sonja Lindström als auch die von den Medien bloßgestellte Ehebrecherin Charlotte, die als reumütige Sünderin letztlich alles gestehen und an die Seite ihres betrogenen Ehemanns zurückkehren würde.

Und sofern er nicht den letzten Rest politischen Kalküls in Selbstmitleid und Alkohol ertränkt hatte, würde er sie – wenn auch gekränkt – schließlich doch wieder in die Familie aufnehmen.

Die Vergebung war eine zutiefst christliche Tugend im Freistaat, und sie würde dem eigentlichen Verlierer den nicht mehr für möglich gehaltenen Sieg bringen.

Welch eine Schmierenkomödie. Es wurde ihm ganz schlecht bei dem Gedanken.

Er brauchte unbedingt etwas zu trinken. Auf dem Tisch standen Wasserflaschen, Säfte, Kaffee und Tee. Nein, nicht dieses fade Zeug. Die Würzburger rühmten sich doch für ihren Frankenwein. Er zitierte einen Kellner herbei und flüsterte ihm die Bestellung ins Ohr. Es sollte ein heller Wein in einem unauffälligen Glas sein, der sich farblich kaum von Wasser unterschied.

Als er sich jedoch in der Runde umblickte, fragte er sich, ob diese Vorsichtsmaßnahme nötig war.

Diese feisten Gesichter auf den dicken Hälsen achteten nicht auf ihn. Sie waren ganz mit sich und ihren leeren Reden beschäftigt.

Eine klare Wertordnung, *Heimat für alle Bevölkerungsschichten* und *Kraft der Zukunft*, so ging es von Mund zu Mund.

Glaubt ihr das wirklich?

Nein, das tut ihr nicht. Genauso wenig wie ich daran glaube oder jeder andere Mensch, der halbwegs seinen Verstand beisammen hat. Aber wir wissen alle, dass die Wähler eher eine schöne Lüge hören wollen als die unbequeme Wahrheit.

Auch das war ein Naturgesetz, und damit schloss sich der Kreis.

«… wie Werner schon bei seiner Rede in Vilshofen gesagt hat.»

Mit Werner war er gemeint – Shootingstar Werner Schwerdt. Hoffnungsträger der Partei, die sich nach einer Reihe von Skandalen, galoppierendem Vertrauensverlust und Abstrafung durch das Wahlvolk am Rande des politischen Ruins befand. Die Mehrheit war seit den letzten Wahlen dahin und die Zwangsjacke Koalition eine Zumutung.

Werner Schwerdt sollte nun den Karren aus dem Dreck ziehen. Er war der Mann der Umfragen. Sie bescheinigten ihm, das neue Gesicht der Partei zu sein – jung, zeitgemäß und begeisternd. Ein Spiegel der neuen Wähler- und Bevölkerungsschichten.

Bei der Nennung seines Namens nickte er zustimmend, heuchelte Begeisterung und lächelte selbst der Frauenfront auffordernd zu, die ihm direkt gegenübersaß.

Politik von Frauen, für Frauen und vor allem mit Frauen.

Um Himmels willen, wenn das der Alte hören müsste, er würde sich im Grab angewidert umdrehen. Diese Frauen hatten ihren naturgegebenen Platz verlassen.

Schwerdt seufzte. Wo blieb der Wein, den er bestellt hatte? Er schaute sich um. Weit und breit war niemand in Sicht außer dieser unerhört attraktiven jungen Frau, die mit kurzem Rock und sündhaft langen Beinen gerade den Kaisersaal betrat. Sie trug ein silbernes Tablett mit einem Glas darauf in den Händen und hielt genau auf ihn zu.

Durst war nicht das erste Gefühl, das ihn dabei überkam.

«Ihr Wasser, Herr Schwerdt», flüsterte sie und beugte sich zu ihm herab.

Sein Blick fiel auf ihre Bluse. Es war alles da, wofür sich das Risiko lohnen würde.

«Wie ist dein Name, schönes Kind?», fragte er.

Er liebte es, den Erwachsenen zu spielen, den reifen und erfahrenen Mann. Wenn sie darauf einging, war der Handel perfekt.

«Petra», antwortete sie. «Ich bin in der Ortsgruppe aktiv.»

Das war perfekt, nein, es war mehr als das, das war phänomenal. Sie war eine Nachwuchspolitikerin aus den eigenen Reihen, die in ihm den Macher, den Befehlshaber aller Parteisoldaten sah.

Er musste unweigerlich schmunzeln.

Wieso war es nicht immer so einfach …

«Lass uns in der Pause reden», sagte er. «Ich möchte noch etwas mit dir besprechen.»

Petra nickte. «Gerne, Herr Generalsekretär.» Dann zog sie sich zurück, leise und graziös.

Als sie den Saal verlassen hatte, wusste Schwerdt, dass dieses fade Wochenende doch noch einen versöhnlichen Abschluss finden würde.

Von gegenüber beobachtete ihn eine Frau. In ihrem Blick waren Abscheu und Hass vereint, sie hatte sich in Schwerdt nicht getäuscht. Er war genau das, was man ihm nachsagte. Ein verdammter Hurenbock. Sie versuchte den Widerwillen zu verdrängen und besann sich wieder auf ihre Professionalität.

Schwerdt war so leicht berechenbar.

Wenn es doch immer so einfach wäre.

3

Kriminalhauptkommissar Johannes Kilian erbrach sich am Rand eines Trimm-dich-Pfads im Gramschatzer Wald. Die Anfälle von Übelkeit mit darauffolgendem Erbrechen kamen zwar nicht mehr so häufig wie in den vergangenen Wochen, nachdem er das Krankenhaus verlassen hatte, aber sie waren noch immer Bestandteil eines gewöhnlichen Tags.

«Das Magnesium schleicht sich nur langsam aus dem Körper», hatte ihm der Oberarzt verkündet. «Viel frische Luft und moderate Bewegung sollten Ihnen bald wieder ein halbwegs normales Leben ermöglichen. Ob Sie aber wieder der werden, der sie vor dem Unfall waren, kann ich Ihnen nicht versprechen. Dafür hat Ihr Körper zu viel einstecken müssen.»

Wie recht der Quacksalber hatte, dachte Kilian. Ein neuer Schwall kündigte sich an.

Nie im Leben zuvor hatte er sich so elend gefühlt. Manchmal dachte er, er wäre lieber gestorben, als dieses Martyrium noch einen Tag länger ertragen zu müssen.

«Es ist ohnehin ein Wunder, dass Sie das Feuer überlebt haben. Das Magnesium hat sich wie Säure durch Kleidung, Haut und Fleisch gefressen. Eigentlich habe ich nicht mehr damit gerechnet, dass wir Sie noch retten können. Zwischen das Magnesium und Ihre Leber passte kein Blatt Papier mehr. Danken Sie Ihrem Schutzengel.»

Dann hatte er Kilian aufmunternd auf die Schulter geklopft, als rede er mit einem Halbwüchsigen.

«Lassen Sie es in der nächsten Zeit etwas langsamer angehen, und denken Sie daran: Nichts übertreiben. Der Erfolg kommt in kleinen Schritten. Also bis zum nächsten Mal.»

Kilian wischte sich den Speichel vom Mund. Von wegen, sagte er sich, so schnell wirst du mich nicht mehr zu Gesicht bekommen.

Drei Monate andauernder Schmerz hatten eine überraschende Allergie gegen Menschen in weißen Kitteln ausgelöst. Wenn er seine Medikamente in der Apotheke abholte, erzeugte der Weißkittel vor ihm ein Unwohlsein, zuweilen ein leichtes Zittern. Es schien ihm unvorstellbar, je wieder ein Krankenhaus zu betreten.

Kilian richtete sich auf. Im Moment hatten er ein anderes Problem. Wo zum Teufel war er? Die Bäume sahen alle gleich aus. Nirgends ein Hinweisschild. Er hatte nicht den blassesten Schimmer, in welche Richtung er musste. Das Magnesium steckte in seinem Körper und sorgte dafür, dass er stellenweise hilflos wie ein Kind war.

So lief er einfach los. Die Wunde an seiner Leber schmerzte bei jedem Schritt. Sie war passabel verheilt, das Hautimplantat hielt zusammen, was es konnte, aber für richtigen Sport war es noch zu früh.

Kilian hielt sich die Wunde und trabte weiter. Langsam, und vor allem nicht hinfallen, hieß die Devise. Das hätte alles zunichtegemacht.

Gerade jetzt konnte er sich einen weiteren Krankenhausaufenthalt nicht erlauben. Seine Freundin Pia war im neunten Monat schwanger, der Geburtstermin in wenigen Tagen. Bis dahin durfte nichts mehr passieren. Wenn Pia niederkam, wollte er an ihrer Seite sein und den Neuankömmling in die Arme schließen. Das war das Ziel, auf das er hinarbeitete.

Drei Anhöhen und zwei Zwangspausen weiter meinte er, Polizeifahrzeuge zwischen den Bäumen zu erkennen.

Was machen die denn hier draußen?, fragte er sich. Außer

Hasen und Rehen, gab es in diesem dichten Wald nichts zu entdecken beziehungsweise zu verfolgen. Er seufzte erleichtert. Sie würden ihn zumindest in die Zivilisation zurückbringen.

Als er sich den Einsatzfahrzeugen näherte, sah er eine Waldhütte. Wusste man nicht, dass es sie an dieser Stelle gab, niemand würde sie finden.

Auf den letzten Metern musste er dichtes Unterholz überwinden. Absperrband und Einsatzfahrzeuge wären nicht nötig gewesen, hier gab es keine Neugierigen.

«Was macht ihr denn hier draußen?», fragte Kilian den erstbesten Kollegen.

«Kilian?», antwortete er. «Gute Frage. Was machst du hier?»

«Hab mich verlaufen. Ein Glück, dass ich euch gefunden habe.» Er hielt sich die Seite. Den Weg durchs Unterholz hätte er sich besser erspart.

«Ist was mit dir?» Er wollte ihm zu Hilfe kommen, doch Kilian wehrte ab.

«Schon okay. Ich bin noch nicht ganz auf der Höhe.»

«Kein Wunder, bei dem, was du erlebt hast. Ich war damals am Einsatzort dabei, und ehrlich, ich dachte nicht, dass ihr da lebend wieder rauskommt. Ihr müsst einen guten Schutzengel haben.»

Mit *ihr* meinte er ihn und seinen Kollegen Schorsch Heinlein. Der hatte mehr Glück gehabt als Kilian, da er dem sich rasant entzündenden Magnesium nicht zu nahe gekommen war. Das gleißende Licht hatte ihn zwar für ein paar Tage geblendet, aber ansonsten war er heil aus der Sache rausgekommen.

Tag für Tag, Woche um Woche war Heinlein an sein Krankenbett gekommen, hatte stundenlang dort gesessen und mit ihm die Schmerzen ertragen. Manchmal war es ihm vorgekommen, als hätte Heinlein geweint – leise, bitter und vorwurfsvoll. So hatte er ihn noch nie erlebt. Was war nur mit ihm geschehen? Er hatte ihn nie danach gefragt.

«Was ist passiert?», fragte Kilian und deutete auf die Hütte.

Schuler winkte angewidert ab. «Irgend so ein Psychomist. Die Leiche ist völlig skelettiert. Muss wohl schon länger hier liegen. War ein Festmahl für die Ratten und das Geziefer. Kein Stück Haut haben sie übrig gelassen.»

«Wer ist an dem Fall dran?»

«Der Schorsch natürlich.»

Kilian wandte sich ab, um die Hütte zu betreten. Schuler hielt ihn zurück.

«Warte, Kilian.» Er seufzte. «Sei vorsichtig, was du sagst. Der Schorsch ist nicht gut drauf.»

«Was meinst du?»

Statt einer Antwort, erhielt er ein eindeutiges Zeichen. *Irgendwie plemplem.*

Er würde damit klarkommen, versicherte er und öffnete die Tür. Auf den ersten Blick war alles so wie immer. Ein ganz normaler Tatort – viel zu viele Menschen in einem winzigen Raum, die alle nach den Tatumständen forschten und dabei Spuren verwischten.

Die Kollegen vom Erkennungsdienst in ihren weißen Overalls lösten einen ersten Schub Unwohlsein aus. Er mied den Kontakt mit ihnen. Drüben auf der Eckbank befragte der Kollege Schneider vermutlich den Besitzer der Hütte.

Aus dem Durchgang zu einem hinteren Zimmer hörte er eine vertraute Stimme. War das etwa Pia, seine hochschwangere Freundin? Wenn sie es in ihrem Zustand erneut gewagt hatte, einen Tatort aufzusuchen, dann gab es Ärger.

Über eine Badewanne gebeugt fand er sie vor. Ihr dicker Bauch hielt sie davon ab, der Leiche noch näher zu kommen.

Welche Leiche?, fragte er sich im selben Augenblick. Er sah

nur eine bis zum Rand gefüllte Badewanne, die einen seltsam seifigen Geruch verströmte.

Neben Pia stand Heinlein, die Hände über der Brust verschränkt und sichtbar verstimmt.

«Das darf doch nicht wahr sein», polterte Kilian, als er den kleinen Raum betrat. «Hatten wir nicht vereinbart, dass du bis auf weiteres Tatorten fernbleibst?»

Pia reagierte nicht darauf. Heinlein hingegen zeigte sich von Kilians unerwartetem Erscheinen überrascht. Er pflichtete ihm dennoch bei. «Ich hab's ihr gesagt. Aber sie will einfach nicht auf mich hören.»

«Stellt euch nicht so an», antwortete Pia, die ahnte, dass sie jetzt Ärger erwartete. «Frauen wissen, wann es so weit ist. Aber was machst du überhaupt hier?»

Kilian ging nicht darauf ein. «Wieso hat Karl das nicht übernommen?»

«Karl ist im Urlaub», erwiderte Heinlein.

«Dann holt euch Verstärkung aus Nürnberg. Das darf doch nicht wahr sein. Eine hochschwangere Frau quer durch den Wald schleppen und sie an einer mit Ungeziefer verseuchten Leiche arbeiten lassen.»

Von einer Leiche konnte jedoch nicht die Rede sein. Die Badewanne war bis zum Rand mit einer trüben Flüssigkeit gefüllt. Was sich darin befand, entzog sich dem Auge.

Pia erhob sich. «Haltet mal beide die Luft an!»

Sie stützte die Hände in die Seite und streckte den Rücken, sodass ihr Bauch nun richtig hervorquoll.

«Kinderkriegen ist und bleibt Frauensache. Ihr Kerle könnt so lange auf ein Bier gehen, so wie ihr es immer macht, wenn Arbeit ansteht. Habt ihr das nun verstanden?»

Heinlein schien die uneinsichtige Haltung von seiner Frau Claudia gewohnt zu sein. «Wenn du es so willst. Es ist dein Kind.»

«Und meines», widersprach Kilian. Er machte einen Schritt auf Pia zu, wollte sie vom Tatort wegführen.

«Lass mich», setzte sich Pia zur Wehr.

«Komm jetzt her!» Abermals befreite sich Pia aus seinem Griff.

«Wenn hier einer nichts zu suchen hat, dann bist es wohl du», antwortete sie. «Du solltest im Bett liegen und dich erholen.»

Heinlein stimmte zu. «Da hat sie recht. Der Arzt …»

«Du hältst dich da raus», schnitt Kilian ihm das Wort ab. «Das ist 'ne Sache zwischen uns beiden.»

Heinlein hob beschwichtigend die Hände. «Wenn du meinst.»

Schneider, der sich wohlweislich im Durchgang zurückgehalten hatte, meinte mit seiner Frage den passenden Augenblick gewählt zu haben.

«Der Besitzer der Hütte will …»

«Raus hier!», blaffte Heinlein ihn unvermittelt an.

Schneider, selten um ein Wort verlegen, verdrückte sich stillschweigend.

Kilian und Pia schauten sich fragend an. Wieso reagierte Heinlein so barsch? Das war überhaupt nicht seine Art.

«Schorsch», fragte Kilian, «wo liegt das Problem?»

Als lebten zwei Seelen in Heinleins Brust, antwortete er ruhig. «Können wir nun endlich weitermachen?» Er wedelte sich Luft zu. «Es ist verdammt heiß hier drin. Findet ihr nicht auch?»

«Das hat auch einen Grund», sagte Pia.

Auf Kilians Arm gestützt, ging sie auf die Knie und zeigte auf einen Heizstrahler, der unter der Badewanne angebracht war. «Eine ungewöhnliche, aber dennoch effektive Methode, um das Badewasser warm zu halten.»

«Für meinen Geschmack etwas zu warm», erwiderte Heinlein. «Das muss doch ein Vermögen an Strom kosten.»

«Das dürfte den Mörder nicht interessiert haben. Es ging ihm allein darum, die Wassertemperatur dauerhaft konstant zu halten.»

«Wieso das?», fragte Kilian.

«Wenn es das ist, wonach es aussieht», antwortete Pia und erhob sich, «dann habt ihr es hier mit einem wirklich kreativen Mörder zu tun.»

Sie nahm einen Kugelschreiber zur Hand, führte ihn unter die Wasseroberfläche und zog ihn langsam wieder heraus. Mit ihm kam ein völlig skelettierter Schädel zum Vorschein.

«Der Rest schaut genauso aus», sagte Pia. «Fein säuberlich von allem Gewebe befreit, genau so, wie wir es in der Gerichtsmedizin machen, wenn wir Exponate erstellen.»

Kilian konnte ihr nicht folgen. «Warte, nicht so schnell. Was macht ihr in der Gerichtsmedizin mit Leichenteilen?»

«Wir legen sie in handelsübliches Waschpulver, geben Wasser hinzu und sorgen dafür, dass die Wassertemperatur konstant bei etwa sechzig Grad bleibt. Nach gut einer Woche ist der Knochen komplett und vor allem sauber von dem ihn umgebenden Gewebe befreit.»

«Das ist doch nicht dein Ernst?»

«Nichts löst Fleisch und Sehnen besser vom Knochen als Waschpulver. Übrig bleibt ein Seife-Gewebe-Gemisch, das du getrost die Toilette hinunterspülen kannst. Was glaubst du denn, wieso die Hersteller von Waschmitteln damit werben, dass sie selbst Blut aus den Klamotten herausbekommen? Es sind die zugesetzten Enzyme, die das Gewebe auflösen. Nebenbei bemerkt, es sind die gleichen, die sich in deinem Verdauungssystem befinden. Ansonsten könntest du keine Nahrung verwerten und würdest mit vollem Bauch verhungern.»

«Und wieso muss das gerade bei sechzig Grad geschehen?», fragte Heinlein.

Pia schaute ihn ungläubig an. «Bei dir zu Hause ist wohl Claudia für die Wäsche zuständig?»

Heinlein nickte. «Ja, wieso nicht?»

«Wenn ihr Kerle euch nur einmal an der Hausarbeit beteiligen würdet, dann wüsstet ihr, dass bestimmte chemische Prozesse nur bei einer gewissen Temperatur ablaufen. So zum Beispiel beim Wäschewaschen. Das Wasser muss warm bis heiß sein, damit die Enzyme ihre Arbeit leisten können. Bei sechzig Grad fühlen sie sich pudelwohl. Deine Claudia weiß das.»

«Dann sollte ich sie vielleicht in die Ermittlung mit einbeziehen?», giftete Heinlein.

«Könnte nicht schaden, Einstein.»

«Beruhigt euch wieder», ging Kilian dazwischen. Was war nur mit den beiden los? Bei Pia hatte er ja ein Einsehen, ihre Nerven schlugen in der Schwangerschaft Purzelbäume, aber was war mit Heinlein geschehen? Er wirkte gereizt.

«Wer weiß von dieser Methode, Gewebe vom Knochen zu lösen?»

«Rechtsmediziner, Ärzte, Chemiker, Biologen ... eigentlich jeder, der ein wenig Ahnung von biochemischen Vorgängen hat. Wie gesagt, es steht ja groß und breit auf jeder Waschmittelverpackung.»

«Es ist dennoch eine ungewöhnliche Art, eine Leiche verschwinden zu lassen», sagte Heinlein. «Kannst du etwas zum Todeszeitpunkt sagen?»

«Ich weiß ja noch nicht einmal, woran sie gestorben ist.»

«Es handelt sich also um eine Frau?»

«Ja, und wie ich auf den ersten Blick vermute, um eine junge. Nicht älter als dreißig. Sofern sie gleich nach dem Tod in die Waschlauge gelegt worden ist, könnte eigentlich alles in Frage kommen. Gift, Erwürgen oder ein Messer. Gewaltanwendung, die sich auf die Knochen ausgewirkt hat, scheidet aus. Das Projektil einer möglichen Schusswaffe müsste demnach alle Knochen verfehlt haben. Sie ist makellos. Ein optimales Exponat.»

«Gibt es irgendwelche Hinweise, wer sie ist?»

«Da fragst du besser die Jungs vom Erkennungsdienst. Ich habe nichts gefunden.»

«Keine Kleidungsstücke, Ausweispapiere, Schlüssel ... irgendetwas Persönliches?»

Pia verneinte. «Ich werde den Gebissstatus aufnehmen, und dann sehen wir weiter.»

«Gut», sagte Heinlein, «dann wollen wir mal hören, was der Besitzer der Hütte zu sagen hat.»

Er wandte sich ab, in der Erwartung, Kilian würde ihm folgen. Doch der war mit Pia noch nicht fertig.

«Geh schon mal vor.»

«Lass mich in Ruhe arbeiten», widersprach Pia. «Alles Weitere heute Abend.»

«Ich will aber jetzt mit dir sprechen.»

Heinlein zog ihn mit sich. «Frauen haben ihren eigenen Kopf. Das wirst du noch lernen müssen.»

In der Wohnstube trafen sie auf Schneider. Er hatte die Befragung des Besitzers der Hütte abgeschlossen.

«Nun, Schneider, was hat der Zeuge ausgesagt?», fragte Heinlein, als sei nichts gewesen.

«Dass er das letzte Mal vor drei Wochen in der Hütte war», antwortete er. «In der Zwischenzeit sei die Hütte nicht vermietet gewesen.»

«Er vermietet sie?» Heinlein fuhr sich nachdenklich durch die Haare. «Das erweitert den Kreis der Personen, die Zugang zur Hütte hatten. Andererseits dürfte es nicht schwer sein, sie zu ermitteln. Was denkst du, Kilian?»

Der war mit seinen Gedanken noch bei Pia.

«Ja, sicher. Ein guter Ansatz. Irgendwelche Einbruchsspuren?»

Schneider verneinte.

«Dann legt mal los.»

Heinlein und Schneider machten sich auf den Weg. Kilian war unschlüssig, ob er noch auf Pia warten sollte.

Heinlein erriet, was ihn beschäftigte.

«Komm, ich nehm dich in die Stadt mit.»

«Nicht nötig. Ich …»

«Keine Widerrede. Du bist Privatier und hast an einem Tatort nichts verloren. Außerdem solltest du einer Schwangeren nicht widersprechen. Völlig sinnlos. Hormonell bedingt. Glaub mir, ich weiß, wovon ich spreche.»

Der Weg zurück in die Stadt verlief durch den dunklen Gramschatzer Wald mit seinen vielen Wegen und Abzweigungen. Jetzt erst wurde Kilian klar, dass er große Probleme gehabt hätte, allein zurückzufinden.

«Was machst du eigentlich hier draußen?», wollte Heinlein wissen.

«Zerstreuung und Ablenkung. Ein bisschen Bewegung kann auch nicht schaden.»

«Solltest du es laut deinem Arzt nicht ein wenig langsamer angehen? Ich meine, was ist gegen eine gepflegte Partie Schach im Park einzuwenden?»

«Dafür ist Zeit, wenn ich pensioniert bin.»

«Das kommt schneller, als man denkt.»

«Was meinst du damit?»

Heinlein ließ die Frage unbeantwortet, und Kilian dachte, dass ein guter Zeitpunkt gekommen wäre, ihn nach seiner auffälligen Reizbarkeit zu fragen. «Wie läuft's bei dir so?»

«Gut. Und bei dir?»

«Lass uns mal einen Moment bei dir bleiben. Alles okay zu Hause?»

«Sicher. Was sollte sein?»

«Ich habe den Eindruck, dass dich etwas beschäftigt.»

«Wie kommst du darauf?»

«So wie du Schneider zusammengestaucht hast. Das kenne ich gar nicht von dir.»

«Falscher Zeitpunkt. Nichts weiter.»

Die Autobahnzufahrt tauchte vor ihnen auf, und Heinlein drückte aufs Gas. Er blinkte nicht, schaute weder in den Rückspiegel noch zur Seite. Ein heranrauschender Zwanzigtonner musste abbremsen, um einen Unfall zu vermeiden. Er machte seinem Ärger mit allen Hupen und Lichtern Luft, die er besaß.

Kilian glaubte, sein Herz würde stehenbleiben, so knapp waren sie einem Zusammenstoß entkommen.

«Was war das denn gerade?!»

Heinlein, unbeeindruckt und seelenruhig, zog auf die Überholspur.

«Viel Lärm um nichts. Da war genug Platz für uns beide.»

«Blödsinn. Du hättest uns fast umgebracht.»

Heinlein lächelte, aber seine Hände zitterten.

4

Die Vorstellung, dass der Stress der Arbeit und des Lebens bis ins Rentenalter andauern sollte, befremdete Hilde Michalik. Irgendwann musste doch einmal Schluss sein, und das würde am Tag der Wahl sein. Dann wäre alles vorbei, und sie könnte getrost den Schreibtisch für ihre Nachfolgerin räumen. Nach einem ausgedehnten Urlaub auf Mallorca, dem Besuch der Freunde in der alten Heimat in Schlesien würde sie endlich den Jakobsweg beschreiten können. Darauf freute sie sich. Zeit hatte sie ja dann genug.

Über vierzig Jahre hatte sie sich in den Dienst der Partei gestellt, war mit den großen und kleinen Führern auf Du und Du gestanden und hatte für jedes Problem ein Ohr. Das hatte ihr den Beinamen Tante Hilde eingebracht. Tante Hilde war die Seele der Partei. Wer sie nicht kannte, war weit vom Herzen der Partei entfernt. In ihrem Büro liefen viele der unsichtbaren Fäden zusammen, die von den Orts- und Kreisgruppen über München bis nach Berlin gespannt waren. Niemand zog an einem dieser Fäden, ohne dass sie davon Wind bekam.

Das war wohl auch der Grund, wieso die frühere Staatsministerin Ute Mayer nicht auf ihre Dienste verzichten wollte. Sie waren beide ein weites Stück zusammen gegangen, bis vor drei Jahren Ute Mayers überraschende Entlassung die Würzburger Gruppe ins Hintertreffen brachte.

Die altbayerischen Parteifreunde zogen die Demarkationslinie neu, so wie sie bereits zu Zeiten der alten Parteibonzen Gültigkeit besessen hatte.

Kein fränkischer Minister und schon gar nicht eine Ministerin sollten je wieder am Kabinettstisch der Staatskanzlei sitzen.

«Ich bin dann so weit», sagte Ute Mayer.

Sie stand abreisebereit vor dem Schreibtisch von Tante Hilde und wartete auf letzte Instruktionen.

«Zwanzig Uhr Essen mit dem Vorstandsvorsitzenden der Biogas AG im Aquarello», antwortete Hilde mit Blick auf den Terminkalender. «Anschließend musst du dir den Gesetzentwurf noch einmal genauer ansehen, bevor du ihn morgen an Schwerdt weiterleitest. Sein Assistent macht Druck.»

Ute Mayer nickte. «Ist klar. Wann treffe ich Hofmeister vom Haushaltsausschuss?»

Hilde blätterte einen Tag weiter. «Um neun Uhr dreißig, und vergiss nicht: Seine Tochter hat das Abi im dritten Anlauf nun doch noch geschafft. Er ist stolz wie Oskar.»

«Stimmt», antwortete Ute Mayer ärgerlich, «das habe ich ganz vergessen. Was schlägst du vor?»

«Ich habe ein wenig rumtelefoniert und einen Platz im Austauschprogramm der Universität von Florida ergattert. Die Kleine soll ganz wild auf den Spring Break sein, oder wie sie dieses Saufgelage bezeichnen. Ich denke, sie wird dich dafür für immer ins Herz schließen. Nicht zu vergessen der Papa. Damit hat er seinen missratenen Sprössling endlich aus der Schusslinie gebracht.»

Ute Mayer seufzte erleichtert. «Perfekt. Was würde ich nur ohne dich machen?»

Hilde blickte auf und lächelte. «Gewöhn dich schon mal dran. Bald wirst du allein beweisen müssen, was für ein Kerl in dir steckt.»

«Der Himmel bewahre mich davor.»

Sie nahm den Aktenkoffer in die Hand. «Dann bis übermorgen. Wenn was ist ...»

«Ich weiß, wo und wie ich dich erreichen kann. Und jetzt los. Das Taxi wartet.»

Ute Mayer gut präpariert auf die Reise zu schicken, zählte heute zum letzten Aufgabenpunkt. Dann war ihr Tagwerk vollbracht. Hilde würde eine Stunde früher Schluss machen und nach dem Grab schauen, ob alles in Ordnung war.

Sie gab den Pflanzen Wasser, schaltete den Computer aus und ließ das ungeliebte Handy in die Handtasche gleiten. Jeder musste heutzutage jederzeit erreichbar sein. Vernetzt, nannten sie es. So ein Unsinn. Als wäre die Welt deswegen eine andere.

Der Bus ließ nicht lange auf sich warten und setzte sie mit einer Handvoll Grauköpfe am Hauptfriedhof ab. Eine weiße Lilie mit etwas Zierwerk war im nahen Blumenladen schnell erstanden.

Dada hatte weiße Lilien geliebt. Einmal im Monat wünschte er sich eine frische Lilie auf sein Grab. Das war seine einzige Bitte in der Stunde des Todes gewesen. Hildes Mutter war der Bitte bis zu ihrem Tod gefolgt. Seit dreiundzwanzig Jahren war nun sie die Blumenbotin und Grabpflegerin, und mit ihr würde das Ritual sterben, sofern sie nicht eine würdige Nachfolgerin fand.

Das Grab war in gutem Zustand. Hilde musste außer ein paar verdorrten Blumen nichts richten. Sie wechselte das Wasser, steckte die Lilie hinein und gedachte für ein paar Minuten der Zeit, die sie mit Dada hatte verbringen dürfen.

Im Frühjahr 1945 war sie mit ihren Eltern ins bombenzerstörte Würzburg gekommen. Nach ihrer überstürzten Flucht aus dem schlesischen Hermsdorf, das die Polen nach der Vertreibung der verhassten Deutschen wieder in Sobięcin umbenannt hatten, war der Traum von einer guten Zukunft in einer sicheren Heimat endgültig vorbei.

Mittellos und ausgehungert saßen sie wie alle Würzburger in den Trümmern eines wahnsinnigen Kriegs fest.

Die Flucht hatte viel Kraft gekostet. Hildes Vater Hans bot sich jedem an, der für eine Schüssel Milch und einen Ranken Brot zwei kräftige Hände gebrauchen konnte. Und die besaß er zweifellos. Er hatte sich in den weitverzweigten Stollen des Steinkohlebaus in Hermsdorf bewiesen, wo man richtig anpacken musste. Gegen den feinen Staub der Schwarzkohle war er jedoch machtlos. Er sollte ihn bald das Leben kosten.

So mussten sich Hilde und ihre Mutter allein durchschlagen. Sie wusch, kochte und half bei der Ernte, während Hilde ihr zur Hand ging. Eine Dreijährige konnte damals erstaunlich viel und hart arbeiten, wenn der Magen leer und die Mutter verzweifelt war.

Das sollte sich bessern, als sie Dada kennenlernten. Er gab der Mutter Arbeit und Hilde das Gefühl, endlich ein Zuhause zu haben. Ihre Probleme beim Sprechen ließen dank seiner Hilfe bald nach, und Hildes Lippen formten schließlich ein Dada. Das P von Papa musste sie noch üben, aber er blieb auch später ihr Dada.

Unvorstellbar, wenn Hilde heute daran dachte. Was wäre ohne seine Hilfe wohl aus ihr und ihrer Mutter geworden?

Das Handy in ihrer Tasche surrte. Widerwillig nahm sie das Gespräch entgegen. Hilde hörte aufmerksam zu, was ihr der Kontaktmann mitzuteilen hatte.

Sie hatten eine Leiche gefunden. Im Wald, in einer versteckten Hütte.

5

Das Läuten des Telefons riss Kilian aus dem Schlaf.

«Der Schorsch», schluchzte Claudia, «er sitzt auf der Terrasse, und ich weiß nicht, was mit ihm los ist.»

Noch benommen, versuchte sich Kilian einen Reim darauf zu machen. «Ja, und?»

«Er hat eine Waffe in der Hand.»

Zehn Minuten später war Kilian bei den Heinleins. Er stand an der Terrassentür und blickte hinaus.

«Wie lange sitzt er da schon?», fragte Kilian.

«Eine Stunde oder zwei. Ich weiß es nicht.» Sie krallte sich an seinem Arm fest. «Mein Gott, was ist nur los mit ihm? So habe ich ihn noch nie erlebt.»

«Hattet ihr Streit?»

«Nein, es ist alles in Ordnung.»

«Gibt's Probleme mit den Kindern?»

«Die sind versorgt. Es geht ihnen wunderbar. Ich verstehe das nicht. Warum macht er das nur? Hattet *ihr* vielleicht Streit?»

«Nein», antwortete er, verschwieg aber den Beinaheunfall vom Nachmittag. «Ich gehe jetzt raus und rede mit ihm. Du bleibst hier und verhältst dich ruhig. Unternimm nichts. Hast du das verstanden?»

Claudia nickte geistesabwesend. Ihr Blick war auf ihren Mann Schorsch gerichtet, von dem sie geglaubt hatte, ihn und sein Verhalten zu kennen.

Kilian stellte sich die gleiche Frage in diesem Moment. Wie

gut kannte er eigentlich seinen Freund und Kollegen? Offensichtlich gab es noch eine andere Seite an ihm, die er in all den Jahren ihrer Zusammenarbeit verborgen hatte.

Er ging los – vorsichtig und sich der Gefahr bewusst, die ein verstörter Mann mit einer Waffe darstellte.

Wie lange lag die Fortbildung für das Verhalten in Krisensituationen zurück? Er erinnerte nur Bruchstücke. Eines davon war: Keine Überraschungen. Ein anderes: Keine Widerrede, sondern Verständnis zeigen.

Bevor er sich Heinlein näherte, der im Pyjama auf dem Rand der Terrasse saß, kündigte er sich an.

«Hey, Schorsch. Ich bin's, Kilian.»

Heinlein drehte sich zur Seite. «So spät noch unterwegs?»

Er klang gelassen, beinahe freundlich. Kein Anzeichen für Feindseligkeit.

«Kann ich mit dir reden?»

«Klar, komm rüber.»

Kilian kam näher. Wo hatte Heinlein die Waffe? Er konnte sie nicht sehen.

Heinlein wies ihm einen Platz neben sich zu. «Setz dich.»

Kilian ließ sich nieder. Die Beine schwangen in luftiger Höhe von der Terrasse herab. Vor ihnen lag das friedlich schlafende Maintal, und über ihnen protzte ein klarer Himmel mit allem, was er zu bieten hatte. Die fernen Galaxien sahen wie ein Haufen wild durcheinandergewürfelter Dominosteine aus.

«Eine schöne Nacht», sagte Heinlein mit Blick auf die Sterne. «Zu schön, um sie an den Schlaf zu verschwenden.»

«Stimmt», antwortete Kilian, «vielleicht etwas kühl. Der Sommer ist vorbei.»

«Ich mag den Herbst nicht besonders. Um ehrlich zu sein, ich hasse ihn sogar.»

«Wieso das?»

«Mit dem Herbst beginnt das Sterben. Die Tage werden

kürzer, das Licht wird grau, die Natur verliert ihre Kraft. Alles wird fahl und leblos. Erst der Winter bereitet dem Trauerspiel ein Ende. Schöner weißer Schnee legt ein Totentuch darüber. Stille kehrt ein. Das mag ich.»

«Es kommt ein neuer Frühling, darauf der Sommer. Alles erwacht zu neuem Leben.»

«Ich weiß.» Heinlein strich sich über die klammen Schenkel. Da lag sie, die Waffe, gleich neben ihm, aber außerhalb von Kilians Reichweite. Er hätte sich schon über Heinlein beugen müssen, um sie zu erwischen.

«Hat dich Claudia herbestellt?», fragte Heinlein.

«Sie macht sich Sorgen.»

«Die gute Claudia. Immer um das Wohl der anderen bemüht.» Seine Ironie klang bedrohlich. «Dabei hat sie doch so viel mit sich selbst zu tun. All die Kurse und Workshops, die sie zu einem noch besseren Menschen machen sollten … Zweifel kamen ihr dabei nie. Sie hat sich nie gefragt: Wieso das alles? Reicht es nicht, dass ich gesund und versorgt bin? Brauche ich wirklich so eine Bonzen-Bude, in der wir jetzt gefangen sind? Waren wir in unserer alten Eisenbahnerhütte in Grombühl nicht glücklich genug?»

«Ist euch das neue Haus über den Kopf gewachsen? Wenn ich dir unter die Arme greifen soll …»

«Nein, das ist es nicht. Mit Hängen und Würgen kriege ich das schon hin.»

«Was ist es dann? Gibt es Probleme im Büro?»

Heinlein seufzte. «Ja und nein. Ich meine, musste ich unbedingt Erster Kommissar werden und dir den Job wegnehmen?»

Kilian legte die Hand auf seine Schulter. «Deswegen musst du dir keinen Kopf machen. Den Job wollte ich nie haben. Weißt du noch? Vom ersten Tag an wollte ich wieder weg aus dieser Stadt. Bella Italia, das war meine Heimat.»

«War?»

«Ich habe ein neues Kapitel aufgeschlagen. Wenn alles gut-geht, werde ich in einer Woche mein Baby im Arm halten. Dagegen kann Bella Italia nicht anstinken. Hey, der alte Stenz wird sesshaft. Wer hätte das gedacht?»

Heinlein schmunzelte. «Am wenigsten ich. Du warst ein richtiger Kotzbrocken, als ich dich damals vom Flughafen abgeholt habe. Weißt du noch?»

«Klar. Aber du warst auch nicht von schlechten Eltern. Ein blutig aufgeschlagenes Knie und Hühnerfedern in den Haaren. Meine Fresse, wie du dann durch den ganzen Flughafen gehumpelt bist und jeden angequatscht hast, ob er Jo Kilian sei. Ich dachte, das darf doch nicht wahr sein. Wer hat mir diesen Verrückten auf den Hals gehetzt?»

Heinlein lachte. «Und als du dann den Oberhammer in der Residenz hast auflaufen lassen, mit deinem lächerlichen Cowboyhut auf dem Kopf. *Ich bin der angeforderte Spezialist von Interpol.* Ich hätt mich vor Lachen glatt wegschmeißen können, ehrlich.»

«Nichts gegen den Cowboyhut», stimmte Kilian mit ein, «der hat mir das Leben gerettet.» Er blickte zur Seite. Heinlein war abgelenkt. Jetzt war ein guter Moment, um die Waffe zu greifen. Seine Hand hob sich …

Doch Heinlein war auf der Hut.

«Lass es», erwiderte er unvermittelt und scharf. «Niemand fasst meine Waffe an.»

Er nahm sie in die Hand.

«Entschuldige», lenkte Kilian ein. «Was willst du eigentlich mit dem Ding?»

Heinlein ließ sich Zeit mit der Antwort. «Sie ist meine letzte freie Entscheidung.»

«Welche Entscheidung gilt es zu treffen?»

«Das weißt du besser als ich.»

Kilian hatte keine Ahnung, wovon er sprach. «Klär mich auf.»

«Damals an der Autobahnauffahrt bei Randersacker, als der Regen fiel und sich das Magnesium entzündete, hätte ich diesen Wahnsinnigen von seiner Tat abhalten müssen und nicht du.»

Kilian rätselte, was er damit meinte. Er war näher an dem Kreis mit dem tödlichen Magnesium gestanden als Heinlein. Er hatte instinktiv gehandelt, ohne über die Konsequenzen seines Tuns nachzudenken. Er wollte nur den Täter und sein Opfer vor dem sicheren Tod bewahren. Leider war ihm das gründlich misslungen.

«Ist doch egal, wer von uns beiden eingeschritten ist ... und nebenbei bemerkt: Ich habe auf ganzer Linie versagt.»

Heinlein schaute ihn entgeistert an. «Hast du den Verstand verloren? Ich habe versagt, nicht du. Ich war der Leiter der Ermittlungen, ich hätte einschreiten müssen, bevor es überhaupt so weit kommen konnte, und ich ... hätte am ganzen Körper verbrannt werden sollen und nicht du.»

Jetzt war es heraus. Sein Freund und Kollege Schorsch machte sich Vorwürfe wegen des Unfalls.

«Hör mit dem Scheiß auf», sagte Kilian. «Dich trifft nicht die geringste Schuld. Ich war nicht schnell genug. Das ist alles. Schwamm drüber.»

Doch die Worte erreichten Heinlein nicht mehr. Er begann zu schluchzen.

«Ich war der Leiter der Ermittlungen ... ich hätte es verhindern können ... ich habe es nicht geschafft.»

Kilian legte den Arm um seine Schulter. «Du hast alles richtig gemacht, mein Freund. Glaub mir, ich hätte nicht anders gehandelt als du.»

Heinlein streckte die Hand mit der Waffe aus.

«Mach keinen Scheiß. Nimm sie wieder runter», beschwor ihn Kilian.

«Das Schlimmste ist», sagte Heinlein, «ich habe keine Kontrolle mehr über mich. Da, schau dir meine Hand an.»

Heinlein hatte Mühe, die Waffe ruhig zu halten. Seine Hand zitterte, und sosehr er sich auch bemühte, er konnte das Zittern nicht unterbinden.

«Das geht jetzt schon seit Wochen so», klagte er. «Ich kann absolut nichts dagegen tun.»

Kilian legte seine Hand auf Heinleins. «Dann lass es uns gemeinsam versuchen.»

Es dauerte, bis das Zittern langsam verebbte. Schließlich nahm Kilian die Waffe ohne jegliche Gegenwehr an sich.

«Siehst du? Das war gar nicht so schwer. Und jetzt lass uns reingehen, bevor wir uns hier draußen den Tod holen.»

Heinlein nickte wie abwesend und erhob sich.

Claudia, die vom Fenster aus alles beobachtet hatte, kam auf sie zu. Kilian bat sie, auf Abstand zu bleiben.

«Ruf ein Taxi.»

Während der Fahrt in die Nervenheilanstalt fragte sich Kilian, ob er das Richtige tat. Wenn herauskam, dass Heinlein – einem Nervenzusammenbruch nahe – in die psychiatrische Abteilung des Universitätsklinikums eingeliefert worden war, dann würde das Konsequenzen haben. Aber es blieb ihm keine andere Wahl. Heinlein war am Ende eines Weges angekommen, und es war seine Schuldigkeit als Freund, Schlimmeres zu verhindern. Der Job besaß keine Bedeutung mehr.

Nach quälend langen dreißig Minuten in der Notaufnahme lag Heinlein dann endlich im Bett. Kilian wachte vor seiner Tür. Claudia war mit einem zweiten Taxi gekommen und verlangte Zutritt. Doch die Krankenschwester verweigerte es ihr.

«Ich habe ihm etwas zur Beruhigung gegeben», teilte ihnen der Arzt mit. «Er wird bis morgen schlafen.»

«Und dann?»

«Werden wir versuchen herausfinden, wieso es Ihrem Freund so schlecht geht.»

«Können wir die Angelegenheit so diskret wie möglich behandeln?»

«Was meinen Sie damit?»

«Er ist Kripobeamter. Wenn herauskommt, dass …»

«Er ist nicht der einzige Polizist, den wir hier behandeln», unterbrach der Arzt.

Nicht der einzige Polizist.

Kilian gab sich vorerst damit zufrieden.

Er blieb für die nächsten Stunden mit Claudia an Heinleins Seite.

Nicht der einzige Polizist.

Der Satz ging ihm nicht mehr aus dem Kopf.

Was mussten die anderen Kollegen durchgemacht haben, um hier zu landen?

Und vor allem: Wie konnten sie es verhindern, dass ihr Aufenthalt in dieser Endstation der Ausgebrannten und Verzweifelten ihre Karriere beendete? Oder hatte es genau dazu geführt?

Kilian waren die blutigen Ausraster bekannt, die sich in anderen Polizeistationen zugetragen hatten. So weit würde er es nicht kommen lassen.

Er musste sich etwas einfallen lassen. Unbedingt.

Dann schlief er auf dem Stuhl ein.

6

«Den Symptomen nach zu urteilen, handelt es sich um eine Angststörung», sagte der Arzt.

Er stand mit Kilian auf dem Gang des Krankenhauses.

«Angststörung ist sehr allgemein», sagte Kilian. «Was heißt das genau?»

«Für mich stellt sich sein Krankenbild sehr diffus dar. Was sich dahinter verbirgt, werden wir in den nächsten Tagen, wahrscheinlich Wochen herausfinden. Zuvor müssen wir zahlreiche Untersuchungen durchführen, damit wir eine körperliche Ursache ausschließen können. Ruhe und Entspannung sind jetzt das Wichtigste für ihn. Er muss Abstand gewinnen.»

«Er gibt sich die Schuld für einen Einsatz, bei dem ich verletzt worden bin.»

«Diese Schuldvorwürfe sind sicherlich nur die Spitze des Eisbergs. Darunter liegt meist mehr verborgen. Und das müssen wir finden. Bis dahin bleibt er auf jeden Fall arbeitsunfähig.» Er schaute auf die Uhr. «Wenn Sie mich jetzt entschuldigen.»

Kilian bedankte sich und überlegte, was nun zu tun war. Eine vorgeschobene Erkältung würde wohl jetzt nicht mehr ausreichen, um die Kollegen und vor allem Klein, seinen Chef, über Heinleins eigentliche Erkrankung hinwegzutäuschen. Nun galt es zu improvisieren.

Die erste Person, die er in die Schorsch-Rettungstruppe aufnehmen wollte, war Sabine Anschütz – Kilians und Heinleins Sekretärin. Sie würde ihnen den Rücken in der Inspektion freihalten müssen.

Er wählte ihre Nummer.

«Kilian hier.»

Eine aufgebrachte Sabine schnitt ihm das Wort ab.

«Wo steckt der Schorsch? Ich kann ihn nirgends erreichen, und der Chef sitzt mir im Nacken.»

«Beruhige dich. Was ist los?»

«Wir haben das Skelett aus der Waldhütte identifiziert.»

Kilian wunderte sich. «Das ging aber flott. Um wen handelt es sich?»

«Um eine gewisse Petra Bauer. Sie ist seit zwei Wochen als vermisst gemeldet.»

Noch immer wollte sich Kilian die Brisanz der Identifizierung nicht erschließen. «Warum plötzlich dieser ganze Wirbel?»

«Sie war dem Alten gut bekannt.»

Aus dieser Richtung wehte also der Wind.

Kilian beschloss, sich sofort in Bewegung zu setzen, um jede weitere Aufregung um Heinleins Abwesenheit abzufangen.

«Ich bin in fünf Minuten da, und such nicht weiter nach dem Schorsch. Ich erzähle dir alles. Bis dahin ist er auf einem auswärtigen Termin und bleibt auf dem Handy nicht erreichbar.»

«Wieso denn das?»

«Vertrau mir. Bis gleich.»

Kilian klickte das Gespräch weg. Bevor er sich auf den Weg machte, schaute er bei Heinlein vorbei. Claudia und die Kinder, Vera und Thomas, saßen mit sorgenvollem Gesicht an seinem Bett.

«Ich will nicht lange stören», sagte er, «aber ich muss los.»

Heinlein ahnte, warum. «Hat Sabine angerufen?»

Kilian spielte es herunter. «Nichts Wichtiges. Papierkram, sonst nichts.»

Er hatte schon besser gelogen, aber für den Moment musste es reichen. «Wir sehen uns später.»

Ohne ein weiteres Wort verließ er den Raum. Für Erklärungen war später noch Zeit.

Wer jedoch eine ausgiebige Aufklärung erwartete, war Sabine. Nachdem Kilian ihr den Vorfall von vergangener Nacht in groben Zügen berichtet hatte – den Teil mit der Waffe unterschlug er –, zog Sabine sorgenvoll die Stirn kraus.

«Meine Güte», sagte sie, «ich hatte ja keine Ahnung. Wieso hat er nicht früher etwas gesagt?»

«Damit geht man ja kaum hausieren, und außerdem: Er wusste es wohl nicht einmal selbst. Der Arzt sagt, das spielt sich auf einer unbewussten Ebene ab. Irgendwann bricht es durch, und der Betroffene ist selbst am meisten überrascht.»

«Armer Schorsch. Kann ich ihn besuchen?»

«Warte noch ein paar Tage. Er braucht jetzt absolute Ruhe. Nur die Familie darf ihn sehen.»

«Was machen wir so lange mit dem Chef? Er wird wissen wollen, wo sein Erster Kommissar steckt?»

«Darum werde ich mich kümmern. Für alle anderen ist der Kriminalhauptkommissar Heinlein bis auf weiteres mit auswärtigen Terminen beschäftigt.»

Sabine nickte. Für ein paar Tage würde die Ausrede reichen, danach musste etwas anderes her. Kilian versprach ihr, bald eine Lösung zu finden.

«Dann werde ich mich jetzt mal um den Alten kümmern. Ist er in seinem Büro?»

«Darauf kannst du wetten. Er telefoniert seit Stunden mit München.»

«Warum das?»

«Das wüsste ich auch gern.»

Wenn München an dem Todesfall interessiert war, dann musste es sich um politischen Sprengstoff handeln. Fragte sich nur, in welcher Form.

Wie Sabine angekündigt hatte, fand Kilian seinen Chef Klein telefonierend vor. Überrascht wies er ihm einen Platz zu.

«Kilian», sagte Klein, als er den Hörer aufgelegt hatte, «schön, Sie zu sehen. Was macht die Gesundheit?»

«Ich fühl mich prächtig. Eigentlich ganz der Alte.»

Klein stutzte. «Sind Sie nicht noch zwei Monate krankgeschrieben?»

«Zwei Monate sind wirklich reichlich bemessen. Es geht mir ausgezeichnet.»

«Freut mich zu hören. Nun denn, was führt Sie zu mir?»

«Ich hörte, das Skelett aus der Waldhütte ist als eine gewisse Petra Bauer identifiziert worden.»

«Richtig. Aber was interessiert Sie das?»

«Ich hörte es vom Kollegen Heinlein.»

Klein horchte auf. «Sie haben ihn gesprochen?»

«Sicher. Wieso nicht?»

«Weil ich schon den ganzen Vormittag nach ihm suchen lasse. Wo steckt er denn?»

«Er ist auf einem auswärtigen Termin.»

«Was für ein auswärtiger Termin?»

«Es geht um diese mehr als seltsame Todesart beziehungsweise Beseitigung der Leiche. Sie wissen schon, das Waschmittel.»

«Sie sind erstaunlich gut informiert.»

«Ich bin stets an den Ermittlungen des Kommissariats interessiert.»

«Das freut mich zu hören, lieber Kilian.» Er überlegte. «Dennoch frage ich mich, was Sie zu mir führt.»

Die Schauspielerei war nie Kilians Stärke gewesen, aber wenn er sie zu seinem Vorteil – in diesem Fall zum Schutze Heinleins – einsetzen musste, gelang sie ihm erstaunlich gut.

«Ich habe eine Bitte. Der Krankenstand ist wirklich nicht meine Sache. Ich brauche die Herausforderung, die Beschäftigung mit kniffligen Fällen. Daher wollte ich Sie bitten, ob Sie mich nicht an den Ermittlungen teilhaben lassen wollen, die Kollege Heinlein in Sachen Petra Bauer führt.»

Zweifelnd dachte Klein über die Bitte nach.

«Ich fürchte, dieser Fall kommt ein paar Wochen zu früh für Sie. Sosehr ich Ihre professionelle Einstellung auch schätze, aber Sie sind noch nicht einsatzfähig. Gehen Sie nach Hause und ruhen Sie sich aus. In zwei Monaten freue ich mich, Sie gesund wiederzusehen.»

Er lächelte und wartete darauf, dass Kilian sich erhob und ging. So leicht, wie es sich Kilian gedacht hatte, machte es ihm Klein offensichtlich nicht.

Womit würde er ihn ködern können? München fiel ihm ein. Ja, wenn sich München einschaltete, dann hatte der Fall höchste Priorität. Das war der Köder.

«Ich hörte, München interessiert sich für den Fall.»

Klein mochte ein guter Polizist sein, aber er war ein schlechter Schauspieler. «Woher wissen Sie das schon wieder?»

«Ich habe lange Jahre für das Landeskriminalamt gearbeitet. Meine Quellen sind nach wie vor aktiv. Da entgeht mir so schnell nichts.»

«Dann wissen Sie auch, wie brisant dieser Fall ist?»

«Sicher», log Kilian. «Deshalb habe ich auch mein Krankenlager verlassen. Ich kann Sie und das Kommissariat in dieser heiklen Situation nicht alleinlassen.»

Klein seufzte. «Sie haben recht, Kilian. Diese Petra-Bauer-Sache ist mehr als unangenehm. Wir müssen damit sehr, sehr vorsichtig umgehen. Was sagen denn Ihre Quellen aus dem LKA dazu?»

Dieses Katz-und-Maus-Spiel wurde allmählich eng. Was sollte er antworten, um den Schein zu wahren?

«Wie immer. München will die Sache schnell und ohne viel Aufsehen vom Tisch haben.»

Klein nickte. «Exakt. Das haben mir auch meine Quellen mitgeteilt. Was schlagen Sie vor? Wie sollen wir mit dieser heiklen Kiste fertig werden?»

«Am besten mache ich mich gleich auf den Weg.»

«Wohin?»

«Nach München natürlich. Wenn sie schon so großes Interesse zeigen, dann sollten wir ihnen unsere Aufwartung machen. Sonst denken die ja noch, wir würden ihr Interesse nicht würdigen.»

Genau das schien der Polizeidirektor hören zu wollen. «Sie haben absolut recht, Kilian. In heiklen Sachen ist der persönliche Kontakt immer das Beste. Wann können Sie reisen?»

Von Kilians angegriffener Gesundheit war nun nicht mehr die Rede.

«In einer Stunde bin ich am Bahnhof.»

«Abgemacht», beschied Klein und erhob sich. «Ich wünschte, ich hätte mehr Männer von Ihrer Sorte.»

Bislang war alles gutgegangen. Doch mit wem sollte er sich treffen und warum?

«Sollten wir vorher nicht noch einen Abgleich der bisherigen Erkenntnisse vornehmen? Ich meine, es wäre fatal, wenn ich auf Ihre wertvollen Informationen verzichten müsste.»

«Natürlich», erwiderte Klein.

«Da ich mit den Kollegen in München sprechen werde, wäre es von Vorteil, wenn ich meine Informationen mit den Ihrigen ergänzen könnte.»

Klein war irritiert. «Was wollen Sie bei den Münchner Kollegen?»

«Ich meine, ich muss mit den Kollegen natürlich Kontakt aufnehmen, allein der guten Ordnung halber. Wir mögen es ja auch nicht, wenn die Münchner unangemeldet in unserem Revier herumschnüffeln.»

Klein stimmte zu. «Danach begeben Sie sich in die Staatskanzlei. Sie treffen dort einen Markus Landauer. Ich werde Sie ankündigen. Mit ihm können Sie die weitere Vorgehensweise besprechen.»

Staatskanzlei? Markus Landauer?

Das schmeckte Kilian gar nicht. Was hatte ein Politiker über seine Ermittlungen zu bestimmen? Und überhaupt, was hatte Petra Bauer damit zu tun? Er schluckte seine Verärgerung hinunter. «Sind die Angehörigen schon verständigt?», fragte er stattdessen.

«Das werde ich übernehmen.» Er seufzte. «Ich weiß gar nicht, wie ich das der Susanne beibringen soll. Armes Ding.»

«Susanne?»

«Die Mutter von Petra Bauer. Es ist noch keine vier Wochen her, als wir gemeinsam unseren Bundestagsabgeordneten in Berlin besucht haben. Petra war so lebhaft und aufgeweckt, ja, fast schon euphorisch. Berlin und die Politik … das war ihr großer Traum. Sie hätte es weit gebracht.»

Es war nicht die erste politische Karriere, die mit dem Tod endete, dachte Kilian. Und wenn die in München und Berlin so weitermachten, würde es auch nicht die letzte sein.

«Lassen Sie sich von meiner Sekretärin alles zusammenstellen, was wir über Petra Bauer haben», ordnete Klein an.

«War sie denn aktenkundig?», fragte Kilian.

«Nein, das nicht, aber ich habe über jeden, der mir interessant oder auffällig erscheint, eine Akte anlegen lassen.»

«Ist das denn legal?»

«Wenn es im Sinne der öffentlichen Ordnung ist, warum nicht? Außerdem ist das Teil meines persönlichen Archivs. Das taucht nirgendwo sonst auf.»

Kilian fragte sich, was wohl in seiner Akte stand. Oder war er vielleicht nicht wichtig genug?

7

Die von Klein zusammengestellte Akte über Petra Bauer war für eine Zwanzigjährige erstaunlich umfangreich.

Sie begann mit einem Foto der Achtjährigen als Siegerin eines Lesewettbewerbs, zeigte sie bei der Preisverleihung für die beste Schülerzeitungsreportage und endete mit einer Aufnahme vom Brandenburger Tor in Berlin, wo sie im Kreis der unterfränkischen Bundestagsabgeordneten als Nesthäkchen posierte. Dazwischen machte sie durch Bürgeraktionen, Unterschriftensammlungen und erste Erfolge in der Nachwuchsorganisation der Partei auf sich aufmerksam.

Kurzum: Petra Bauer war eine ehrgeizige junge Frau, die im Begriff war, Karriere in der Politik zu machen.

Wie, um alles in der Welt, kam sie dann in diese gottverlassene Waldhütte? Wer hatte diese talentierte und hoffnungsvolle Nachwuchspolitikerin getötet?

Und vor allem: warum?

Kilian versuchte das mulmige Gefühl loszuwerden, das ihn seit seiner Abreise aus Würzburg plagte. Nur ungern hatte er Pia alleingelassen, und ebenso widerstrebend betrat er nun die Staatskanzlei in München. Politik war das Letzte, womit er zu tun haben wollte.

«Zu Herrn Landauer, bitte», sagte er zum Mann am Empfang.

Der griff zum Telefon. «Wen kann ich melden?»

«Kriminalhauptkommissar Kilian aus Würzburg.»

Der Mann nickte.

«Kommen Sie mit», sagte eine Stimme an seiner Seite, «wir haben den gleichen Weg.»

Kilian blickte sich um. Da stand eine Frau, Mitte vierzig, in einem hellen, apricotfarbenen Kostüm, die braunen Haare hochgesteckt und auf der Nase eine Lesebrille. In der Hand hielt sie mehrere Akten. Die Frau kam ihm bekannt vor.

«Ute Mayer», sagte sie und reichte ihm die Hand.

Er erwiderte den Gruß. «Johannes Kilian, Kripo Würzburg.»

«Ich weiß», antwortete sie.

«Woher?»

«Herr Klein hat sie angekündigt.»

«Dann arbeiten Sie mit Herrn Landauer zusammen?»

Sie zwang sich zu einem Lächeln. «Wir alle arbeiten hier zusammen. Auf die eine oder andere Art. Kommen Sie, er erwartet Sie bereits.»

Sie ging voran, Kilian folgte ihr.

Woher kannte er sie nur? Dieses Gesicht hatte er doch schon oft gesehen. Jetzt fiel es ihm ein. Natürlich, das war doch die frühere Ministerin für … Er biss sich auf die Lippen. Wofür nochmal?

Die Minister waren seit der historischen Wahlkampfschlappe der Partei vor vier Jahren so schnell ausgewechselt worden, dass man kaum Zeit hatte, sich die neuen Gesichter einzuprägen.

Im Fall Ute Mayers, die das Ministeramt gerade mal zwei Jahre innegehabt hatte, hätte es ihm eigentlich nicht so schwerfallen sollen – sie kam aus Würzburg.

«Wie geht es Ihrem Herrn Klein?», fragte sie. «Golft er immer noch so gern?»

Klein und golfen?, fragte sich Kilian. Davon hatte er noch nie gehört. Kaum zu glauben, dass sich Klein mit einem Caddie über den Golfplatz schob. Er stellte sich ihn weitaus bodenständiger vor: Schoppen trinken, gut Essen gehen und anschließend in heiterer Runde zusammensitzen.

«Ich muss gestehen, ich bin über die Freizeitbeschäftigung meines Chefs nicht informiert.»

«Das sollten Sie aber.» Sie lächelte ihn an. «Karrieren werden nicht im Dienst geschmiedet.»

Kilian seufzte. Seitdem er das LKA verlassen hatte und nach Würzburg zwangsversetzt worden war, hatte seine Karriere ein abruptes Ende erfahren. Und außerdem: In einer Woche würde ohnehin eine andere starten – die eines stolzen Vaters.

Er kehrte wieder zum Smalltalk zurück. «Sind Sie noch oft in der alten Heimat?»

«Wann immer es sich einrichten lässt. Würzburg ist mit nichts anderem zu vergleichen. Man lernt das erst zu schätzen, wenn man nicht mehr dort ist. Der Wein, das Essen, Mozart, die Residenz ... Sie wissen schon.»

«Das heißt, Sie leben jetzt in München?»

Sie nickte. «Einhundert Quadratmeter mit Balkon im Lehel. So habe ich es nicht weit in die Kanzlei.»

Diese Wohnung dürfte ein Vermögen kosten, dachte Kilian.

«Und was machen Sie jetzt, wenn ich fragen darf?»

Sie stutzte. «Was meinen Sie?»

«Nach Ihrer Zeit als Ministerin.»

Der Stachel ihrer schmachvollen Entlassung aus dem Ministeramt, der einem Rauswurf gleichgekommen war, schien noch tief zu sitzen. Sie spielte die Gelassene.

«Als Ministerin hat man kaum die Möglichkeit, wirklich etwas zu bewirken. Viele Kompromisse müssen geschlossen werden, die die eigentliche Arbeit verwässern, manchmal sogar unmöglich machen. Jetzt bereite ich die Entscheidungen vor. Das hat Hand und Fuß. Und außerdem: Ich habe ja noch mein Landtagsmandat.»

Sie waren an der Tür zu Landauers Büro angekommen. Unverlangt reichte sie ihm ihre Visitenkarte.

«Wenn Sie mal Hilfe benötigen, zögern Sie nicht, mich anzurufen.»

Kilian nahm sie dankend an. Dieser Fall könnte schon bald eintreten, je nachdem, wie das anstehende Gespräch verlief.

«Noch ein Rat», sagte sie, bevor sie ihn allein ließ. «Lassen Sie sich nicht ins Bockshorn jagen. Alles, was Sie in der nächsten Zeit herausfinden werden, trifft zu.»

Dann wandte sie sich ab und stöckelte den langen Gang weiter, bis sie durch eine der Türen verschwand.

Eine seltsame Frau, dachte er. Unbekannt und doch irgendwie vertraut. Was hatte sie mit dem Bockshorn gemeint, und was wusste sie von seinem Auftrag?

«Herein», antwortete die Stimme hinter der Tür auf sein Klopfen, und Kilian folgte der Aufforderung. Er traf auf die Vorzimmerdame. Sie winkte ihn an ihrem Schreibtisch vorbei.

«Herr Landauer erwartet Sie. Gehen Sie durch.»

Er schaute durch eine offenstehende Tür in einen langgestreckten, großen Raum hinein, der von viel Licht aus den umlaufenden Fenstern erhellt wurde. Am Schreibtisch saß ein Mann mit schütterem Haar über die Arbeit gebeugt, als läge alle Last im Freistaat auf seinen Schultern.

Kilian klopfte anstandshalber an den Türrahmen. Der Mann blickte auf. Seine müden Züge formten sich zu einem Lächeln. «Herr Kilian», rief er ihm zu. «Schön, dass Sie den Weg zu mir gefunden haben.» Landauer stand auf und eilte auf ihn zu. «Was möchten Sie trinken? Wasser, Bier oder einen Prosecco?» Er spielte den Wissenden. «Ihr Franken seid Genießer, Weintrinker. Habe ich nicht recht?»

Kilian lächelte gezwungen. «Das sagt man den Franken vom Main nach. Ein stilles Wasser tut's aber auch.»

«Stilles Wasser?» Landauer überlegte, dann lachte er. «So

habe ich das noch nie gesehen. Franken und stilles Wasser. Netter Witz.»

Dann schritt er zur Tür und wies seine Sekretärin an, aus dem vorhandenen Wasser die Kohlensäure zu schütteln. Die schaute pikiert.

«Nun, Herr Kilian», fuhr Landauer fort und wies ihm einen Platz zu. Dabei strich er sich die Krawatte glatt, überlegte, wie er das Gespräch beginnen sollte. «Wie Sie wissen, befinden wir uns in der heißen Phase des Wahlkampfs. Nicht mehr lange, dann gilt es, das Kreuz an der richtigen Stelle zu machen, damit unser schöner Freistaat wieder zu seiner alten Stärke zurückfindet.»

Wollte der Kerl ihm eine Wahlkampfrede halten, fragte sich Kilian. «Der Wähler wird schon wissen, was er an Ihnen hat.»

Für einen Moment unschlüssig, dann aber wieder ganz der Alte, griff Landauer in eine Plastiktüte und holte eine Handvoll Buttons hervor. Er reichte sie Kilian und legte noch ein paar Lutscher obendrauf.

«Für die Kleinen. Erdbeer- und Maracujageschmack – garantiert aus biologischem Anbau. Bayrischem, versteht sich.»

Kilian schob sie unbeeindruckt zur Seite.

«Lassen Sie uns über den Grund dieses Treffens sprechen.»

Inzwischen kam auch sein stilles Wasser, und er schob es ebenso von sich weg.

«Herr Klein sagte mir, dass Sie uns im Mordfall Petra Bauer behilflich sein können.»

Landauer heuchelte Mitgefühl. «Das ist eine unschöne Sache, und außerdem kommt sie uns sehr ungelegen.»

«Petra Bauer ist keine Sache.»

«Natürlich.» Landauer korrigierte sich eilig. «Das war ungeschickt ausgedrückt. Entschuldigen Sie. Ihr Tod hat uns alle sehr getroffen.»

«Petra Bauer war Ihnen demnach bekannt?»

«Nur peripher. Aber trotzdem auffällig.»

«Inwiefern?»

«Sie hatte etwas an sich, etwas Spontanes, Offenherziges und Gewinnendes. Man könnte sagen, sie war ein Naturtalent.»

«Wofür?»

«Für die Politik natürlich. Mit so einem Gesicht und so einer Ausstrahlung gewinnen Sie jede Stimme.»

«War sie denn politisch aktiv?»

«Sie kam aus unserer Jugendorganisation und machte ein Praktikum in der örtlichen Wahlkampfzentrale. Dabei fiel sie durch ihre Umsichtigkeit und ihre neuen, ja, zum Teil frechen Ideen auf. Sie war begeisternd. Wir hatten große Pläne mit ihr.»

«Welcher Art?»

Landauer schaltete einen Gang zurück. «Das hätte man noch gesehen. Man musste ja abwarten, wie sich entwickelt. Aber ihr Potenzial war unverkennbar.»

«Sie wurde vor vierzehn Tagen als vermisst gemeldet. Das war gleich nach der Veranstaltung Ihrer Partei in der Würzburger Residenz. Ihre Eltern wollen sie dort das letzte Mal gesehen haben.»

«Zuletzt gesehen heißt aber ja nicht, dass sie gleich danach tot war. Sie hat die Veranstaltung bestimmt lebend verlassen und ist wohl erst auf ihrem Weg nach Hause abhandengekommen.»

«*Abhanden?*»

«Nennen Sie es, wie Sie wollen. Tatsache ist, dass sie während der Veranstaltung putzmunter war. Ich selbst konnte mich davon überzeugen. Wenn wir von ihrem Tod sprechen, dann hat das mit uns überhaupt nichts zu tun.»

«Wer ist *uns*?»

«Die Partei natürlich. Wir sind wie eine Familie. Wir kümmern uns.» Er wies auf ein Wahlplakat, das Schulkinder im Kreise ihrer Eltern an der Seite eines Politikers zeigte.

Kilian machte Anstalten zu gehen. Diese Unterhaltung hätte er sich schenken können. Was hatte sich Klein nur gedacht, ihn mit einem aufgeblasenen, unablässig die Werbetrommel rührenden Politiker zu belästigen?

«Bevor Sie es von anderen hören», setzte Landauer an, «Petra Bauer hatte an jenem Abend ein Gespräch mit unserem Generalsekretär Werner Schwerdt.»

Also darum ging es hier. Landauer war nur der Vorbereiter. Sein eigentlicher Gesprächspartner war dieser Schwerdt. Ein Generalsekretär hatte ein Gespräch mit einer Praktikantin geführt. War daran etwas ungewöhnlich?

«Wer Böses im Sinn hat, könnte darin etwas Verfängliches sehen», schob Landauer nach.

Was war das nun wieder für eine rätselhafte Umschreibung?

«Klären Sie mich auf.»

«Wie gesagt, Petra war alles andere als unattraktiv. Im Gegenteil, sie wusste ihre Vorzüge einzusetzen.»

«Als da wären?»

Landauer wand sich wie ein Wurm, der ans Tageslicht gezerrt wurde. «Sie machte Hoffnungen, wo sie nicht berechtigt waren und sicherlich auch unerwidert blieben.»

«Wollen Sie damit sagen, sie machte diesem Herrn Schwerdt schöne Augen?»

«Wenn Sie es so ausdrücken mögen.»

«Ging er darauf ein?»

«Werner ist über jeden Zweifel erhaben.»

«Was meinen Sie damit? Ja oder nein?»

Landauer griff sich Kilians Wasserglas und trank es leer.

«Um es kurz zu sagen: Es ist nicht auszuschließen.»

Das war also das Geheimnis, das dieser Parteisoldat so lange hatte verbergen wollen. Schwerdt hatte eine Affäre mit Petra Bauer gehabt.

«Wann und wo haben sich die beiden getroffen?»

«Es muss wohl gleich nach dem gemeinsamen Abendessen gewesen sein. Eine Mitarbeiterin hat sie ins Hotel gehen sehen. Der Barmann sagte, sie hätten noch ein paar Drinks genommen, und dann habe er sie aus den Augen verloren.»

«Ist Petra Bauer tags darauf nochmal gesehen worden?»

«Ich nehme es an.» Er korrigierte sich. «Sicher, auf jeden Fall.»

Kilian wurde ungeduldig. «Was jetzt? Wurde sie am folgenden Tag gesehen oder nicht?»

Landauer reagierte brüsk. «Himmelherrgott, ich weiß es nicht. Natürlich wird sie noch am Leben gewesen sein. Werner hatte seinen Spaß gehabt und damit basta. Schwamm drüber.»

Von wegen Schwamm drüber. Jetzt ging es erst richtig los.

«Gibt es Zeugen? Das Zimmermädchen, ein Page oder jemand an der Rezeption, der Petra Bauer beim Verlassen des Hotels gesehen hat?»

Landauer verneinte. «Nachdem die beiden wieder klar im Kopf waren, wussten sie, dass sie unter allen Umständen gehässige Gerüchte vermeiden mussten. Also wird sich Petra klammheimlich verdrückt haben. Sie war ja keine Anfängerin.»

«Und Herr Schwerdt hat das auch nicht zum ersten Mal gemacht, wenn ich das richtig verstehe.»

«Üble Nachrede. Was diese Schmierfinken schreiben, kann man doch nicht ernst nehmen.»

«Die denken sich das nur aus.»

«Richtig, damit überhaupt etwas in ihrem Käseblatt steht.»

Kilian erhob sich. «Dann sollten Sie mich jetzt mit Herrn Schwerdt bekannt machen.»

«Sie behandeln die Sache doch diskret? Robert hat mir das versprochen.»

«Robert?»

«Ihr Kriminaldirektor, oder wie das heißt.»

Er meinte seinen Chef Klein.

«Sicher», willigte Kilian ein. «Diskret, wie immer.»

Landauer führte Kilian in einen Nebenraum.

Auf den ersten Blick war nur eine aufgeschlagene Zeitung mit fetten Überschriften und riesigen Fotos zu sehen. Sie wurde von jemand gehalten, der im Sessel saß. Auf einem Beistelltisch standen ein Whiskyglas und eine Flasche Tyrconnell.

«Werner», kündigte Landauer sie an, «darf ich dir Kommissar Kilian von der Kripo Würzburg vorstellen?»

Hinter dem Revolverblatt blickte ein Mann hervor, der nicht minder auffällig aussah. Anders als viele seiner Parteikollegen trug er eine modisch akkurate Frisur und eine gesunde Gesichtsfarbe, zeigte Geschmack in der Wahl von Krawatte und Anzug und lächelte, als träte man seinem Fitnesscoach gegenüber. Schwungvoll legte er die Zeitung beiseite und begrüßte seinen Gast.

«Herr Kilian, es freut mich, Sie kennenzulernen.»

Er streckte die Hand aus.

Auch wenn Schwerdt nicht der blasse Politiker war, den er erwartet hatte, so ließ er sich von seinem angenehmen Erscheinungsbild nicht täuschen.

Mit Verweis auf Landauer sagte er: «Ich möchte gern allein mit Ihnen sprechen.»

Landauer setzte zum Protest an, aber Schwerdt kam ihm zuvor.

«Ist schon in Ordnung. Herr Kilian und ich werden bestimmt klarkommen.»

Er wies ihm einen Platz zu.

«Was möchten Sie trinken?»

Kilian lehnte ab, wenngleich er gute Lust gehabt hätte, von dem irischen Single Malt ein Glas zu probieren. Stattdessen kam er gleich zur Sache.

«Wie haben Sie Petra Bauer kennengelernt?»

Schwerdt ließ sich mit der Antwort Zeit. Er leerte sein Glas in aller Ruhe, bevor er antwortete.

«Es war vor zwei Wochen, als wir in Ihrer wunderschönen Residenz zu Gast waren. Sie kam ungefragt auf mich zu, brachte mir Wein anstatt Wasser und fragte mich, ob ich später noch Zeit hätte, um ein paar Fragen zu beantworten. Sie war direkt, wenn Sie verstehen, was ich meine.»

«Um welche Fragen handelte es sich?»

«Es sind immer die gleichen. Was müsse sie tun, damit sie in der Partei vorankommt, welche Leute sind wichtig, welche nicht.»

«Gingen Sie darauf ein?»

«Schlicht und kurz. Bitten dieser Art werden ständig an mich herangetragen.»

«Wo fand das Gespräch statt?»

«Zwischen Tür und Angel beim gemeinsamen Abendessen. Sie arbeitete im Service und schenkte mir immer wieder ein, als ob sie mich betrunken machen wollte.»

Er lächelte.

«Und danach?»

«Wollte ich zu Bett. Es war ein anstrengender Tag gewesen.»

«Aber sie war Ihnen gefolgt.»

Schwerdt nickte. «Sie war schlimmer als eine Klette. Ich wusste mir schließlich nicht anders zu helfen, als sie entschieden darauf hinzuweisen, dass ich nichts weiter für sie tun könne.»

«Man soll sie beide an der Bar gesehen haben.»

«Bevor ich zu Bett gehe, nehme ich immer einen letzten Drink und lasse den Tag Revue passieren. Selbst da hat sie mir keine Ruhe gelassen.»

«Was passierte dann?»

Er seufzte. «Ich habe mich schließlich erweichen lassen und ihr ein paar Adressen gegeben, an die sie sich wenden konnte, wenn sie Hilfe benötigte.»

«Das geschah auf Ihrem Zimmer?»

«Ja, meine Unterlagen waren dort.»

«Und dann?»

«Habe ich sie aufgefordert zu gehen.»

«Tat sie es?»

«Was auch immer dieses – zugegeben hübsche – Ding dazu bewogen haben mochte, sich mehr zu erhoffen, sie begann sich auszuziehen.»

«Wie haben Sie darauf reagiert?»

«Ich wollte nichts davon wissen und habe entschieden darauf bestanden, dass Sie endlich mein Zimmer verlässt. Das, was sie wollte, konnte und wollte ich ihr nicht geben.»

«Das heißt, sie ging noch in jener Nacht.»

Schwerdt nickte.

Seltsam, dachte Kilian, Landauer hatte nicht ausgeschlossen, dass Schwerdt mit Petra Bauer intimen Kontakt gehabt hatte. Er hatte sogar von Spaß gesprochen, so, als wäre Derartiges nicht zum ersten Mal passiert.

Was ging hier vor?, fragte er sich. Landauer und Schwerdt hatten sich doch bestimmt abgesprochen. Warum widersprachen sie sich nun in einem so wichtigen Detail?

«Gibt es einen Zeugen, der sie beim Verlassen Ihres Zimmers gesehen hat?», fragte Kilian

«Ich weiß es nicht. Vielleicht auf dem Gang oder an der Rezeption. Ich habe nicht darauf geachtet.»

Wenn ein Gast nachts das Hotel verließ, musste er an der

Rezeption vorbei. Das ließe sich schnell überprüfen, und dann würde er sehen, inwieweit dieser Unschuldsengel die Wahrheit sprach.

«Es kam also zu keinen sexuellen Handlungen zwischen Ihnen beiden?»

«Wo denken Sie hin? Ich bin ein verheirateter Mann.»

8

Man begegnet sich immer zweimal im Leben, dachte Kilian, als er die Staatskanzlei verließ und Ausschau nach einem Taxi hielt. Stand da nicht Ute Mayer, die ehemalige Ministerin, und suchte nach etwas in ihrer Handtasche?

Sie machte keinen glücklichen Eindruck.

«Kann ich Ihnen helfen?», fragte Kilian.

Sie blickte überrascht auf. «Herr Kilian ... noch immer hier?»

«Ich bin auf dem Weg zum Bahnhof. Die Heimat ruft.»

Ohne darauf einzugehen, schloss sie ihre Handtasche und hielt ein Taxi an.

«Ich kann meine Autoschlüssel nicht finden. Dann muss eben ein Taxi herhalten. Kann ich Sie mitnehmen?»

«Gern.»

Als sie eingestiegen waren, griff Kilian ihren zuvor gegebenen Rat nochmals auf.

«Was meinten Sie, als Sie mir rieten, mich nicht ins Bockshorn jagen zu lassen?»

«Was das Sprichwort besagt: Lassen Sie sich nicht täuschen.»

«Von Landauer oder von Schwerdt?»

Ute Mayer schmunzelte. «Sie sind der Polizist, nicht ich.»

«Dennoch scheinen Sie zu wissen, was mich nach München geführt hat?»

«Neuigkeiten verbreiten sich schnell, besonders wenn sie delikat sind.»

Delikat war eine interessante Wortwahl. Sie konnte damit nur Schwerdts mögliche Affäre gemeint haben.

«War Ihnen Petra Bauer bekannt?», fragte er.

«Sicher, sie arbeitete in der Ortsgruppe meines Wahlkreises.»

«Würden Sie sie mir beschreiben?»

«Petra war eine aufgeweckte und engagierte junge Frau. Sie hätte es weit bringen können.»

«War sie attraktiv?»

«O ja. Die Kerle standen Schlange.»

«Hat sie es ausgenutzt?»

«Nicht mehr, als es jede andere attraktive Frau für ihren Vorteil auch tun würde.»

«Hat sie Schwerdt Avancen gemacht?»

Ute Mayer lachte. «Meinem verehrten Parteifreund Werner Schwerdt braucht man in diesen Dingen keine Avancen zu machen. Der sorgt schon für sich allein.»

«Wie meinen Sie das?»

«Dass es eine Petra Bauer keinesfalls nötig gehabt hätte, einem Mann ihre Vorzüge aufzudrängen. Die Männer kamen von ganz allein.»

«War Schwerdt einer von ihnen?»

«Vielleicht, ich war nicht dabei.»

«Aber beim Treffen der Partei vor zwei Wochen in der Residenz waren Sie es?»

«Er saß mir gegenüber. Mehr nicht.»

«Konnten sie etwas beobachten?»

«Sie meinen, ob sich zwischen Schwerdt und Petra etwas abgespielt hat?»

Kilian nickte.

«Ich sah, wie sich die beiden unterhielten.»

«Von wem ging die Unterhaltung aus? Ich meine, wer war die treibende Kraft?»

«Schwer zu sagen. Im Zweifel würde ich auf Schwerdt tippen.»

«Woraus schließen Sie das?»

«Das dürfte wohl kaum ein Geheimnis sein. Mittlerweile schreiben die Zeitungen schon darüber.»

Kilian seufzte. «Klären Sie mich auf. Ich lese die Klatschblätter nicht.»

Ute Mayer überlegte. Dann: «Haben Sie noch etwas Zeit?»

«Wenn es der Aufklärung dient? Sicher.»

Sie gab dem Taxifahrer Anweisung, das Fahrtziel zu ändern. Er brachte sie zu einem Haus, das nicht weit von der Wies'n – dem Festplatz des alljährlichen Oktoberfests – entfernt war. Hier waren neue, zum Teil anonym wirkende Wohnblocks mit viel Stahl und Glas entstanden.

Sie deutete auf den dritten Stock eines Hauses.

«Die Wohnung ist auf den Namen einer Silvia Heinrich eingetragen», sagte Ute Mayer. «Sie ist die Cousine von Schwerdts Büroleiter. Allerdings wohnt sie nicht darin. In regelmäßigen Abständen finden sich hier jedoch illustre Gäste ein. Wenn Sie daran interessiert sind, wer sich hier trifft, dann behalten Sie diese Wohnung im Auge. Sie sollten nicht lange warten müssen.»

Kilian verstand nicht, was Ute Mayer ihm damit sagen wollte.

«Haben Sie ein wenig Geduld, Sie werden gleich herausfinden, wer Werner Schwerdt in Wirklichkeit ist.»

Als das Taxi verschwunden war, zündete sich Kilian ein Zigarillo an und ging ein paar Schritte, allerdings nur so weit, wie er die Wohnung im Blick behalten konnte.

Auf der verkehrsberuhigten Straße waren kaum Passanten unterwegs – hauptsächlich Mütter, die ihren Nachwuchs vom Kindergarten nach Hause brachten. Hier und da ein paar Jungen, die mit ihren Skateboards und BMX-Rädern übten.

Es wurde langsam dunkel, als Kilian das Warten aufgeben wollte. Da erregte eine Frau seine Aufmerksamkeit. Eiligen Schrittes verschwand sie im Hauseingang, und drei Stockwerke höher ging wenig später das Licht an. Die Fenster wurden gekippt und die Gardinen zugezogen. Die Wohnung schien nicht dauerhaft bewohnt zu sein, dachte Kilian. Ute Mayer könnte recht gehabt haben.

Auch wenn er von der Straße aus nur ihren Schatten sehen konnte, war sich Kilian sicher, dass diese Frau etwas umtrieb. Ein und ums andere Mal spähte sie zum Fenster hinaus. Kilian zog sich hinter eine Hausecke zurück.

Zehn Minuten später sollte sich das Rätsel lösen. Mit hochgeschlagener Mantelkrempe kam ein Mann und betrat das Haus. Er öffnete die Tür mit einem Schlüssel und eilte das erleuchtete Treppenhaus hoch.

Kilian kam aus seinem Versteck hervor. Er hörte die aufgebrachten Stimmen einer Frau und eines Mannes aus der Wohnung nach unten dringen. Die Gardine wurde entschieden zur Seite geschoben, und ein sichtlich aufgebrachter Werner Schwerdt schloss das Fenster.

Die folgenden dreißig Minuten geschah nicht viel. Die Silhouetten der beiden bildeten sich hin und wieder auf den Gardinen ab.

Das Licht im Treppenhaus ging an. Schwerdt kam aus der Wohnung und nahm gleich zwei Stufen auf einmal. Ebenso schnell verlor er sich im Dunkel der Wohnanlage. Kilian blickte besorgt nach oben.

Was war mit der Frau geschehen? Er hörte und sah nichts mehr von ihr. Die beiden hatten zweifellos miteinander gestritten, aber zu Handgreiflichkeiten schien es nicht gekommen zu sein. Andererseits würde diese Frau nicht die Erste sein, die sich aus Liebeskummer etwas antat.

Er musste auf Nummer sicher gehen und drückte alle Klingelknöpfe gleichzeitig. Ein Surren öffnete die Tür. Mit dem schnellen Treppensteigen klappte es nicht so gut. Der Schmerz kehrte bohrend in seine Seite zurück. Die letzten Stufen nahm er als alter Mann. Seine zitternde Hand drückte den Klingelknopf.

«Was willst du noch?!», schrie ihm eine verzweifelte Frau entgegen. Ihre sorgsam aufgetragene Schminke war durch Tränen weggespült worden, die vormals frisierten Haare hatten sich in Strähnen aufgelöst und fielen ihr ins Gesicht. Dahinter erkannte er verheulte rote Augen.

«Entschuldigen Sie», schnaufte Kilian, «ich wollte nur sehen, ob alles in Ordnung ist.»

Überrascht und zornig kam die Antwort.

«Wer zum Teufel sind Sie?»

Er zeigte seinen Ausweis.

«Ich habe sie von der Straße aus beobachtet.»

Sie achtete kaum darauf. «Was wollen Sie?»

Kilian stützte sich an den Türstock. Die drei Stockwerke hatten Kraft gekostet.

«Haben Sie vielleicht ein Glas Wasser für mich?»

Kilians Schwächeanfall war augenscheinlich. Notgedrungen bat sie ihn in die Wohnung und platzierte ihn auf die Couch. Dann verschwand sie in die Küche.

«Wieso haben Sie mich beobachtet?», rief sie herüber.

«Meine Aufmerksamkeit galt eigentlich Werner Schwerdt», antwortete Kilian.

Er blickte sich in der Wohnung um. Ein paar lieblos hingestellte Bücher in einem Regal, ein van Gogh aus einem Einrichtungshaus, eine mit dunklem Leder bezogene Couchgarnitur, am Boden gestapelte Tageszeitungen und politische Magazine. Nichts Persönliches wie ein achtlos hingeworfenes T-Shirt oder ein benutztes Glas.

Sie reichte ihm das Wasser.

«Was wollen Sie von Werner?»

Ein Papiertaschentuch hatte die verschmierte Schminke notdürftig aufgenommen.

«Ich wollte sehen, womit er sich in seiner Freizeit beschäftigt.»

«Blödsinn», entgegnete sie scharf. «Sie sind ihm gefolgt. Warum? Hat er was ausgefressen?»

«Er hat mich belogen.»

Die Frau lachte bitter. «Willkommen im Club.»

«Er sprach davon, dass er ein verheirateter Mann sei und keine außereheliche Beziehungen führe. Als ich Sie beide nun gesehen habe, war alles klar. Seit wann geht das schon?»

Die Frau seufzte. «Seit ein paar Monaten.»

«Was ist jetzt passiert?»

«Er hat Schluss gemacht.»

«Warum?»

«Er ist ein Feigling, wie ich es mir nie hätte vorstellen können. Und was er mir alles versprochen hat … Ich könnte schon wieder heulen.»

«Was hat er Ihnen denn versprochen?»

«Die Frage sollte lauten: Was hat er mir nicht alles versprochen? Dieser windige, hinterlistige und verlogene Schuft.» Sie schluchzte. «Gleich nach den Wahlen war die Scheidung geplant, anschließend zwei Wochen Seychellen und die gemeinsame Wohnung … Ein neuer Anfang für uns beide. Aber was macht er? Kann nicht die Finger von den jungen Dingern lassen.» Sie heulte ins Taschentuch. «Ich hätte es wissen müssen … ich war gewarnt. Er kann's einfach nicht lassen, egal, was er dir verspricht. Er ist ein unverbesserlicher Schürzenjäger.»

«Sie wissen also, was in Würzburg passiert ist?»

Sie nickte.

«Mein Mann triumphiert … Er denkt, er habe Werner nun im Kasten. Dabei hat der Trottel überhaupt keine Ahnung, was hinter seinem Rücken gespielt wird. Er glaubt, die Wahl für sich entschieden zu haben … Mein Gott, wenn das rauskommt.»

«Was dann?»

«Dann ist der eine der Hurenbock und der andere der Gehörnte. Schuld hat natürlich keiner von beiden, sondern ich, die treulose Ehefrau, die ihre Schenkel nicht beisammenhalten konnte. Auf mich werden sie sich stürzen und mich fragen, wieso ich meinem Mann in dieser schwierigen Zeit nicht beigestanden habe. Aber keiner will wissen, dass mein Mann ein widerlicher Versager und mein Liebhaber ein treuloser Casanova ist. Keiner wird die Frage nach der Schuld der Männer stellen. Kein Einziger.»

«Ging es darum in Ihrem Streit?»

Sie winkte ab.

«Es interessiert Werner überhaupt nicht, was aus mir wird. Hauptsache, er kommt aus dieser Schweinerei heil heraus. Vor den Wahlen darf kein Sterbenswörtchen an die Öffentlichkeit dringen.»

«Und wenn doch?»

Sie lächelte.

«Dann ist es vorbei mit ihm und seiner verdammten Karriere. Plopp macht dann die Seifenblase, und weg ist er.»

«Wie es scheint, weiß jeder schon darüber Bescheid.»

«Bisher sind es nur Gerüchte. Es gibt keine Beweise, ob Werner tatsächlich mit dieser kleinen Schlampe zusammen war. Ein voreiliger Schuss kann auch nach hinten losgehen.»

«Hat er Ihnen die Wahrheit gestanden?»

Sie blickte ihn argwöhnisch an.

«Das geht Sie nichts an.»

«Ich ermittle in einem Mordfall.»

«Werner mag ein Lügner, Betrüger und Schürzenjäger sein, aber er ist kein Mörder.»

«Dennoch ist Petra Bauer zuletzt in seiner Begleitung gesehen worden.»

«Ist das ihr Name?»

Kilian nickte.

«Egal», fuhr sie fort, «Werner mag seinen Spaß mit ihr gehabt haben, aber getötet hat er sie nicht. Dazu ist er nicht fähig.»

«Sie würden sich wundern, wozu Menschen in der Lage sind, wenn sie in die Enge getrieben werden.»

«Nicht Werner.»

Seltsam, diese Frau, dachte Kilian. Selbst jetzt nahm sie ihn noch in Schutz. Er wechselte das Thema.

«In dieser Wohnung haben Sie sich getroffen?»

Sie schaute sich angewidert um.

«Ich habe sie von Anfang an gehasst. Ich möchte nicht wissen, wie viele Frauen er hier schon verführt hat. *Damit ist es vorbei*, hat er mir geschworen. *Ab jetzt gibt es nur noch dich. Mein Ehrenwort.* Haben Sie das gehört? Sein Ehrenwort darauf. Dass ich nicht lache. Ab da hätte mir alles klar sein müssen.»

Ihr alter Zorn erwachte zu neuem Leben.

«Lügner, Lügner, Lügner. Ich könnte ihn …»

«Was?»

«… ans Messer liefern.»

«Wie?»

«Ich weiß viel über ihn. Mehr, als er ahnt.»

«Werden Sie es tun?»

Ihr Zorn verrauchte so schnell, wie er gekommen war.

«Er weiß auch ein paar Dinge über mich. Wieso bin ich nur so dumm gewesen, ihm zu vertrauen. *Teile und herrsche*, so heißt es doch? So ein dummer Anfängerfehler.»

9

Die Nacht hatte Kilian auf dem unbequemen Sitz eines ICE verbracht. Wer auch immer gesagt hat, Reisen mit der Bahn seien entspannend, der sollte jetzt mal seinen Rücken spüren.

Im Morgengrauen öffnete er leise die Wohnungstür. Pia schlief noch, und sie tat es überraschend fest. Nachdem er geduscht und eine Kanne Kaffee durch die Maschine hatte laufen lassen, war noch immer nichts von ihr zu hören. Erst als der Duft des Kaffees durch die Wohnung strömte, hörte er ächzende Geräusche aus dem Schlafzimmer.

«Hast du Brötchen mitgebracht?», fragte Pia.

Ihr dicker Bauch füllte das weite T-Shirt aus. Mit schmerzendem Rücken ließ sie sich auf einen Stuhl nieder.

«Vollkorn, Dreikorn, Weltmeisterbrötchen, Fitnesskipf. Alles öko und frisch», antwortete Kilian und wies auf den reichgefüllten Brotkorb. «Greif zu.»

«Tut es nicht auch ein einfaches Brötchen?»

«Du brauchst etwas Gesundes.»

Er hielt ihr den Brotkorb hin.

Pia griff lustlos zu. «Wie war München?»

«Wie erwartet. Keiner will die Wahrheit sagen. Manchmal frage ich mich, ob das ein Volkssport geworden ist.»

«Wie lautete die größte Lüge?»

Kilian dachte kurz nach. «*Ich freue mich, Sie zu sehen*, gefolgt von *Rufen Sie mich an, wenn Sie Hilfe brauchen.*»

«Die Welt ist einfach schlecht.»

Pia biss in ihr reichbelegtes Brötchen. An der Seite tropfte Marmelade heraus. Aber da war noch etwas anderes.

«Was ist das?», fragte er.

«Olivenpaste.»

«Und das schmeckt?»

«Wenn du wüsstest, was sich alles in den Bäuchen der Leichen befindet, die ich täglich aufschneide.»

«Danke, das reicht.» Lustlos legte er sein Brötchen auf den Teller zurück. «Hast du Schorsch gesehen?»

«Es geht ihm so weit gut, sagt er. Sein Arzt ist da aber anderer Meinung.»

«Was sagt er?»

«Schorsch tut so, als ginge es ihm gut. Dabei wandelt er auf einem dünnen Grat. Ich fürchte, das wird ein langer Klinikaufenthalt werden.»

«Woraus schließt du das?»

Pia leckte das Messer ab, das sie in die Nusscreme getaucht hatte. Kilian nahm es ihr aus der Hand.

«Hör auf damit. Willst du dir die Zunge abschneiden?»

Unbeeindruckt ließ sie es geschehen und nahm stattdessen Kilians Brötchen.

«Er gesteht sich nicht ein, dass er krank ist. Er glaubt immer noch, das wäre eine vorübergehende Sache.»

«Ist es das nicht?»

«Wer weiß das schon. Manche kriegen das ihr Leben lang nicht mehr los. Sie müssen lernen, damit zu leben. Aber zuvor heißt es, die Krankheit anzunehmen. Erst dann beginnt der Heilungsprozess.»

«Wie könnte der aussehen?»

«Viele Gespräche. Er muss sich öffnen und herauslassen, was ihn krank gemacht hat.»

«Und dann?»

Pia zuckte mit den Schultern.

«Reprogrammieren, nehme ich an, oder gleich ein neues Leben beginnen – was natürlich nicht geht, niemand fängt von neuem an. Es ist immer ein Aufsetzen auf dem Alten, ein Weitermachen, aber ohne die Fehler von früher zu wiederholen. Es ist …»

Sie stand auf, quälte sich zum Bücherregal und fand schnell das Gesuchte. «Es ist wie die *Stufen*.»

Kilian verstand kein Wort.

Sie schlug die entsprechende Seite auf und zitierte: «*Jedem Anfang wohnt ein Zauber inne* … warte, hier ist der entscheidende Satz: *Wohlan denn, Herz, nun nimm Abschied und gesunde.* Hat Hesse geschrieben. Wäre bestimmt auch was für dich.»

«War der nicht drogenabhängig?»

«Halb Würzburg hängt an der Flasche.»

«Deswegen ist es auch nicht gescheiter.»

«Aber zufrieden, und darum geht's.»

Kilian war nicht überzeugt.

«Ob das der Weisheit letzter Schluss ist? Ich bezweifle es.»

«Es geht ums Loslassen. Wer sich ans Alte krallt, wird mit ihm untergehen. Die Stufen bringen uns voran, sofern wir sie beschreiten.»

«Seit wann bist du eigentlich so esoterisch?»

Sie gab ihm einen Kuss und drückte ihren Bauch fest an sein Ohr. «Hörst du ihn?»

«Es ist ein Er? Hast du das Geschlecht jetzt doch bestimmen lassen?»

«Es ist nur so ein Gefühl. Morgen kann es wieder eine Sie sein.»

Er oder Sie. Wen kümmerte es? Der kleine Racker in Pias Bauch war nun auch aufgewacht. Er strampelte und boxte. Lange würde er sich mit der engen Höhle nicht mehr zufriedengeben.

Kilian stand vor einem leeren Bett. Wo war Heinlein? Er suchte die Antwort auf dem Gang.

«Schwester, wo kann ich den Patienten aus Zimmer 206 finden?»

«Er ist im Gespräch.»

«Was für ein Gespräch? Mit wem?»

«Mit unserem Oberarzt. Gehören Sie zur Familie?»

Gute Frage. Kilian zögerte.

«Irgendwie schon. Er ist ein Freund von mir.»

«Tut mir leid, dann müssen Sie jetzt gehen. Kommen Sie zu den Besuchszeiten wieder, sofern er überhaupt Besuch empfangen darf.»

«Wieso sollte er das nicht?»

Die Schwester, resolut in ihrer Art, nahm Kilian am Arm und führte ihn zum Ausgang.

«Das wird der Arzt entscheiden. Stellen Sie sich auf mehrere Wochen ein. Ihr Freund braucht jetzt absolute Ruhe und vor allem Abstand. Glauben Sie mir: Es ist besser für ihn, wenn Sie ihn jetzt nicht sehen.»

Das war ja schlimmer als nach einem Bauchschuss, sagte sich Kilian. Kein Kontakt, und das für Wochen. Wie sollte er das vor Klein geheim halten? Das war unmöglich. Irgendwann würde er ihn sehen wollen.

Ratternd und auf quietschenden Schienen schob sich die Straßenbahn den Berg hinunter. Kilian würde diesen Tag etwas ruhiger angehen. Er hatte eine rastlose Nacht hinter und eine ungewisse Zukunft vor sich.

Klein würde ihn und seinen Bericht aus München sehnsüchtig erwarten. Was sollte er ihm sagen? Die Lüge – dass Schwerdt behauptete, keinen sexuellen Kontakt mit Petra Bauer gehabt zu haben?

Selbst wenn es zutraf, was würde es bedeuten? Im Grunde

nichts. Entscheidend war, dass sie zuletzt lebend in seiner Nähe gesehen worden war.

Oder sollte er ihm die Wahrheit sagen? Dass alle, mit denen er gesprochen hatte, etwas verbargen. Wie dieser Landauer, der eine Wahlniederlage fürchtete, oder Schwerdt, der glaubte, man könne ihm nichts nachweisen.

Dann diese seltsame Exministerin Ute Mayer. Was hatte sie dazu bewogen, ihn zu Schwerdts Liebesnest zu chauffieren?

Schließlich Schwerdts Geliebte. Sie hatte sich tief verletzt und bitter enttäuscht präsentiert. Konnte er ihr das abnehmen?

Weder Lüge noch Wahrheit würden die erhofften Antworten auf Kleins bohrende Fragen bringen. Er war in erster Linie daran interessiert, den unangenehmen Fall schnell vom Tisch zu haben.

Als Kilian die Kriminalinspektion betrat, schickte ihn der Kollege am Empfang auf direktem Weg zu Klein.

«Beeil dich», sagte er, «der Alte ist schlecht gelaunt.»

Die Buschtrommeln waren schneller als er mit dem ICE, dachte Kilian. Die Golfbrüder hatten sich also wieder zusammentelefoniert.

«Setzen Sie sich», bestimmte Klein, als Kilian sein Zimmer betrat. Er war sichtlich verärgert. «München ist von Ihrem gestrigen Auftreten nicht begeistert.»

«Das hatte ich auch nicht beabsichtigt.»

«Man beschreibt sie als wenig taktvoll und vor allem als nicht kooperationswillig.»

Das Urteil musste Landauer gefällt haben. Wer sonst hätte sich diesen Unfug ausdenken können.

«Dann muss Herr Landauer etwas falsch verstanden haben. Ich denke, ich war mehr als zuvorkommend. Schließlich ermittle ich in einem Mordfall.»

Klein wischte den Einwurf mit einer Handbewegung weg.

«Hatten wir uns nicht darauf verständigt, dass wir die Sache diskret angehen?»

«Sicher», stimmte Kilian zu, «dennoch geht es um Mord. Schwerdt hat kein überprüfbares Alibi.»

«Sind Sie von allen guten Geistern verlassen?», raunzte Klein ihn an. «Werner Schwerdt hat doch zugegeben, Petra Bauer in seinem Hotelzimmer empfangen zu haben. Danach ist sie unversehrt gegangen.»

«Das behauptet er.»

«Haben Sie Grund, daran zu zweifeln?»

«Ja.»

«Warum?»

«Weil er mich belogen hat.»

Klein lag die Erwiderung auf der Zunge, dann stockte er.

«Worüber hat er sie belogen?»

«Dass er ein glücklich verheirateter Mann sei und keine außerehelichen Kontakte pflege.»

«Und was ist daran falsch?»

«Dass er eine Geliebte hat.»

«Das glaube ich nicht.»

«Die Spatzen pfeifen es von den Dächern. Er bemüht sich zwar, seine Abenteuer zu verbergen, aber jeder scheint darüber Bescheid zu wissen.»

«Üble Nachrede. Das ist bei einem Mann in seiner Position nicht überraschend.»

«Ich habe mit ihr gesprochen.»

«Mit wem?»

«Er unterhält ein Liebesnest in der Nähe der Wies'n. Dort habe ich seine Geliebte getroffen und mit ihr gesprochen.»

«Sie müssen sich irren. Werner Schwerdt ist über jeden Zweifel erhaben. Wenn er sagt …»

Ein energisches Klopfen an der Tür unterbrach Klein.

«Was ist?!», blaffte Klein Sabine, Kilians Sekretärin, an.

«Entschuldigen Sie, aber das sollten Sie sich ansehen.»

Sie eilte zum Schrank und schaltete den Fernsehapparat an. Gleich der erste Kanal brachte die Meldung des Tages.

Enthüllungsfotos aufgetaucht.

Sie zeigten Werner Schwerdt in intimer Umarmung mit Petra Bauer an der Hotelbar, in der Lobby und vor seinem Zimmer.

Klein glaubte seinen Augen nicht zu trauen.

«Das darf doch nicht wahr sein.»

Vor der Münchner Parteizentrale drängten sich die Reporter. Einer sprach in die Kamera.

«Bei der Frau handelt es sich um die vor zwei Wochen verschwundene Petra Bauer, die inzwischen tot in einem Waldstück bei Würzburg aufgefunden worden ist. Nach bisherigem Wissensstand scheint es keinen Zweifel an der Echtheit der Aufnahmen zu geben, und das bringt den Generalsekretär und mit ihm die gesamte Partei in Erklärungsnot. Denn auf den Bildern ist der Zeitstempel der Kamera zu sehen. Demnach wurden die Aufnahmen in der Nacht des Verschwindens von Petra Bauer gemacht …»

«Das ist ein Fiasko», klagte Klein und rieb sich die Stirn.

Kilian hingegen fühlte sich bestätigt.

«Schwerdt verschweigt mehr, als er preisgibt. Wir sollten uns schnell etwas einfallen lassen, bevor uns der Vorwurf der Begünstigung gemacht wird.»

Klein nickte zustimmend.

«Die Zeit der Samthandschuhe ist mit diesen Fotos vorbei. Wir müssen handeln. Bereiten Sie eine Presseerklärung vor.»

Kilian reichte die Anweisung an Sabine weiter.

«Und, was soll dadrin stehen?», fragte sie ratlos.

«Das Übliche», beschied Kilian, «dass wir die Fotos sehr ernst nehmen und sie erst mal auf Echtheit überprüfen, bevor wir sie kommentieren.»

«Aber der Reporter …»

«Wir stellen unsere eigenen Nachforschungen an», bestimmte Klein. «Das verschafft uns Zeit.»

«Lange wird sich die Presse nicht damit zufriedengeben», fügte Kilian hinzu.

«Deshalb müssen wir schnell sein. Ich bestelle Schwerdt zur Vernehmung nach Würzburg.»

Wieso nicht früher? Jetzt bekam der Fall endlich Hand und Fuß.

Doch mehr als die kompromittierenden Fotos interessierte Kilian die Frage, wer die Aufnahmen gemacht hatte. Dieser Jemand musste wissen, was in jener Nacht mit Petra Bauer passiert war. Er war vor Ort gewesen.

Warum war jemand Werner Schwerdt und Petra Bauer gefolgt, und warum hatte er kompromittierende Aufnahmen von den beiden gemacht?

Ging es hier um Erpressung?

Wieso dann der Mord an Petra Bauer?

Das ergab keinen Sinn. Wenn die Erpressung Werner Schwerdt galt, dann hätte Petra Bauer nicht sterben müssen. Und wieso waren die Aufnahmen der Presse zugespielt worden? Dadurch war jeglicher Erpressungsversuch zunichtegemacht.

Hier stimmte etwas nicht.

Schwerdts Geliebte fiel ihm ein. Hatte sie wahr gemacht, womit sie gedroht hatte? Den Verdacht des Ehebruchs auf die tote Petra Bauer zu lenken, damit sie im Dunkeln blieb?

Zuzutrauen war es ihr. *Teile und herrsche.* Das waren ihre Worte gewesen. Aber das hieße, dass sie die Fotos gemacht hatte oder zumindest Zugriff darauf besaß.

Kilian musste dem heimlichen Fotografen auf die Schliche kommen. Er war der Dreh- und Angelpunkt in diesem Mordfall.

10

Die Fotos waren ein Desaster für die Partei.

Der Generalsekretär Werner Schwerdt war damit politisch nicht mehr zu halten, egal, ob er in die Mordsache verstrickt sein sollte oder nicht. Er war in der Nacht ihres Todes mit einem Mordopfer zusammen gewesen. Das reichte vollkommen aus, um ihn in ein zweifelhaftes Licht zu rücken. Vom Ehebruch mit einer sündhaft jungen Frau ganz zu schweigen.

In den nächsten Umfrageergebnissen, die die Meinungsforschungsinstitute vor der Wahl in wöchentlichen Abständen veröffentlichten, würde die Partei zwei bis drei Prozent verlieren. Vergleichbare Fälle aus der Vergangenheit hatten das gezeigt.

Noch einmal zwei bis drei Prozentpunkte weniger als das ohnehin katastrophale Abschneiden der Partei bei den letzten Wahlen?

Es musste ganz schnell etwas passieren.

Hilde Michalik schaltete den Fernseher aus, als das Telefon klingelte.

«Vorzimmer Ute Mayer, Apparat Michalik.»

«Hast du es gesehen?», fragte Ute Mayer.

«Ja, es war kaum zu vermeiden.»

«In der Staatskanzlei tobt der Bär. Ich habe den Ministerpräsidenten bis in mein Büro gehört.»

«Hast du etwas anderes erwartet?»

«Nein, natürlich nicht. Was machen wir jetzt?»

«Nichts. Es geht alles seinen vorbestimmten Gang.»

«Was macht dich so sicher?»

Hilde seufzte. «Es ist nicht das erste Mal, dass einer von unseren ehrenwerten Herren mit heruntergelassenen Hosen erwischt wird, und ich fürchte, es wird auch nicht das letzte Mal sein.»

«Schön und gut, aber sollten wir nicht darauf reagieren?»

«Du hältst dich zurück. Dräng dich nicht auf. Lass sie selbst die Entscheidung treffen, wen sie für Schwerdt ins Rennen schicken wollen. Jede Aktion unsererseits könnte als rückgratlose Vorteilnahme ausgelegt werden.»

«Aber die Gelegenheit ist günstig. Sie kommt nie wieder.»

Hilde lächelte bitter. «Vertrau mir. Gelegenheiten wie diese gibt es häufiger, als du denkst.»

Ute Mayer seufzte ins Telefon. «Na gut. Was schlägst du nun vor? Soll ich die Hände in den Schoß legen und darauf warten, bis sie an meine Tür klopfen?»

«Genau das tust du.»

«Ich will aber nicht darauf warten.»

Hilde reagierte verärgert. «Dann geh los, biedere dich an und lass dich ebenso schnell wieder abspeisen. Ist es das, was du willst?»

«Nein, natürlich nicht.»

«Dann hör auf mich und denk nach. Welche Optionen stehen ihnen jetzt zur Verfügung? Wen können sie, wenn müssen sie als neuen Generalsekretär berufen?»

«Himmel, das weiß ich doch nicht.»

«Aber ich, und du wirst es nicht sein.»

«Wie bitte?»

«Deine Zeit ist noch nicht gekommen. Du musst dich gedulden.»

«Aber …»

Hilde hörte nicht weiter zu und legte auf.

Auch wenn es schmerzte, Ute Mayer musste lernen, wie

das Geschäft lief. Es war wie Mühle spielen. Entscheidend war, wie die Steine gesetzt wurden, um zu einer Zwickmühle zu kommen. Dann musste der Gegner notgedrungen schmerzvolle Entscheidungen treffen. Wohlgemerkt, *er* würde sie treffen, und man selbst blieb außen vor.

Wen würde sie nun zuerst anrufen?

Auf die Verzweiflung in der Partei war Verlass. Die Herren würden wie aufgescheuchte Hühner umherrennen.

Nein, das Bild war falsch. Zutreffender war, dass der Fuchs die Hühner überraschen wollte, doch er war in einen Hinterhalt geführt worden. Das Fluchtloch war verstellt, und er sah sich nun einem Haufen wütender Hennen gegenüber, die mit spitzen Schnäbeln aufgeregt auf ihn einhackten.

Armer Fuchs. Wer hat dich nur so schändlich verraten?

Hilde wählte eine Nummer in Brüssel. Mal sehen, ob sich die Nachricht bereits herumgesprochen hatte.

11

Die Fotos waren allen wichtigen Fernsehstationen zugespielt worden. Sie lagen erst unscheinbar in der Post und fanden sich dann unversehens auf dem Schreibtisch eines Redakteurs wieder. Absender unbekannt.

Durch die breite Streuung schien der Absender sicherstellen zu wollen, dass die kompromittierenden Aufnahmen nicht von einem parteinahen Redakteur unterschlagen werden konnten. Sie mussten in der Redaktionskonferenz besprochen und schließlich veröffentlicht werden. Der Absender wusste über diese Abläufe bestens Bescheid.

Außerdem waren die Fotos nicht in einem Fotostudio entwickelt, sondern auf einem Computerdrucker ausgegeben worden. Eine Rückverfolgung war damit ausgeschlossen. Wieder ein Hinweis auf jemanden, der wusste, wie man seine Spuren verwischte.

Der Kriminaltechniker machte Kilian wenig Hoffnung.

«Jeder, der nur halbwegs eine Digitalkamera bedienen und einen Druckbefehl geben kann, kommt als Urheber in Betracht. Das ist eine Sackgasse.»

«Habt ihr Fingerabdrücke gefunden?», fragte Kilian.

Der Techniker nickte. «Zu viele, um eine Zuordnung durchführen zu können. Wahrscheinlich gingen die Fotos in der Redaktion von Hand zu Hand.»

«Sonst irgendeine verwertbare Spur?»

«Wir könnten den Druckertyp bestimmen. Das würde etwas dauern. Hilft dir das weiter?»

Kilian winkte ab. Das führte zu nichts. Wenn der Absender der Fotos seiner Methode treu blieb, dann hatte er einen handelsüblichen Drucker verwendet, der zehntausendfach verkauft worden war.

«Ist der Zeitstempel auf den Fotos authentisch?»

«Schwer zu sagen. Wenn die Bilder am Computer bearbeitet wurden, ist alles möglich. Ich würde mich an deiner Stelle eher an den Barmann halten, der auf den Aufnahmen zu sehen ist. Er müsste wissen, ob die Bilder in jener Nacht gemacht wurden.»

Kilian packte die Aufnahmen ein und machte sich auf den Weg. Es war später Nachmittag. Die Mitarbeiter der Hotelbar könnten schon vor Ort sein.

Als er die Hotellobby betrat, musste er feststellen, dass nicht nur das Personal bereits bei der Arbeit war, sondern auch die Kamerateams. Rund um die Bar waren Scheinwerfer und Mikrophone aufgebaut. Im Zentrum stand der Barmann, an seiner Seite eine Frau. Sie bestimmte, wer Fragen stellen durfte. Vermutlich gehörte sie der Geschäftsleitung an und war der unerwarteten Medienpräsenz in ihrem Haus nicht abgeneigt.

Kilian hielt sich wohlweislich im hinteren Teil des Raums auf. Von hier aus konnte er alles verfolgen, ohne aufzufallen.

Während der Barmann Altbekanntes wiederholte, betrachtete er die Bilder in seiner Hand.

Von wo aus waren sie geschossen worden?

Wer war der geheimnisvolle Fotograf gewesen? Er würde wissen, was in jener Nacht geschehen ist.

An der Beantwortung dieser Frage schien keiner der Reporter interessiert zu sein. Stattdessen konzentrierten sie sich auf Geschmacklosigkeiten, Vermutungen und auf manche Unterstellung. Schwerdts Liebesabenteuer war willkommenes Futter für den Boulevard.

Kilian machte eine Sitzecke aus, von der aus die Aufnahmen geschossen worden sein konnten. Der Winkel stimmte, und wenn der Barmann nicht völlig blind war, hätte er den Fotografen sehen müssen. Gleich wenn der Medienauflauf vorüber war, würde er ihn damit konfrontieren. Und er musste nicht lange darauf warten.

Auf das erste Klingeln eines Handys folgte ein zweites und darauf das nächste. Ein Scheinwerfer nach dem anderen erlosch, als die Nachricht von der Ankunft Werner Schwerdts in Würzburg die Runde machte.

Wieso erfuhr Kilian das als Letzter?

«Ich habe keine Ahnung, wer das hinausposaunt hat», sagte Sabine am Telefon. «Irgendjemand in der Inspektion muss es der Presse gesteckt haben.»

«Ist auch egal», antwortete Kilian. «Ich bin in einer halben Stunde da. Lass bis dahin niemanden mit Schwerdt reden.»

Sabine versprach es.

Als der letzte Pressemann die Bar verlassen hatte und wieder Ruhe eingekehrt war, trat Kilian an den Tresen. Er legte ein Foto nach dem anderen darauf.

«Können Sie mir bestätigen, dass diese Aufnahmen in jener Nacht gemacht wurden, als Werner Schwerdt und Petra Bauer Gast in Ihrer Bar waren?»

Der Barmann schaute kurz darüber. «Ja, eindeutig. Außerdem habe ich das der Polizei schon gesagt.»

«Lassen Sie den Zeitstempel mal außen vor. Er könnte gefälscht sein. Ich benötige eine Bestätigung, dass diese Aufnahmen tatsächlich aus der betreffenden Nacht stammen und nicht aus einer anderen.»

«Der Zeitstempel ist mir egal», antwortete er, «aber nicht der Crown Royal.»

«Was meinen Sie?»

Sein Finger wies Kilian auf die Bestückung seiner Bar hin, die in jener Nacht eine bestimmte Anordnung hatte.

«Jeder Barmann richtet seinen Arbeitsplatz so her, wie er es haben will. Ich habe meine Whiskys links oben stehen, beginnend mit Scotch, dann Malt und schließlich die Bourbons. Mein Kollege macht es genau anders herum. Und wie Sie auf der Aufnahme sehen, fehlt ganz links der Crown Royal.»

«Ich verstehe nicht.»

«Der Crown Royal ist ein Whisky aus Kanada, der von Amerikanern gern getrunken wird. Seit die amerikanischen Streitkräfte aus Würzburg abgezogen worden sind, wird er nicht mehr oft nachgefragt, gehört aber dennoch zur Standardbestückung. Jeder Barmann achtet darauf, dass er nicht ausgeht. In den vergangenen Wochen ist das aber leider trotzdem einmal vorgekommen, und das war just in jener Nacht.»

Kilian war dieses Detail entgangen, obwohl er sich sein halbes Leben in Bars herumgetrieben hatte.

«Der Nachschub lagert im Keller», fuhr der Barmann fort. «Es war schon spät in dieser Nacht, und ich war allein. Also dachte ich, ich fülle das Regal erst am nächsten Tag wieder auf.»

Jetzt verstand Kilian. Barleute sahen die Welt mit anderen Augen.

«Demnach halten Sie die Aufnahme für authentisch.»

«Hundert pro.»

«Wissen Sie, wer die Bilder gemacht hat?»

Der Barmann lächelte müde. «Das kann ich beim besten Willen nicht sagen.»

Kilian stieg vom Hocker und begab sich in die betreffende Sitzecke. «Dem Winkel nach zu urteilen, muss der Fotograf hier gesessen sein. Sie müssten ihn eigentlich gesehen haben.»

«Möglich.»

«Es war ziemlich dunkel. Er muss ein Blitzlicht verwendet haben.»

«Kann sein.»

«Aber ein Blitzlicht müssen Sie doch bemerkt haben.»

«Haben Sie eine Ahnung, wie viele Fotos hier gemacht werden? Japaner, Amerikaner, Italiener … Wenn die Touristen und Geschäftsleute beisammensitzen und etwas trinken, dauert es keine zehn Minuten, bis die ersten Fotos gemacht werden. Ich kann nicht auf jedes Blitzlicht achten.»

Kilian stimmte zu. «Richtig, aber in jener Nacht war es doch schon spät. Sie sagten, dass Schwerdt und Petra Bauer die letzten Gäste waren.»

«Zumindest unter den letzten Gästen.»

«Es können also noch andere hier gewesen sein?»

Der Barmann seufzte. Er tat sich schwer, den Abend vor zwei Wochen zu erinnern.

«Möglich, ich weiß es einfach nicht mehr.»

Kilian ging auf ihn zu.

«Versuchen Sie es», sagte er beschwörend. «Es ist wichtig.»

Sosehr sich der Barmann auch bemühte, es wollte ihm nichts einfallen. Da kam Kilian eine Idee.

«Welche Drinks gingen in die Sitzecke? War etwas Auffälliges dabei?»

Barleute sahen nicht nur die Welt anders, sie erinnerten auch anders.

«Stimmt», sagte er, «es gab eine sonderbare Bestellung. Ein *Haute Couture* – Brandy, Bénédictine, Crème de Cacao und Eiswürfel. Ein typischer Frauendrink. Wird eigentlich nur in den Großstädten getrunken. Bevorzugt von Frauen mit den Sternzeichen Fische und Widder, in Ausnahmefällen trinken ihn auch Männer, die im Sternzeichen Zwillinge, Waage oder Krebs geboren sind.»

Kilian verstand nicht.

«Was hat das mit den Sternzeichen auf sich?»

«Wenn man aus Horoskopen herauslesen kann, welche Eigenschaften ein Mensch hat, der unter einem bestimmten

Sternzeichen geboren ist, dann kann man auch eine Aussage zu seinen favorisierten Getränken treffen.»

Die Logik war nicht von der Hand zu weisen, sofern man dem ganzen Hokuspokus Glauben schenkte.

«War es demnach ein weiblicher oder männlicher Gast?»

«Ich tippe auf eine Frau.»

«Haben Sie ihr den Drink an den Tisch gebracht?»

«Schon möglich.»

«Konnten Sie die Frau erkennen?»

«Hören Sie, ich vermute, dass es eine Frau gewesen ist, aber ich kann es nicht mit Sicherheit sagen. Am besten fragen Sie die Vroni.»

«Wer ist Vroni?»

«Unsere Auszubildende. Sie räumt die Gläser ab, macht die Aschenbecher sauber und füllt die Snacks auf. Sie könnte sie gesehen haben.»

«Wo kann ich diese Vroni finden?»

«Schauen Sie mal in der Wäschekammer vorbei.»

Kilian ließ sich den Weg beschreiben und ging los. Nachdem er die Lobby hinter sich gelassen hatte, betrat er eine gänzlich andere Welt. Hier herrschte Geschäftigkeit und Anspannung – einem verborgenen Maschinenraum gleich, der die heile Welt eines Hotels in Gang hielt. Nur kurz trafen ihn die fragenden Blicke der Angestellten. Gast, Lieferant oder Mitarbeiter? Niemand hatte Zeit, auf die Antwort zu warten.

Über eine Treppe gelangte er ins Untergeschoss. Nun fand er sich in einem Labyrinth von Gängen und Kammern wieder. Von irgendwoher strahlte es warm. Am Heizungsraum vorbei sollte er sich links halten, dann stieße er unweigerlich auf die Wäschekammer, hatte der Barmann gesagt.

Kilian folgte den Anweisungen, was nicht leicht war. Die Beleuchtung war knapp und die Gefahr, sich zu verlaufen, trotz der Wegbeschreibung überraschend groß.

Wie sollte man sich hier unten zurechtfinden? Ein Wäschewagen, der im Halbdunkel eines Gangs verlassen stand, brachte ihn auf die richtige Fährte. Er klopfte an die Tür.

«Ist hier jemand?»

Statt einer Antwort öffnete sich die Tür, und eine junge Frau in der Uniform des Hotels stand vor ihm. Sie reichte ihm bis zur Brust, hatte dunkle halblange Haare und mochte noch keine zwanzig Jahre alt sein. Ihr Namensschild wies sie als Veronika aus.

«Kann ich Ihnen helfen?», fragte sie, unschlüssig, ob es sich bei Kilian um einen Mitarbeiter oder Lieferanten handelte. Einen Gast erwartete sie hier unten nicht.

«Mein Name ist Johannes Kilian, Kripo Würzburg. Ich würde Ihnen gern ein paar Fragen stellen.»

Teils erleichtert, dass es niemand aus dem Management war, aber auch unsicher, was dieser Kommissar von ihr wollte, bat sie ihn in den Raum. Hier sammelte sich die schmutzige Bettwäsche der Hotelgäste, gleich neben den fein säuberlich aufgereihten Stapeln frischer Laken und Bezüge. In der Mitte des Raums standen ein Bügelbrett und ein Stuhl.

Kilian wies sie an, sich zu setzen. Er schilderte ihr den Grund für seine Nachforschungen, dann fragte er sie direkt.

«Können Sie sich an den Gast erinnern?»

Vroni dachte lange nach, bevor sie antwortete. Den Blick nach unten gerichtet, sagte sie: «Tut mir leid. Es ist zu lange her.»

«Es könnte sich um eine Frau handeln, die einen ungewöhnlichen Drink bestellt hat. Einen Haute Couture.»

«Das ist französisch, richtig?»

«Es bedeutet so viel wie *Mode*.»

«Ein seltsamer Name für einen Drink.»

Kilian nickte. «Der Erfinder muss sich dabei etwas gedacht haben. Wie käme man sonst auf die Idee?»

Vroni schmunzelte. «Was mag dem Erfinder von Between the Sheets erst durch den Kopf gegangen sein?» Sie blickte umher. «Wahrscheinlich hat er den Drink in einer Wäschekammer erfunden.»

«Ja, das könnte sein. Man muss wohl schon ziemlich betrunken sein, um auf derart ausgefallene Beschreibungen zu kommen.»

«Oder sie tragen verborgene Botschaften in sich.»

Kilian stutzte. «Wie meinen Sie das?»

Vroni blickte ihm in die Augen. «Hat nicht alles einen tieferen Sinn? Die Grüne Witwe zum Beispiel. Befreite der Drink die Ehefrau nicht von einem lästigen Partner?»

«Sie scheinen sich bei Mixgetränken gut auszukennen.»

«Noch ein Jahr, dann habe ich meine Ausbildung abgeschlossen. Danach werde ich hinter die Bar wechseln. Das ist mein großer Traum.»

«Demzufolge halten Sie sich oft in der Bar auf?»

«Wann immer ich Zeit habe. Ich kann von Rico, dem Barmann, viel lernen.»

«Sie kümmern sich um die Tische, wie er mir sagte.»

«Um Snacks, Aschenbecher und all das andere Zeug. Dafür zeigt mir Rico ein paar Tricks hinter der Bar.»

«Zum Beispiel, einen Haute Couture zu mixen?»

Sie verneinte.

«Der Drink ist mir zu abgehoben. Ich bevorzuge die Klassiker wie einen Mojito.»

«Dieser Gast, nach dem ich suche, soll einen Haute Couture bestellt und wahrscheinlich auch getrunken haben. Rico sagte mir, dass Sie den Drink an den Tisch gebracht hätten.»

«Nicht dass ich wüsste.»

«Rico war sich sicher.»

Vroni lächelte. «Rico ist sich immer sicher. So ein cooler Typ, für den er sich hält, kann gar nicht anders, als sicher zu sein.»

«Sicher ist cool und unsicher ist uncool. Richtig?»

«Exakt.»

«Und Sie sind sich sicher, niemandem einen Haute Couture an den Tisch gebracht zu haben?»

«Absolut.»

«Ist Ihnen vielleicht jemand in der Sitzecke aufgefallen?»

«Nein. Sie war zwar hin und wieder mit Hotelgästen besetzt, aber besonders aufgefallen ist mir niemand.»

Kilian hatte gehofft, dass ihm diese Vroni einen Hinweis zur großen Unbekannten würde geben können. Aber wie es schien, war er den Weg umsonst gekommen.

«Wenn Ihnen noch etwas zu diesem geheimnisvollen Gast einfallen sollte, dann rufen Sie mich an.»

Er reichte ihr eine Visitenkarte. Sie nahm sie und ließ sie unbesehen in ihrer Schürze verschwinden.

«Einen schönen Tag noch», sagte er und wandte sich der Tür zu.

«Es geht um diese verschwundene Frau», rief Vroni ihm nach.

Kilian hielt inne. «Ja, wie kommen Sie darauf?»

«Ich habe gehört, dass sie wiederaufgetaucht ist. Tot, allerdings.»

«Leider ja.»

«Und dass sie in jener Nacht verschwunden sein soll.»

Kilian trat näher. «Wissen Sie etwas darüber?»

Ihr Blick ging zu Boden. «Nichts Wichtiges.»

Er ging in die Hocke, blickte ihr in die Augen.

«Auch das Unwichtige ist von Belang. Sagen Sie es mir.»

«Es ist nichts.»

«Lassen Sie mich das entscheiden. Also, was wissen Sie über jene Nacht und diese Frau?»

Vroni zögerte, doch schließlich rückte sie mit der Sprache raus. «Dieser Mann …»

«Werner Schwerdt.»

Sie nickte. «Er war ziemlich betrunken und konnte sich kaum noch auf dem Hocker halten. Und dann war da noch diese hübsche Frau …»

«Petra Bauer.»

«Ich verstehe nicht, wieso sich Frauen überhaupt mit so widerlichen Typen abgeben … Auf jeden Fall hielten sie sich kaum zurück … und das vor aller Augen.»

«Vor wessen Augen?»

«Rico, ich und ein paar Gäste waren auch noch da, als sie kamen. Die gingen jedoch bald. Es war einfach eklig.»

«Was passierte dann?»

Sie zuckte mit den Schultern.

«Was dann immer geschieht. Der Mann zahlt, und anschließend gehen sie aufs Zimmer.»

Kilian nickte auffordernd. «Ja, weiter …»

«Nichts. Wir konnten die Bar dann endlich sauber machen und schließen. Es war schon spät.»

Kilian hatte sich mehr erhofft als das. Enttäuscht erhob er sich. «Sie haben mir sehr geholfen», log er. «Danke.»

«Doch dann, mitten in der Nacht», fuhr Vroni unerwartet fort, «wurde ich auf sein Zimmer gerufen.»

Kilian ging wieder in die Hocke. «Wieso? Was war geschehen?»

«Sie hatten eine Riesensauerei veranstaltet. Gläser waren umgeworfen, leere Flaschen lagen auf dem Teppich, und das Laken war blutig.»

«Blutig wovon?»

«Nicht das, was Sie denken. Diese Frau war bestimmt keine Jungfrau mehr oder hatte ihre Tage. Nein, er hatte sie irgendwie verletzt.»

«Womit und wo?»

«Ich weiß es nicht. Sie blutete, glaube ich, aus Mund und

Nase. Wahrscheinlich hatte er sie geschlagen. Ich sollte den ganzen Schmutz beseitigen und neue Bettwäsche aufziehen.»

«Hat Petra Bauer Anstalten gemacht zu flüchten, als Sie das Zimmer betraten?»

Vroni verneinte. «Sie zog sich ins Badezimmer zurück.»

«Hatte sie Angst vor ihm?»

«Kann ich nicht sagen. Aber sie hätte jede Chance gehabt zu gehen, als ich da war.»

«Das heißt, Petra Bauer blieb freiwillig?»

«Ich nehme es an.»

«Gut, was passierte dann?»

«Ich wechselte die Laken, sammelte die zerbrochenen Gläser und Flaschen zusammen, und danach forderte er mich auf zu gehen.»

«Haben er und Petra Bauer miteinander gesprochen, als Sie noch im Zimmer waren?»

«Ja, ich hörte sie im Badezimmer miteinander streiten.»

«Worum ging es?»

«Ich habe nicht viel verstanden. Es muss um die Partei gegangen sein. Er machte ihr Vorwürfe und sie ihm.»

«Weiter.»

«Nichts weiter. Das war alles. Ich ging dann wieder nach unten.»

«Ist in jener Nacht noch etwas geschehen?»

«Nicht dass ich wüsste.»

«Um wie viel Uhr waren Sie auf dem Zimmer gewesen?»

«So gegen vier.»

«Und danach haben Sie sie nicht noch einmal gesehen?»

«Nein.»

«Jemand anderes vielleicht? Der Mann an der Rezeption?»

«Zwischen drei und sechs Uhr morgens ist die tote Zeit. Würde mich wundern, wenn da noch jemand ganz bei der Sache war. Zumal das Wochenende uns alle sehr angestrengt hatte. Wir waren wegen der Parteiveranstaltung ausgebucht, und es gab viel zu tun.»

«Was geschah am nächsten Morgen? Waren Sie nochmals auf seinem Zimmer?»

«Es gab keinen Grund dafür.»

«War jemand anderes im Zimmer?»

«Das Zimmermädchen, nehme ich an.»

«Wann war das?»

«Während des Frühstücks, so gegen acht Uhr.»

«Und sie hat nichts Ungewöhnliches festgestellt?»

«Nicht dass ich wüsste.»

«Das heißt, Petra Bauer hatte um diese Uhrzeit das Zimmer bereits verlassen?»

«Möglich. Ansonsten wäre das Zimmermädchen später noch einmal gekommen.»

«Wie kann ich das überprüfen?»

«Indem Sie mit ihr sprechen. Wer an diesem Morgen Dienst hatte, erfahren Sie in der Personalabteilung.»

Kilian bedankte sich. Genau das würde er tun.

«Wo waren Sie in der betreffenden Nacht? Ich meine, zwischen vier und sechs Uhr.»

Vroni lächelte. «Hier natürlich. Ich hatte Dienst, between the sheets.»

12

«… werden die Stimmen, die einen sofortigen Rücktritt des Generalsekretärs fordern, immer lauter. Selbst in der eigenen Partei bröckelt die Unterstützung.»

Kilian hatte bei der Wahl des Taxis Glück gehabt. Der Fahrer war ein junger Mann mit Rastazöpfen und guter Laune. Die Nachrichten des Radios liefen nur für die Fahrgäste, während er seinem iPod lauschte.

Welches Schicksal dem Freistaat mit der drohenden Demission Werner Schwerdts auch beschieden war, die jamaikanischen Rhythmen waren ihm offensichtlich wichtiger. Entweder war er derartige Affären aus seinem Herkunftsland gewohnt, oder der drohende Wechsel in der Führungsmannschaft der Partei kümmerte ihn schlicht nicht.

Interessierte denn Schwerdts Schicksal sonst irgendjemanden im Freistaat, der nicht in die Geschicke der Partei eingebunden war?

Kilian hegte Zweifel. Der Graben zwischen Volk und Regierung schien tief und unüberwindbar. Die unsäglichen Affären, Lügen und Betrügereien, mit denen sich die Politiker in den letzten Jahren straflos aus der Verantwortung gestohlen hatten, hatten das Band zerschnitten.

Machtlos hatten sie mit angesehen, wie ein Skandal auf den anderen gefolgt war und deren Urheber gar noch mit einer fetten Pension davonkamen. Auf die anfängliche Empörung und das spätere Misstrauen war das Desinteresse gegenüber jedwedem politischen Versprechen gefolgt. Die Meinungsforschungsinstitute prophezeiten vierzig Prozent und mehr Nichtwähler.

«Zwölf Euro achtzig», sagte der Taxifahrer, als er auf dem Parkplatz vor der Kripo am Weißenburger Platz den Wagen stoppte. «Werden Sie von denen erwartet?», fügte er mit Verweis auf die Medienleute hinzu, die sich am Eingang zum Gebäude eingefunden hatten.

Kilian reichte ihm das Geld.

«Nein, für die bin ich nicht wichtig genug. Die haben einen weitaus größeren Fisch am Haken. Mal sehen, ob ich ihnen den Gefallen tun kann.»

Vorbei an den fragenden Gesichtern, wer dieser Mann war, der zur späten Stunde ins Kripogebäude wollte, bahnte sich Kilian seinen Weg.

«Der Chef erwartet dich», rief ihm der Kollege am Empfang zu.

«Wo finde ich ihn?»

«In seinem Büro natürlich.»

In seinem Büro, wiederholte Kilian. Natürlich. Für den Generalsekretär und Golf-Spezl war der sonst übliche Befragungsraum offenbar nicht gut genug.

Kilian nahm die Stufen mit Schwung. Er hoffte, dass ihm der Elan bei der Befragung Schwerdts erhalten blieb.

Die Vorzimmerdame schickte ihn geradewegs weiter.

«Beeil dich, der Chef wartet.»

«Ist unser Gast schon eingetroffen?»

Sie nickte. «Und er ist nicht allein.»

Neben dem Polizeidirektor und Werner Schwerdt war auch sein Schatten Landauer anwesend. Bei einem Bocksbeutel vertrieben sie sich die Zeit bis zum Eintreffen Kilians.

«Da ist er ja endlich», begrüßte Klein seinen Kommissar. Er stand auf und führte Kilian seinen Gästen zu.

«Darf ich vorstellen?»

«Wir kennen uns bereits», wehrte Kilian das Händeschütteln ab. Er hatte nicht vor, Teil dieser Kumpanei zu werden. «Da es schon spät ist, schlage ich vor, dass wir gleich beginnen.»

«Da hast du ja einen ganz Forschen, Bert», sagte Landauer zu Klein. «Nur keine Zeit verschwenden. Der wäre genau richtig für unser Wahlkampfteam.»

Ein zustimmendes Lachen ertönte. Kilian hingegen fand darin nichts Amüsantes und öffnete auffordernd die Tür. «Der Befragungsraum befindet sich ein Stockwerk tiefer. Wenn ich bitten darf?»

Schwerdt und Klein schauten sich für einen Moment an. Wer würde es ihm sagen? Klein natürlich. Er stand auf, ging zur Tür und schloss sie.

«Ich denke, wir können in diesem Fall auf den Befragungsraum verzichten. Mein Büro steht Ihnen zur Verfügung.»

«Ich habe nicht vor, von der sonst üblichen Vorgehensweise abzuweichen.»

«Besinnen Sie sich, Kilian», insistierte Klein flüsternd, «Order von ganz oben. Mir sind die Hände gebunden.»

Von ganz oben hieß München. Schwerdt wurde also noch immer von der Staatskanzlei gestützt. Dagegen war nicht anzukommen. Selbst Klein hatte das einsehen müssen.

«Gut, dann eben hier», fügte sich Kilian. «Darf ich dann Herrn Landauer bitten, den Raum zu verlassen, damit wir beginnen können?»

«Siegfried ist mein Rechtsbeistand», konterte Schwerdt. «Ich hoffe, das entspricht auch der üblichen Vorgehensweise.»

Er schickte ein hämisches Grinsen hinterher.

«Sicher», antwortete Kilian, «wenn Sie glauben, dass Sie bei einer schlichten Befragung bereits einen Anwalt benötigen?»

Schwerdts Grinsen wurde dünner.

Klein, um eine schnelle und konfliktfreie Abwicklung der Befragung bemüht, schaltete das Aufnahmegerät ein.

«Darauf können wir leider nicht verzichten.»

Kilian schnappte sich einen Stuhl und platzierte sich direkt vor Landauer und Schwerdt. Aus der bereitliegenden Akte nahm er die Fotos, die Schwerdt mit Petra Bauer zeigten.

«Bei unserem gestrigen Gespräch sagten Sie aus, dass Sie keinerlei sexuellen Kontakt mit der verstorbenen Petra Bauer hatten. Diese kürzlich aufgetauchten Fotos sprechen jedoch eine andere Sprache. Wie stehen Sie dazu?»

Schwerdt beugte sich nach vorn und nahm die Fotos genauer in Augenschein.

«Aus meiner Sicht zeigen sie eindeutig, dass ich nichts von dieser Frau wollte. Sie ist es, die sich an mich herangemacht hat.»

«Zeugen behaupten das Gegenteil.»

«Welche Zeugen?», unterbrach Landauer.

«Der Barmann zum Beispiel. Nach seiner Aussage waren Sie die treibende Kraft hinter dem sich anschließenden Geschlechtsverkehr auf Ihrem Zimmer.»

«Moment mal, so weit sind wir noch lange nicht», antwortete Landauer scharf. «Diese Fotos zeigen Werner Schwerdt in einer, zugegeben, verfänglichen Situation. Aber daraus zu schließen, dass sich ein Geschlechtsverkehr ergeben hat, entbehrt jeglicher Grundlage.»

«Dann fragen wir Herrn Schwerdt doch direkt. Hatten Sie in dieser Nacht sexuellen Kontakt mit Petra Bauer in Ihrem Hotelzimmer?»

Schwerdt seufzte. «Nein, hatte ich nicht.»

«Wieso nahmen Sie sie dann mit auf Ihr Zimmer?»

«Wie ich schon sagte. Die Kleine tat mir leid, und ich wollte ihr bei ihrer Karriere etwas unter die Arme greifen.»

«Das haben Sie dann auch vehement getan.»

«Worauf wollen Sie hinaus?», fragte Landauer.

«Einer weiteren Zeugenaussage zufolge mussten die Laken

ihres Bettes in jener Nacht gewechselt werden. Sie waren blutig.»

Landauer war irritiert. Er blickte fragend zu Schwerdt.

«Eine harmlose Sache», erwiderte er, «ein Weinglas war zu Boden gefallen, und ich hatte mich daran verletzt.»

«Dass einiges in jener Nacht zu Bruch ging, ist zutreffend. Allerdings sagt die Zeugin auch aus, dass Petra Bauer geschlagen wurde. Es war also ihr Blut auf dem Laken.»

«Einen Moment», beschied der ahnungslose Landauer.

Er beugte sich an Schwerdts Schulter und flüsterte ihm zu. Doch Schwerdt schien sich seiner Sache sicher.

«Ich habe nichts zu verbergen, Herr Kilian. Wenn Ihre Zeugin sagt, es sei das Blut Petra Bauers gewesen, so kann das durchaus zutreffen.»

«Sie geben also zu, sie geschlagen zu haben?»

«Nein, natürlich nicht. Wenngleich ich Ihnen bereits sagte, dass es zwischen mir und ihr zu Handgreiflichkeiten gekommen ist. Ich bat sie, mein Zimmer zu verlassen, doch sie weigerte sich. In diesem Zuge mag es vorgekommen sein, dass sie sich gestoßen hat. An der Tür wahrscheinlich.»

«Wie kam das Blut dann auf die Laken?»

Schwerdt blickte ihn lange und eindringlich an. Landauer bemühte sich, die Frage zu beantworten, doch Schwerdt hielt ihn zurück. «Lassen Sie uns doch mal eine Sache klarstellen. Sie führen blutverschmierte Laken, zerbrochene Gläser und eine verletzte Petra Bauer an. Doch wo sind die Beweise? Zeigen Sie mir das Laken. Zeigen Sie mir die Verletzungen der Frau.»

Kilian hatte nichts dergleichen. Seine Vorhaltungen stützten sich allein auf die Aussage des Zimmermädchens. Ohne etwas Nachweisbares in der Hand stünde Aussage gegen Aussage, und damit wäre Schwerdt aus dem Schneider.

Klein, der die Befragung so weit still verfolgt hatte, fühlte die Zeit gekommen, um einzugreifen. Doch wie es auch Schwerdt bei Landauer gemacht hatte, nahm Kilian den Einwurf vorweg.

«Herr Schwerdt», begann er, «zu diesem Zeitpunkt der Ermittlungen geht es vorrangig nicht darum, ob Sie mit Petra Bauer Geschlechtsverkehr hatten oder nicht, ob Sie sie geschlagen haben oder nicht – was schlimm genug ist –, sondern es geht allein darum, Licht in die letzte Nacht der Petra Bauer zu bringen.

Sie wurde zuletzt lebend in Ihrem Hotelzimmer gesehen. Das ist eine unbestrittene Tatsache, und sie ist von entscheidender Bedeutung für den weiteren Fortgang der Ermittlungen. Denn damit rücken Sie in den Kreis der Verdächtigen.

Also, noch einmal. Was ist in jener Nacht in Ihrem Hotelzimmer geschehen, und: Haben Sie Petra Bauer getötet, nachdem Sie sich Ihnen verweigert hat?»

Landauer, Schwerdt und Klein schienen für einen Moment wie erstarrt.

«Moment, Moment», beschwichtigte Klein. «Eins nach dem anderen. Lassen Sie uns zuvor erst mal klären, ob ...»

«Das ist nicht nötig», unterbrach Schwerdt auffallend gelassen. «Die Frage ist berechtigt, und ich kann aus voller Überzeugung sagen: Nein, ich habe Petra Bauer nicht getötet. Sie hat, nachdem ich zu Bett gegangen war, mein Zimmer verlassen. Was danach mit ihr passiert ist, entzieht sich meiner Kenntnis.»

«Können Sie beweisen, dass Petra Bauer lebend Ihr Zimmer verlassen hat?», fragte Kilian. «Gibt es einen Zeugen dafür?»

Schwerdt schüttelte den Kopf. «Die Frage müsste lauten: Haben Sie irgendwelche Beweise, dass Petra Bauer in meinem Zimmer zu Tode gekommen ist?»

«Die Indizien und Zeugen sprechen gegen Sie.»

«Zweifelhafte Zeugenaussagen.»

Kilian zeigte ihm die Fotos. «Eindeutige Bilder, die Sie gemeinsam auf dem Weg in Ihr Zimmer zeigen.»

«Das könnte auch eine Fotomontage sein.»

«Der Barmann bürgt für ihre Authentizität.»

«Der Barmann hat mich nicht mit ihr aufs Zimmer gehen sehen. Ich könnte sie genauso gut vor meiner Tür verabschiedet haben.»

«Das Zimmermädchen hat aber dort eine verletzte Petra Bauer gesehen.»

«Es war mitten in der Nacht, das Mädchen war bestimmt genauso müde wie wir alle. Sie kann sich geirrt haben.»

Klein ging dazwischen. «So kommen wir nicht weiter.»

Landauer stimmte zu. «Wacklige Zeugenaussagen, ungeprüfte Fotos … das reicht für einen nachhaltigen Verdacht nicht aus. Ich schlage vor, wir brechen hier ab. Wenn Kommissar Kilian stichhaltige Beweise vorbringen kann, werden wir uns gern wieder dazu äußern. Bis dahin empfehlen wir uns.»

Er stand auf. Schwerdt tat es ihm gleich, und Kilian kam sich wie ein begossener Pudel vor. So hatte er sich die Befragung Schwerdts nicht vorgestellt. Wie konnte es passieren, dass ihm so schnell der Wind aus den Segeln genommen worden war? Noch bevor er einen letzten Versuch unternehmen konnte, klingelte ein Handy.

Schwerdt griff in die Tasche und holte es hervor. Er hörte aufmerksam zu, was ihm der Anrufer zu sagen hatte.

«Nein», sagte er entschieden, «das werde ich nicht tun.»

Nach einer Weile folgte das nächste Nein, und wieder eins, bis er sich schließlich dem Urteil ergab. Bleich und wortlos steckte er das Handy zurück in die Tasche.

Dann trat er vor die Presse.

13

Gefasst und ohne die erwarteten zornigen Worte gab er vor den Kameras seinen Rücktritt bekannt, um die Ermittlungen im Mordfall Petra Bauer mit seinem Amt nicht zu behindern.

Er wirkte weder zerknirscht noch verbittert, sondern zeigte im Moment seiner größten Niederlage Haltung. Wahrscheinlich hatte ihn genau diese Eigenschaft – die wahren Gefühle gegen falsche auszutauschen und sie glaubwürdig darzustellen – ins Amt gebracht.

Kilian zollte diesem Schritt Respekt, obwohl er um die erzwungene Entscheidung aus München wusste. Es war die Art, wie sich Schwerdt vor den Augen der Öffentlichkeit präsentierte. Dynamisch, eloquent und medienkonform waren die Attribute, mit denen er einst in das Amt des Generalsekretärs gehievt worden war. Diese Erwartungen hatte er nicht enttäuscht. In den vierundzwanzig Monaten seiner Amtszeit war er zum Shootingstar einer Altherrenpartei gereift, die mit seinem jugendlichen Elan verlorene Wählerstimmen zurückgewinnen wollte.

Was mit dem Elan eines Mittdreißigers jedoch auch einherging, war sein Hang zum sexuellen Übereifer und der daraus resultierenden Angreifbarkeit. Hatte der Nimbus eines Sexprotzes ihm vor Jahren noch stille Bewunderung der Parteifreunde eingebracht, so war er nun ein weithin sichtbarer und nicht zu kontrollierender Unsicherheitsfaktor bei der Neufindung der ehemaligen Volkspartei geworden. Dieser Gefahr galt es entgegenzutreten. Der Casanova musste schnellstens aus dem Rampenlicht verschwinden.

«Er ist ein Schauspieler vor dem Herrn», sagte Kilian.

Er lag entspannt auf der Couch und schaute Nachrichten. Neben ihm Pia, mit zahlreichen Kissen gestützt und gepolstert, um die Last ihres Bauches auszugleichen.

«Was ist so toll an ihm?», fragte sie.

«Wie schnell er umschalten kann. Du hättest ihn heute erleben sollen, wie er die Befragung überstanden hat, dann die Nachricht aus München erhielt und nur eine Minute später vor die Kameras trat. Das ging Schlag auf Schlag, ohne dass er die Selbstkontrolle verlor.»

«Klingt fast so, als würdest du ihn bewundern.»

«In gewisser Weise schon. Dabei ist er ein absolut trieb-gesteuerter Typ.»

«Inwiefern?»

«Frauen sind sein Objekt der Begierde.»

«Frauen sind immer noch Subjekte», korrigierte Pia.

«Da bin ich mir bei ihm nicht sicher. Nach allem, was ich von ihm gehört habe, lässt er keinen Frauenpo unberührt.»

«Ein Grabscher? Das ist ja eklig.»

«Nein, nicht in diesem Sinn. Er ist ein Frauenheld.»

«So wie Willy Brandt oder Bill Clinton?»

«Sag du es mir. Was macht ihn für Frauen so interessant?»

Sie richtete sich auf, rückte näher an den Bildschirm heran.

«Auf den ersten Blick schaut er völlig durchschnittlich aus. Da ist nichts, was ihn irgendwie attraktiver als andere macht.»

«Und auf den zweiten Blick?»

«Kann ich nicht sagen. Dazu müsste ich ihn kennenlernen. Vielleicht gewinnt er, wenn er den Mund aufmacht.»

Kilian nickte. «Wie er sich heute aus dem Schuldvorwurf zum Mord befreit hat, war schon nicht schlecht.»

«Und das stinkt dir jetzt.»

«Irgendwie ja. Andererseits muss ich anerkennen, dass er besser war als ich.»

Pia nahm ihn in den Arm. «Was bist du nur für ein fairer Sportsmann.» Sie küsste ihn.

«Im Ernst, Männer können akzeptieren, wenn jemand etwas besser kann als sie.»

«So ein Quatsch», widersprach Pia. «Männer plärren wie kleine Jungs, wenn sie verlieren.»

«Und Frauen?»

«Wir verzeihen nicht.»

Kilian richtete sich auf. Gab es da eine Seite an Pia, die er noch nicht kannte? «Und wieso könnt ihr das nicht?»

«Weil eine Verletzung für uns mehr ist, als eine Runde zu heulen und dann weiterzumachen, als sei nichts gewesen. Eine Verletzung erschüttert, beleidigt und demütigt uns. Da gibt es nichts mehr zu reparieren. Die einzige Medizin dagegen heißt Vergeltung.»

«Wieso wird dann noch immer die Mehrzahl aller Straftaten von Männern verübt?»

«Weil es dauert, bis der kritische Moment bei uns erreicht ist. Bis dahin kann viel passieren. Aber wenn es dann so weit ist, gibt es kein Zurück mehr. Außerdem sind Frauen schlauer als Männer. Sie morden unauffälliger und werden daher auch seltener erwischt.»

«Wie zum Beispiel?»

«Gifte können schwer nachweisbar sein, falsch verabreichte Medikamente deuten auf einen Unfall hin, und schließlich die Königsdisziplin: Männer in den Selbstmord treiben.»

«Selbstmord», antwortete Kilian. «Wie sollte das einer Frau gelingen?»

Pia lächelte. «Wenn sie dein Geheimnis kennt, dürfte ihr das nicht allzu schwer fallen.»

Kilian winkte ab. «Wegen eines verratenen Geheimnisses

bringt sich heute kein Mann mehr um. Früher, als seine Ehre auf dem Spiel stand, mochte das einer Frau noch gelingen. Aber heute?»

«Da wäre ich mir nicht so sicher», antwortete Pia. «Denk an Schorsch. Was hat ihn in die Klapse gebracht?»

«Überbelastung, Burnout und eine vorübergehende Schwäche. Er braucht Urlaub. Das ist das ganze Geheimnis.»

«Der Job und die neue Wohnung waren nur der Tropfen, der das Fass zum Überlaufen gebracht hat. Da ist lange zuvor etwas schiefgelaufen.»

«Und das wäre?»

«Eine falsche Einstellung zu den Dingen. Stell dir vor, Schorsch hätte nicht das Gefühl gehabt, sich in der neuen Rolle als Erster Kommissar beweisen zu müssen. Oder er hätte sich bei dem Kredit für die Wohnung sagen können: Hey, soll die Bank jetzt mal schauen, wie sie wieder zu ihrem Geld kommt. Ich mache mir deswegen keinen Stress.»

«Schorsch ist der Sohn eines pflichtbewussten Eisenbahners. Da gilt ein Wort noch.»

«Genau darum geht es – ein verbindliches Wort. Er hat das Versprechen auf Rückzahlung des Kredits und das Versprechen auf Leistung in der Rolle des Ersten Kommissars überbewertet. Mehr als ihm lieb sein konnte. Claudia ist da völlig anders. Sie weiß, dass ein verbindliches Wort eine Absichtserklärung ist. Sie bemüht sich darum, es einzuhalten, ja, aber wenn es ihr nicht mehr gelingt, dann befreit sie sich daraus.»

«Sie begeht Wortbruch. Daran kann ich nichts Erstrebenswertes erkennen.»

«Wenn es hilft, Schlimmeres zu verhindern? Männer verfangen sich in Worten wie eine Motte im Lampenschirm. Wenn sie nur ein wenig Ruhe und Umsicht walten ließen, könnten sie sich aus der Falle befreien. Frauen haben damit kein Problem.»

Im Fernsehen hatte der Wetterbericht inzwischen Regen für den kommenden Tag vorausgesagt. Nun sollte der erwartete Krimi folgen. Doch bevor es dazu kam, schob sich eine Eilmeldung dazwischen.

«Wie soeben aus der Staatskanzlei bekannt wurde, ist für den zurückgetretenen Werner Schwerdt Ersatz gefunden worden. Die frühere Staatsministerin und jetzige Europaabgeordnete Sandra Wagner tritt die Nachfolge als Generalsekretärin der Partei an.»

«Das ging ja flott», sagte Pia. «Endlich wieder mal eine Frau in einer verantwortlichen Position. Weiter so. Stammt sie nicht aus unserer Gegend?»

«Könnte sein. Irgendwo vom Untermain her.»

«Marktheidenfeld oder Lohr. Ich bin mir nicht sicher. Eine Fränkin als Generalsekretärin hat es noch nie gegeben. Kompliment. Da tut sich ja endlich was.»

«Weißt du noch», fragte Kilian, «wieso diese Wagner ihren Ministerposten damals hat räumen müssen?»

Pia dachte nach. «Wegen irgendeines dubiosen Skandals, glaube ich. Aber frag mich nicht, welcher das war.»

Kilian erinnerte sich. Aber da war noch etwas anderes.

Sandra Wagner war nicht in Frieden gegangen.

14

Dem Zimmermädchen war nichts Außergewöhnliches aufgefallen. Als sie an jenem Morgen das Hotelzimmer von Werner Schwerdt betrat, habe sie zwar eine große Unordnung vor-
gefunden, aber von Blut auf dem Bett, dem Fußboden oder im
Badezimmer hatte sie nichts feststellen können.

Kilian hatte sie auch nach Spuren eines Kampfes befragt,
doch selbst hier musste sie passen. Nein, eine Auseinander-
setzung, bei der Gläser oder das Mobiliar in Mitleidenschaft
gezogen worden waren, hätte ihrer Meinung nach nicht statt-
gefunden.

«Hat sich jemand in dem Zimmer aufgehalten, als Sie es
betreten haben?»

«Nein», antwortete die junge Frau. «Ansonsten wäre ich
später wiedergekommen.»

«Sie haben also weder Herrn Schwerdt noch eine Frau
angetroffen?»

«Es hat sich niemand im Zimmer befunden.»

«Und von einem Kampf war auch nicht die kleinste Spur zu
erkennen?»

«Richtig.»

Konnte das stimmen? Nach Aussage von Vroni, dem anderen Zimmermädchen, hatte sich in dem Zimmer ein Kampf
zugetragen, bei dem auch Blut geflossen war.

Sicher, mit dem Aufräumen zerbrochener Gläser und Flaschen und dem Wechsel der Bettwäsche wären die gröbsten
Spuren beseitigt gewesen, aber hätte man nicht zumindest im

Badezimmer und auf den Handtüchern Blutspuren entdecken müssen, als sich Petra Bauer gewaschen hatte? Fast schien es so, als ob Petra Bauer in jener Nacht überhaupt nicht in Schwerdts Zimmer gewesen war.

Andererseits könnte Schwerdt alle Spuren beseitigt haben, bevor er zum Frühstück gegangen war und das Zimmermädchen das Zimmer betreten hatte.

Kilian war nicht wohl zumute. Einzig, dass Petra Bauer auf Schwerdts Zimmer war, schien gesichert. Dafür bürgten die Fotos und die Aussage Vronis. Doch was genau dort geschehen war, blieb unklar. Genauso wie ihr weiterer Verbleib. Schwerdt hatte behauptet, Petra Bauer habe das Zimmer noch in der Nacht verlassen.

Das Zimmermädchen Vroni meinte, dass dies durchaus möglich gewesen sei, wenn sie in den Morgenstunden am übermüdeten Personal an der Rezeption vorbeigeschlichen wäre. Da es keine Anzeichen einer Tötung von Petra Bauer und der Beseitigung ihrer Leiche gab, musste sie also lebend das Hotel verlassen haben.

Was war danach mit ihr geschehen?, fragte sich Kilian. Laut Aussage ihrer Eltern war sie nicht in die gemeinsame Wohnung nach Unterdürrbach zurückgekehrt. Auch kein Taxifahrer wollte sich an sie erinnern, genauso wenig wie die Bus- oder Straßenbahnfahrer, denen eine hübsche, verletzte junge Frau vermutlich aufgefallen wäre.

Somit blieb eigentlich nur der Fußmarsch. Wenn sie den rund sieben Kilometer langen Heimweg zu Fuß angetreten hatte, konnte alles mit ihr passiert sein. Wahrscheinlich hatte sie die Abkürzung über den Steinberg genommen.

Dort war erst vor kurzem ein Jugendlicher brutal zusammengeschlagen worden. Der Täter konnte unerkannt flüchten. Damit würde sich der Mordfall Petra Bauer endgültig vom immer noch verdächtigen Werner Schwerdt lösen.

Doch was wäre, wenn Petra Bauer gar nicht erst so weit gekommen war? Was, wenn sie gar nicht vorgehabt hatte, nach Hause zu gehen?

An wen hätte sie sich im Morgengrauen eines diesigen Sonntagmorgens wenden können? Und wie war sie letztlich in die verborgene Waldhütte im Gramschatzer Wald gelangt?

Laut Pia war Petra Bauer rund zehn Tage in der Waschlauge gelegen. Ihr spurloses Verschwinden musste mit der Waldhütte zeitlich eng beieinanderliegen.

Wer hatte Zugang zur Hütte gehabt?

Schneider wollte sich darum kümmern.

Schritte auf dem Gang näherten sich und holten Kilian aus seinen Gedanken. Es war Heinleins behandelnder Arzt.

«Ich hoffe, Sie haben nicht lange warten müssen», sagte er.

«Ich habe es nicht eilig», beschwichtigte Kilian, was nicht stimmte. Der Mordfall Petra Bauer war gerade dabei, zwischen seinen Fingern zu zerrinnen.

«Wie geht es meinem Kollegen? Kann ich ihn sehen?»

Der Arzt verneinte. «Es ist noch zu früh. Er braucht Ruhe und vor allem Abstand.»

«Auch zu seinen Freunden?»

«Leider ja. Herr Heinlein muss sich jetzt ganz auf sich besinnen. Jede Ablenkung, und sei sie auch noch so gut gemeint, würde ihn ins alte Fahrwasser zurückwerfen.»

«Können Sie schon mehr zur Ursache seiner ...» Kilian stockte. Wie sollte er sich ausdrücken?

«Störung», half ihm der Arzt aus. «Sprechen Sie es ruhig aus. Es ist nichts Sonderbares daran.»

«Gut, dann eben Störung. Was hat sie verursacht, und wie kann sie beseitigt werden?»

«Ihr Kollege und Freund hat gerade eben erst begonnen, sich zu öffnen. Es ist ihm nicht leichtgefallen, so wie es allen

Ihren Kollegen unmöglich erscheint, über die Erfahrungen und Erlebnisse zu sprechen, die sie krank gemacht haben.»

«Aber gibt es nicht irgendeinen Vorfall, der das alles ausgelöst hat?»

«Es ist selten nur ein einziges Ereignis. Meistens ist es ein ganzes Bündel an Umständen, die das Bett für seinen Niedergang bereitet haben, und die können weit in seine Kindheit zurückreichen.»

«Also gehen Sie davon aus, dass unser letzter Einsatz nicht dafür verantwortlich ist?»

«Herr Heinlein hat mir davon erzählt. Die Todesgefahr, in der Sie sich befunden haben, ist ihm nähergegangen, als er es für möglich gehalten hat.»

«Wir sind darauf vorbereitet. Es ist Teil unseres Jobs.»

«Ist jemals irgendwer aufs Sterben vorbereitet?»

Der Arzt hatte recht. Kilian ließ den Einwand unerwidert.

«Kann ich irgendwie helfen?»

«Wie ich schon sagte, geben Sie ihm und sich etwas Zeit. In vier bis fünf Wochen hat sich die Situation entschärft.»

Kilian stimmte zu. Was blieb ihm auch anderes übrig. Andererseits: «Kann ich ihn sehen?»

Der Arzt schwankte zwischen Verärgerung und Zurückweisung. Er überlegte es sich besser. «Sie geben wohl nie auf?»

«Nicht, solange noch eine Chance besteht.»

«Die Patienten befinden sich in der Pause. Ich glaube, Herr Heinlein ist in den Garten gegangen. Sie können ihn nicht sprechen, aber vom Fenster aus sehen, wenn Sie wollen.»

Kilian willigte ein und folgte ihm durch die Schranke an eine Fensterreihe, von wo er auf den Klinikgarten blicken konnte. «Machen Sie bitte nicht durch Winken oder Klopfen an die Scheibe auf sich aufmerksam», mahnte der Arzt.

Kilian versprach es.

Die im Hang des Schalksbergs gelegene Anlage war rundum dicht bewaldet, sodass er fürchten musste, Heinlein nicht ausmachen zu können. Doch die Sorge war unbegründet. Er fand ihn auf Anhieb.

Heinlein schlenderte über das Grün, pflückte ein Blatt vom Baum, legte es zwischen seine gefalteten Hände und pfiff darauf, wie sie es als Kinder getan hatten. Er wirkte entspannt und ruhig.

Kilian überkam ein zufriedenes Gefühl. Ja, der Arzt hatte recht. Es war besser, wenn er Heinlein in dieser neuen Welt nicht störte. Sie war frei von Familienstress, Krediten und dem Erfolgsdruck eines Ersten Kommissars.

«Ihr Bruder?», fragte unvermittelt ein Mann neben ihm.

Kilian wandte sich ihm zu. «Nein, ein Freund.»

«Ich glaube, ich kenne ihn.»

«Woher?»

«Ist er nicht bei der Kripo Würzburg?»

«Ja.»

Der Mann nickte und schwieg.

Kilian wiederholte seine Frage. «Woher kennen Sie ihn?»

«Wir waren zusammen auf der Polizeischule.»

Ein Kollege also. Dieses Aufeinandertreffen hätte er gern vermieden.

«Keine Sorge», sagte der Mann, «ich bin nicht mehr bei dem Verein.»

«Was ist geschehen?»

«Eine dumme Sache. Wir wurden zu einer Schlägerei gerufen. Ich wurde mit einem Messer schwer verletzt.»

«Und dann?»

«Habe ich beschlossen, dass es Zeit ist aufzuhören.»

Kilian stimmte ihm wortlos zu. Der Unbekannte hatte rechtzeitig die Reißleine gezogen.

«Was führt Sie heute hierher? Spätfolgen?»

«Nein, die habe ich hoffentlich hinter mir.»

Er zeigte nach vorn auf den Wald. Ein junger Mann saß auf einem Stein und ließ sich die späte Sommersonne ins Gesicht scheinen.

«Mein Sohn. Er glaubte, sich oder mir etwas beweisen zu müssen.»

«Was ist mit ihm passiert?»

Der Mann seufzte.

«Er war in Kundus. Seitdem erkenne ich ihn nicht wieder.»

15

Die Liste umfasste sechsunddreißig Namen.

Schneider hatte sie überprüft. In der Mehrzahl waren es Senioren, die die Waldhütte für eine Geburtstagsfeier oder einen Hochzeitstag gemietet hatten. Seiner Ansicht nach waren die Rentner unauffällig und in der Befragung widerspruchsfrei.

Die anderen Mieter waren laut Angaben des Besitzers der Hütte junge Leute, die in der Abgeschiedenheit des Gramschatzer Waldes mal so richtig auf den Putz hauen wollten.

«Ist einer von denen schon mal straffällig geworden?», fragte Kilian.

Schneider pickte einen heraus. «Diebstahl und Handel mit geklauten Handys.»

Ein anderer war ein Randalierer, ein Dritter hatte sich der Urkundenfälschung schuldig gemacht.

«Nicht gerade das, wonach wir suchen», sagte Kilian.

Er überflog die Liste nach bekannten Namen. Ergebnislos.

«Niemand dabei, der eine Verbindung zu Petra Bauer hatte?»

«Indirekt», antwortete Schneider.

Er zeigte auf einen Namen.

«Dieser Lutz Bender ist Mitglied in der gleichen Jugendorganisation der Partei wie Petra Bauer. Er hatte die Hütte vor zwei Monaten für ein Wochenende gemietet.»

«Hast du schon mit ihm gesprochen?»

Schneider verneinte.

«Den übernehme ich. Sonst irgendwas?»

«Der Bericht der Techniker ist eingetroffen.»

«Was besagt er?»

«Viele nicht zuordenbare Fingerabdrücke, Haare und was man sonst so verliert. Die Hütte scheint lange nicht mehr richtig sauber gemacht worden zu sein.»

«Und das Türschloss?»

«Außer der normalen Abnutzung keine auffälligen Kratzspuren. Der Mörder muss einen Schlüssel benutzt haben. Allerdings ist es keine große Kunst, davon ein Duplikat herzustellen.»

Er zeigte Kilian den Schlüssel. Es war einer von der Sorte, wie er vor fünfzig Jahren bei Omas Haushaltstruhe zum Einsatz gekommen war.

«Jeder Schlüsselladen macht dir so ein antiquiertes Ding ohne Probleme nach.»

«Frag trotzdem mal rum, ob sie so einen alten Schlüssel in letzter Zeit gesehen haben.»

Schneider seufzte. «Das ist aussichtslos.»

«Im Gegenteil. Ein heute üblicher Sicherheitsschlüssel würde nicht auffallen. Aber so ein Monstrum bleibt schon mal in der Erinnerung hängen.»

Widerwillig stimmte Schneider zu.

«Wo steckt der Schorsch überhaupt? Ich hab ihn seit der Waldhütte nicht mehr gesehen.»

Gute Frage, dachte Kilian. Womit war der Leiter der Mordinspektion denn heute beschäftigt?

Er musste sich bald was einfallen lassen, um solche neugierigen Fragen endgültig zu unterbinden.

«Er ist auf einem auswärtigen Termin.»

«Was für ein auswärtiger Termin?», rätselte Schneider.

«Er ist bei einem forensischen Anthropologen.»

«Das ist einer, der Skelette auf Hinweise untersucht. Richtig?»

Kilian nickte und löste sich aus dem Gespräch, bevor Schneider weiter dumme Fragen stellte.

«Ich knöpf mir diesen Lutz Bender vor. Du rufst mich an, wenn sich bei dir was Neues ergibt.»

Wie nicht anders zu erwarten war, herrschte in den Räumen der Würzburger Gruppe Hochbetrieb. Eine Blitzumfrage eines Meinungsforschungsinstituts hatte der Partei einen ganzen Prozentpunkt mehr versprochen, seitdem Werner Schwerdt zurückgetreten war und Sandra Wagner die Position der neuen Generalsekretärin eingenommen hatte.

Zahllose Packen frischgedruckter Wahlkampfplakate waren von einem Moment auf den anderen Makulatur geworden. Mit Werner Schwerdts Konterfei war kein Staat mehr zu machen.

An seine Stelle rückte die aufstrebende Sandra Wagner, wie Kilian beim Betreten der Räume feststellte. Auf den Computermonitoren flimmerte ihr Gesicht in den neu zu erstellenden Broschüren und Plakaten – hier im Kreise der Kollegen im Europaparlament, dort beim Handschlag mit dem Präsidenten einer baltischen Republik. Sie wurde als Weinkönigin gezeigt, als Siegerin der bayerischen Meisterschaften im Vierhundertmeterlauf und in Anwaltsrobe.

«Wo kann ich Lutz Bender finden?», fragte Kilian.

«Irgendwo dahinten.»

Dahinten war am Ende des Gangs, der in ein Besprechungszimmer führte. Am Tisch saß eine Handvoll junger Menschen, die sich offensichtlich nicht einigen konnten.

«Wir setzen auf Kraft und Tradition», sagte einer.

Ein anderer widersprach.

«Nein und nochmals nein. Das sind abgedroschene Worthülsen. Davon haben wir genug.»

Eine Frau pflichtete ihm bei.

«Sandra muss vollkommen anders positioniert werden. Weg von diesem verstaubten Altherrenimage, das ohnehin niemanden mehr interessiert, hin zu mehr Authentizität. *Ein neues Land, eine neue Generation. Sandra Wagner.*»

Der Einwurf fand wenig Gegenliebe.

«Authentizität … wenn ich das schon höre. Die Menschen wollen jemanden wählen, dem sie die Lösung ihrer Probleme zutrauen.»

«Wieso soll Sandra das nicht sein?»

«Sandra war für viele in Brüssel nahezu unsichtbar. Wen interessiert schon das Europaparlament? Wir müssen Sandra erst wieder einführen, und zwar so, als würde sie zum ersten Mal antreten. Daher votiere ich dafür, dass wir sie unter das Dach des Parteislogans stellen: Kraft und Tradition.»

«Blödsinn, Blödsinn, Blödsinn», echauffierte sich eine Frau. «Das ist das gleiche alte Schema, dem wir die Verluste der letzten Wahlen zu verdanken haben. Wir sind doch keine bigotten Hausfrauen mehr, sondern haben studiert, promoviert und tragen unseren Teil zum Bruttosozialprodukt bei. Mach deine Augen auf, du Fossil. Die Zeiten haben sich geändert. Wenn schon *Kraft*, dann *Kraft durch Veränderung*.»

«Die Zeiten ändern sich ständig», sagte ein anderer. «Diese ganze Frauenpowerwelle ist doch Schnee von gestern. Schwule und Lesben sind angesagt.»

«Aber nicht in Bayern.»

«Todsünde.»

«Sodom und Gomorrha.»

«Ewige Verdammnis.»

Kilian klopfte an die Tür.

«Lutz Bender. Ich möchte mit ihm sprechen.»

«Wer sind Sie?», fragte einer, der sich offensichtlich angesprochen fühlte.

Es war ein junger Mann, der Kilian an einen Studenten der Betriebswirtschaft im achten Semester erinnerte – akkurate Frisur, V-Pullover auf Bundfaltenhose.

«Kilian, Kripo Würzburg.»

«Lassen Sie uns nach nebenan gehen.»

Er führte Kilian in einen Nebenraum. Dort stand eine junge Frau am Kopierer und überwachte die Produktion von Handzetteln. Schwarze, zu Spitzen gegelte Haare ließen sie eher in einer ökologischen Partei vermuten als in der konservativen, und die zahlreichen Piercings in Ohren und Lippen waren eindeutige Zeichen von Nonkonformismus, nicht bodenständiger Heimatverbundenheit.

«Wollt ihr allein sein?», fragte sie.

«Nicht nötig», antwortete Bender. Er wandte sich Kilian zu. «Womit kann ich Ihnen helfen?»

«Es handelt sich um die Waldhütte im Gramschatzer Wald.»

Er verstand schnell. «In der Petra gefunden wurde?»

«Sie stehen auf der Mieterliste.»

«Macht mich das verdächtig?»

«Sie gehören damit zum Kreis der Personen, der Zugang zur Hütte hatte.»

«Da bin ich nicht der Einzige. Viele waren schon in der Hütte. Außerdem ist das zwei Monate her. Petra wurde aber vor ein paar Tagen gefunden.»

«Wie standen Sie mit Petra Bauer? Ich hörte, sie war Mitglied in Ihrem Verein.»

Bender reagierte pikiert. «Der Verein ist eine Partei – eine große mit einer langen Tradition.»

«Ich interessiere mich nicht für Politik. Und von Tradition scheinen Ihre Kollegen auch nicht viel wissen zu wollen.»

«Das wird sich schnell ändern, wenn wir die Wähler von unseren Zielen überzeugt haben, die, nebenbei bemerkt, auch die Ihren sein dürften.»

«Dann sind Sie also *nah am Menschen*, wie ich überall lesen kann.»

«Wer für Fortschritt, traditionelle Werte und Familie steht, findet bei uns ein Zuhause.»

Kilian schmunzelte. Irgendwie hatte er diese Sprüche schon tausendmal gehört.

«Zurück zu Petra Bauer. Was können Sie mir über sie sagen?»

«In welcher Hinsicht?»

«Beschreiben Sie sie mir. Was hat sie in der Partei gemacht? Hatte sie Freunde, Feinde? Wann haben Sie sie das letzte Mal gesehen?»

Viele Fragen, die da auf Bender einprasselten. Er begann mit der letzten.

«Ich sah sie zuletzt beim gemeinsamen Abendessen. Sie hatte im Service gearbeitet, wie wir alle. Wir waren den ganzen Tag auf den Beinen und dementsprechend erschöpft. Das Abendessen sollte uns aber für vieles entschädigen. Wann hat man schon mal die Gelegenheit, mit den Parteispitzen am selben Tisch zu sitzen und sich auszutauschen?»

«Neben wem saß Petra Bauer?»

«Sie hatte Glück …» Bender korrigierte sich. «Im Nachhinein vielleicht doch nicht. Egal, sie saß neben unserem ehemaligen Generalsekretär Werner Schwerdt.»

«Wie kam es dazu? Ich meine, gab es eine festgelegte Sitzordnung?»

«Eigentlich schon, aber die hatte sich nach dem Dessert aufgelöst. Dann suchte sich jeder seinen Tischnachbarn aus.»

«Wer saß zu Beginn des Essens neben Werner Schwerdt?»

«Ich.»

«Darüber müssen Sie sehr froh gewesen sein.»

«Warum?»

«Man sitzt nicht jeden Tag neben einem der wichtigsten Männer der Partei.»

Bender winkte ab. «Ich habe nicht viel für diesen Personenkult übrig. Er ist auch nur ein Soldat unter vielen. Ja, es war nett, ihn mal persönlich kennenzulernen, aber das war's dann auch. Viel wichtiger sind die Inhalte unserer Politik. Darüber wird viel zu wenig geredet.»

«Haben Sie mit Schwerdt darüber gesprochen?»

«Nur am Rande. Er hatte anderes im Sinn.»

«Und das war?»

«Ich weiß es nicht. Er war den ganzen Abend ziemlich fahrig, so, als interessiere ihn das Zusammenkommen mit der Basis nicht sonderlich.»

«Für was hat er sich dann interessiert?»

Bender wich der Frage aus. Er blickte hinüber zum Kopierer, ob die Frau ihnen zuhörte.

«Es ist eine unschöne Sache gewesen. Ich möchte eigentlich nicht darüber sprechen.»

Die Frau schien dennoch verstanden zu haben. Sie nahm einen Stoß Handzettel und verließ den Raum.

«Also, was oder wem hat Schwerdts Interesse an jenem Abend gegolten?», hakte Kilian nach.

«Über die Toten soll man nicht schlecht sprechen», wand sich Bender, «aber Petra hatte sich an diesem Abend unmöglich verhalten.»

«Das bedeutet?»

«Sie hat sich Werner förmlich an den Hals geworfen.»

Kilian merkte auf. Bisher hatten alle Zeugen, wie auch Schwerdt selbst, Gegenteiliges behauptet. Schwerdt habe sich an Petra Bauer herangemacht. Nun sollte es andersherum gewesen sein?

«Wie hat Schwerdt darauf reagiert?»

«Wie jeder normale Mann. Er fühlte sich geschmeichelt. Petra war sehr attraktiv.»

«Kam es im Laufe des Abends zu einem intimen Kontakt?»

«Gott bewahre. So weit hatten sie sich noch im Griff.»

«Wie haben Ihre Kollegen auf das Techtelmechtel reagiert?»

«Sie waren natürlich empört. Niemand konnte sich erklären …»

Lautes Geschepper schnitt ihm das Wort ab. Es kam vom Gang her.

«Was ist denn jetzt schon wieder?», sagte Bender genervt und ging hinaus. Kilian folgte ihm.

Ein Beistelltisch war umgefallen, mit ihm eine Reihe Gläser und Sektflaschen. In den Scherben lag ein Mann, eine Flasche in der Hand, die er grölend schwenkte. Er lallte den alten Marlene-Dietrich-Klassiker *Ich bin die fesche Lola, der Liebling der Saison*. Und dieser offensichtlich sturzbetrunkene Mann war Werner Schwerdt.

Bender eilte auf ihn zu und griff ihm unter die Arme.

«Werner, steh auf. Komm schon.»

Schwerdt hatte Mühe, sich auf den Beinen zu halten.

«Wo ist sie?»

Sein Blick wanderte unruhig von Gesicht zu Gesicht der Umstehenden.

«Wer?»

«Sandra, das Miststück.»

«Sie ist nicht hier, und außerdem: Was willst du von ihr?»

«Meine Glückwünsche aussprechen. Ich habe ihr auch was mitgebracht.»

Er griff in seine Jackentasche und holte etwas hervor, das mal ein rosa Glücksschwein aus Marzipan gewesen sein mochte. Jetzt war es nur noch ein platter, ekliger Fladen mit dem zerknautschten Zylinder eines Schornsteinfegers. Er schaute es an, als könne er sich nicht daran erinnern, es gekauft zu haben.

«Wer im Dreck wühlt, muss mit Kollateralschäden rechnen.»

Angewidert warf er es von sich.

Es fiel zu Füßen einer Frau, die, vom Krach ebenfalls alarmiert, auf den Gang getreten war.

«Werner», sagte Hilde Michalik. «Was machst du hier?»

Schwerdt torkelte auf sie zu. «Die wilde Hilde … die Strippenzieherin der Nation. Die verschmähte Sandra aus dem Zylinder zu zaubern und sie auf meinen Posten zu setzen war ein Meisterstück. Der Alte wäre stolz auf dich gewesen. Ich verbeuge mich in aller Demut.»

Die Verbeugung gestaltete sich zu einem waghalsigen Unterfangen. Schwerdt schwankte, sodass Bender ihm zu Hilfe kommen musste.

«Komm mit in die Küche», sagte er, «du brauchst dringend eine Erfrischung.»

Doch Schwerdt war nicht beizukommen. Er befreite sich und wankte auf ein Regal zu, auf dem noch ein paar unbeschädigte Flaschen standen.

Es war höchste Zeit einzugreifen.

«Ich denke, Sie haben genug für heute», sagte Kilian.

Beherzt griff er ihn am Arm, führte ihn zur Tür und schleppte ihn die Treppen hinunter auf die Straße. Eine Spur zu energisch, er fasste sich an seine verletzte Seite.

«Verdammt, hört das denn nie auf?»

Auch für Schwerdt war der Abgang überstürzt gewesen. Er erbrach sich in den Rinnstein.

Aus dem Hintergrund trat eine Frau und kam ihm zu Hilfe. Kilian erkannte in ihr die Frau aus dem Kopierraum.

«Alles okay mit Ihnen?», fragte sie.

Kilian nickte unter Schmerzen. «Ist gleich vorbei.»

«Was ist nur mit den Männern los? Der eine säuft sich um den Verstand, der andere leidet an Altersschwäche.»

«So weit ist es noch lange nicht.» Er richtete sich auf. «Habe ich Sie nicht gerade im Parteibüro gesehen?»

«Jenny Walther», antwortete sie und reichte ihm die Hand. «Ich gehöre zum Fußvolk. Flugblätter, Luftballons, Sticker und Süßigkeiten. Ich bin erst seit kurzem bei dem Verein. Aber es macht Spaß.»

Kilian schmunzelte wegen der Wortwahl. Verein. Lutz Bender hätte das nicht hören dürfen.

«Was treibt eine junge Frau, die offensichtlich wenig mit der parteiüblichen Kleiderordnung am Hut hat, in die Politik?»

«Zu Anfang war es Langeweile, aber inzwischen ist es richtig witzig. Hier tut sich wirklich etwas.»

Sie blickte zur Seite, wo sich Schwerdt an ein Auto gelehnt ausruhte.

«Aber der da ist ein Auslaufmodell.»

«Bis gestern bezeichnete man ihn noch als die große Hoffnung der Partei.»

«Dummes Geschwätz. Sandra wird dafür sorgen, dass man ihn bald vergessen hat.»

«Sie meinen die neue Generalsekretärin Sandra Wagner?»

Sie nickte.

«Was wird sie anders machen?»

«Alles. Zuerst wird sie dafür sorgen, dass sich so etwas wie vor zwei Wochen nicht wiederholt. Ein Generalsekretär und ein Ortsvorsitzender buhlen öffentlich um die Gunst einer Praktikantin. Das war schon ekelhaft.»

Kilian war irritiert. «Sprechen Sie von Lutz Bender?»

«Ja.»

«Er sagte mir …»

«Lutz ist ein Schönredner vor dem Herrn. Er war in Petra verschossen, sie jedoch nicht in ihn. Beim Abendessen hat er alle Hebel in Bewegung gesetzt, um neben diesem Ekelpaket Schwerdt sitzen zu können. Er wollte sich in den Vordergrund spielen und hoffte, Schwerdt würde ihn fördern. Aber die Einzige, die auf eine Bevorzugung hoffen konnte, war Petra. Lutz hat ihr das nicht verziehen.»

«Kam es zum Streit?»

«Sie haben sich vor der Toilette gefetzt, als ginge es um ihr Leben. Dabei ist Lutz genauso wie Petra nur eine Eintagsfliege für so 'nen Typen wie Schwerdt gewesen. Widerlich.»

Kilian glaubte Abscheu in ihrem Gesicht lesen zu können. Woher wusste die Frau das alles?

«Haben Sie den Streit zwischen Lutz Bender und Petra Bauer beobachtet?»

«Notgedrungen. Ich war auf dem Weg zur Toilette.»

«Wurde Bender handgreiflich?»

«Er hat sie am Arm gepackt, aber Petra verstand sich zu wehren. Als er mich dann sah, hat er die Finger von ihr gelassen und ist wieder in den Gastraum zurückgegangen. Petra hat mich gebeten, die Sache nicht an die große Glocke zu hängen. Sie würde das schon regeln.»

Wenn Bender Gewalt angewandt hatte, warf das ein völlig anderes Licht auf seine Aussage und auf den Fall. Er würde gleich nochmal mit ihm sprechen. Allerdings hatte er nicht mit Schwerdt gerechnet. Der erhob sich und machte sich torkelnd auf den Weg – wahrscheinlich in die nächste Kneipe.

In dieser Verfassung konnte Kilian ihn nicht ziehen lassen. Schwerdt musste ruhiggestellt werden.

«Können Sie ihn in sein Hotel begleiten?», fragte er die Frau.

Die lehnte empört ab.

«Ich soll Schwerdt freiwillig auf ein Hotelzimmer bringen? Beim besten Willen nicht.»

Sie startete ihr altes Mofa und machte sich ratternd davon.

Noch bevor Kilian sich anschickte, Schwerdt von seinem rastlosen Unterfangen abzubringen, hielt eine Limousine.

Eine sichtlich vergnügte Ute Mayer stieg aus, gefolgt von Sandra Wagner, der neuen Generalsekretärin.

Sie wurden von Hilde Michalik sehnsüchtig erwartet. Für die nächsten Tage stand ein umfangreiches Programm auf dem Plan, bei dem Ute Mayer und Sandra Wagner als neues Gesicht der Partei präsentiert werden sollten.

Werner Schwerdts Auftritt war für Hilde inakzeptabel. So verhielt man sich einfach nicht, sondern man zeigte Größe und Anstand, selbst in der dunkelsten Stunde.

Größe und Anstand waren die ersten beiden Anforderungen gewesen, die sie zu Beginn ihrer Karriere erlernt hatte. Sie hatte lange Jahre unter dem Dach eines Würzburger Kürschnerehepaars gelebt und sich als fürsorgliches Kindermädchen bewiesen. Als Dank sollte Hilde zu Beginn ihrer Volljährigkeit einen neuen Lebensweg beschreiten. Die Kontakte des Kürschners waren gut. Er verschaffte ihr eine Stelle im fernen München. Dort trat sie als Sekretärin in die Dienste der Partei. Ihr neuer Chef war ein ganz Großer, einer, der im In- und im Ausland gefürchtet, aber auch geschätzt wurde.

Von ihm lernte sie alles, was Dada ihr nicht hatte vermitteln können – Größe und Anstand zu zeigen.

Allerdings nur, wenn es opportun war.

16

Werner Schwerdt hatte sich in der Altstadt, unweit des Unteren Markts und der Marienkapelle, im altehrwürdigen Hotel Greifenstein eingemietet.

Kilian vermutete, dass er das geschichtsträchtige Haus weniger wegen seiner exzellenten Lage ausgewählt hatte, sondern wegen der angeschlossenen Bar.

Und genau darauf steuerte er zu.

«Meinen Sie nicht, dass Sie bereits genug haben?», fragte Kilian.

«Es ist nie genug», antwortete Schwerdt trotzig und ging hinein.

Er bestellte einen Wild Turkey.

«Was ist mit Ihnen?», fragte er. «Auch einen?»

Kilian lehnte ab. «Ich bin im Dienst.»

Schwerdt wischte den Einwand weg.

«Noch einen», befahl er dem Barmann, «damit mein Freund nicht verdursten muss.»

«Ich bin nicht Ihr Freund.»

«Ja, das stimmt. Seine Freunde sollte man sich gut aussuchen. Seine Feinde allerdings auch.»

«Ich bin auch nicht Ihr Feind.»

«Was wollen Sie dann von mir?»

«Sie sollten sich hinlegen und Ihren Rausch ausschlafen, bevor Sie eine Dummheit begehen. Was halten Sie davon?»

Schwerdt schnappte sich sein Glas.

«Auf die Dummheit», sagte er und kippte den Bourbon in

einem Zug hinunter. «Da laut Einstein die Dummheit genauso grenzenlos ist wie das Universum, habe ich noch einiges nachzuholen.»

Er schob Kilian sein Whiskyglas zu.

«Jetzt stellen Sie sich nicht so an und trinken Sie mit mir. Vorher werde ich diese Bar nicht verlassen.»

Mit Betrunkenen kann man nicht diskutieren, sagte sich Kilian. Für einen Drink nahm er Platz.

«Na also. War doch gar nicht so schwer.»

Er bestellte eine neue Runde.

«Warum haben Sie Würzburg gestern nicht verlassen?», fragte Kilian. «Die Befragung war beendet.»

«Weil es in München nichts mehr für mich zu tun gibt.»

«Es wird sich sicherlich etwas Neues für Sie finden lassen.»

Schwerdt lächelte bitter. «Was macht Sie da so sicher?»

«Sie sind nicht der erste Politiker, der sein Amt verliert. Wenn sich die Aufregung gelegt hat, werden Ihre Parteifreunde eine neue Aufgabe für Sie haben.»

«Parteifreunde?»

Schwerdt schüttelte enttäuscht den Kopf.

«Diese Nebelkrähen werden nicht einen Finger für mich krumm machen. Nebenbei bemerkt: Kennen Sie die Steigerung des Wortes *Feind*?»

Kilian verneinte.

«Feind, Todfeind, Parteifreund. Diese Formel hat sich seit Jahrhunderten bewährt. Selbst im alten Griechenland haben sich die Parteifreunde bis aufs Blut gehasst. Seitdem hat sich nichts geändert. Noch immer räumen wir schonungslos jeden aus dem Weg, der uns in die Quere kommt. Und dieses Mal hat es eben mich erwischt. Ich hätte besser aufpassen sollen. Selber schuld.»

«Worauf hätten Sie besser aufpassen sollen?»

«Was hinter meinem Rücken gespielt wird. Ich hatte den

Blick nur nach vorn gerichtet. Auf die Wahl, auf … was auch immer. Dabei habe ich die Gefahr, die von dieser Schlampe ausging, völlig übersehen.»

«Meinen Sie Petra Bauer?»

«Unsinn. Sandra Wagner natürlich. Petra war nur der Köder. Ein hübscher, zugegeben. Dieses Miststück von Sandra wusste genau, dass sie mich mit ihr kriegt. Wieso können Männer eigentlich nie ihren Verstand einsetzen, wenn er gebraucht wird?»

Wovon sprach Schwerdt?, fragte sich Kilian. Seinen Gedankengängen war schwer zu folgen.

«Eins nach dem anderen. Was hat Sandra Wagner mit Petra Bauer zu tun? Und wofür war sie ein Köder?»

«Um mich ins Bett zu kriegen. Was denn sonst?»

«Nach allem, was ich über Sie erfahren habe, bedarf es dazu keines Köders.»

Schwerdt lächelte hinterhältig. «Wer hat Ihnen das gesteckt?»

Kilian hatte nicht vor, seine Quellen preiszugeben. Noch nicht.

«Welche Rolle spielte Sandra Wagner bei Ihrer Demission? Klären Sie mich auf. Ich bin neugierig.»

«Sandra Wagner ist ein mit allen Wassern gewaschenes, hinterhältiges und verlogenes Weibsbild, wie es vermutlich kein zweites auf dieser Welt gibt. Sie hat Petra auf mich angesetzt. Ihr Ziel war es, mich erpressbar zu machen.»

«Woher wollen Sie das wissen?»

Schwerdt lachte auf. «Weil Petra es mir selbst gesagt hat.»

Wieder einer dieser Gedankensprünge. Was ging hier vor? Petra Bauer sollte Schwerdt gesagt haben, dass Sandra Wagner sie auf ihn angesetzt hatte, damit er erpressbar wurde? Kaum vorstellbar.

«Wie kam Petra dazu, Ihnen das zu sagen?»

Schwerdt rückte näher. «Hören Sie, ich mag vielleicht ein Hurenbock vor dem Herrn sein, aber ich bin nicht verblödet. Da draußen gibt es Tausende Petras, die nichts lieber täten, als sich zu mir ins Bett zu legen. Ich schau sie mir vorher sehr gut an und frage mich, was sie damit bezwecken. In Petras Fall war das schnell klar. Sie wollte in der Partei Karriere machen. Bevor sie sich also mit irgendeinem Orts- oder Kreisvorsitzenden einlässt, schnappt sie sich gleich den Generalsekretär. Hut ab, die Kleine hatte Chuzpe. Das hat mir imponiert.»

«Wussten Sie denn bereits zu Beginn Ihrer Bekanntschaft davon?»

«Ich habe es geahnt, und im Laufe des Abends hat es sich bestätigt.»

«Das hat Sie jedoch nicht davon abgehalten.»

«Nein, natürlich nicht. Ich glaubte ja zu wissen, welches Spiel hier läuft. *Du gibst mir, ich gebe dir.* Ein Vertrag auf Gegenseitigkeit oder neudeutsch: eine Win-win-Situation. Beide hätten davon profitiert. Sie bekäme ihre Protektion, ich mein Vergnügen. Daran gibt es nichts auszusetzen. Außerdem ist das ein Grundpfeiler demokratischen Handelns. Wie sonst würden Entscheidungen zustande kommen, wenn nicht Leistungen ausgetauscht würden.»

«Sie sagten, Sie glaubten zu wissen, welches Spiel gespielt wird. Das heißt, es wurde dann doch ein anderes daraus.»

Schwerdt nickte. «Als wir dabei waren …»

«Wobei?»

«Na, auf dem Zimmer, im Bett habe ich sie hart rangenommen. Ich wollte wissen, ob noch irgendetwas anderes dahintersteckt …»

«Wohinter?»

«Himmel, was glauben Sie denn? Hinter der Win-win-Situation natürlich. Zuerst hat sie sich gesträubt, doch dann ist sie mit der Sprache rausgerückt. Sie hatte den Auftrag erhalten, mich zu verführen.»

Nun war der Zeitpunkt gekommen, um den noch unberührten Wild Turkey zu leeren. Kilian kippte ihn in einen Zug hinunter. «Von wem kam der Auftrag?»

«Von Sandra Wagner.»

«Hat sie Ihnen das gesagt?»

«Nicht wortwörtlich, aber ich wusste, wer gemeint war.»

«Wie konnten Sie das?»

Schwerdt atmete tief ein. Das würde eine lange Geschichte werden.

«Der Begriff Netzwerk und wie es funktioniert ist Ihnen bekannt?»

Kilian nickte.

«Netzwerke und ihre Anwendung sind die Grundlage von demokratischer Entscheidungsfindung. Per se ist nichts gegen sie einzuwenden, im eigentlichen Sinne wären wir ohne Netzwerke ziemlich aufgeschmissen. Es ist eher die Frage, wie ein Netzwerk aufgebaut ist und welchen Zweck es verfolgt.»

Kilian winkte ab. «Danke für die Nachhilfe. Aber was hat das mit Ihrem Verdacht zu tun?»

«Gedulden Sie sich», beruhigte ihn Schwerdt, «wir sind gleich bei einem sehr interessanten Netzwerk. Wichtig ist die Struktur. Wer ist wie an einem Netzwerk beteiligt? Stellen Sie sich ein Gewebe vor, ein Stück Stoff zum Beispiel. Die Fäden laufen von links nach rechts, von oben nach unten, sie überkreuzen sich. Diese Anordnung der Fäden gibt dem Gewebe eine genau vorhersehbare Struktur, aber auch Festigkeit. Nachteil ist jedoch, dass die Struktur recht starr ist, sodass sie auf neue Anforderungen oder Einflüsse nur in einem geringen Maße reagieren kann. Für die heutigen Herausforderungen ist dieses Netzwerk nur bedingt geeignet.»

«Es fehlt an Elastizität.»

«Besser ausgedrückt: an Wandlungs- oder Anpassungs-
fähigkeit. Bleiben wir beim Gewebe. Stellen Sie sich jetzt vor,
die Fäden verlaufen nicht mehr über Kreuz, sondern es bilden
sich Knotenpunkte, von denen in alle Richtungen Fäden aus-
gehen, aber auch einlaufen. Jeder dieser selbständig agierenden
Knotenpunkte wäre so mit einer Vielzahl anderer Knoten verbunden, also mit dem gesamten System. Vorteil dieser kom-
plexen Struktur ist es, dass eine Kommunikation zwischen den
Knoten sehr rasch durchgeführt werden kann, da viele mit
vielen verbunden sind.»

«So wie unser Gehirn aufgebaut ist?»

«Richtig, aber auch das Internet. Es ist das gleiche Prinzip.
Eine hohe Verknüpfungsrate. Der Nachteil dieser Struktur
besteht aber darin, dass sie nur schwer zu kontrollieren ist –
was im Falle des Internets anfänglich auch so gedacht war.»

«Es reicht», unterbrach Kilian. «Ich will keine Vorlesung in
Netzwerktechnologie von Ihnen hören. Sagen Sie mir einfach,
was dahintersteckt.»

«So schnell und einfach werden Sie den Mordfall an Petra
nicht aufklären. Erst wenn Sie das System verstanden haben,
kommen Sie hinter die eigentlichen Strukturen und damit
zum Mörder. Also, wollen Sie das oder nicht?»

Kilian seufzte. «Wenn es sein muss. Aber machen Sie es
nicht so kompliziert, und vor allem: Machen Sie es kurz.»

Schwerdt versprach es. «Es stellt sich nun die Frage: Wozu
gibt es dieses Netzwerk oder womit handelt es? Beginnen wir
mit Letzterem. In der Politik geht es wie in vielen anderen
Bereichen um Informationen. Diese gilt es schnell und umfas-
send zu sammeln, ebenso wie sie schnell und zielgenau an die
Stelle zu bringen, wo sie gebraucht werden. Wer als Erster
über die entscheidende Information verfügt, hat einen klaren
Wettbewerbsvorteil und kann anstehende Entscheidungen für
sich gewinnen. Wer darüber nicht verfügt, bleibt außen vor.

Hat verloren. Kann nach Hause gehen. Ist faktisch nicht mehr existent. Tot.»

«Über welches Netzwerk sprechen wir hier eigentlich?»

«Geduld», forderte Schwerdt, «gleich sind wir so weit. Das Netzwerken ist nichts Neues, eigentlich ein alter Schuh. Jeder Politiker versucht seit Jahrhunderten, so viele Informationen wie auch Menschen wie möglich hinter sich zu bringen. Bislang waren diese Netzwerke ziemlich starr. Will heißen: Warst du einmal Knotenpunkt dieses Netzwerkes, dann bleibst du es ein Leben lang.»

«Ansonsten droht der Tod. Wie bei der Mafia.»

«Richtig. Doch seit einigen Jahren ist diese starre Zugehörigkeit aufgehoben. Jeder Knotenpunkt sucht sich ein geeignetes Netzwerk, gliedert sich ein und profitiert so lange davon, wie es ihm nützt. Wenn ein anderes Netzwerk mehr Erfolg verspricht, wechselt er, oder, wenn er ein ganz Schlauer ist, dann ist er Bestandteil mehrerer Netzwerke zugleich. Das kann durchaus gewollt sein, wenn man für das eigene Netzwerk Informationen benötigt, die nur in einem anderen vorhanden sind. Nachteil dieser offenen Architektur ist jedoch die fehlende Bindung an das Mutternetzwerk, das einen ernährt und beschützt. Schließlich will man ja irgendwo zu Hause sein.»

Kilian gähnte. Es fiel ihm schwer, diesem Professor für Netzwerktechnologie noch länger zuzuhören. Wann kam er endlich zum Punkt?

«So weit, so gut», sprach Schwerdt unbeirrt weiter. «Das ist die klassische Vernetzung innerhalb einer großen Partei. Nun sind Netzwerke nicht frei von Fehlern. Ein Knotenpunkt kommt seinem Auftrag nicht mehr nach, wird untreu oder muss aus dem System ausgeschlossen werden, weil er eine Gefahr für alle anderen darstellt. Denken Sie an ein Bakterium oder an ein Virus. Es muss schnellstens unschädlich gemacht werden, bevor es das ganze System infiziert. Früher reichte die bloße Ausgrenzung, um ein unliebsames oder gefährliches Parteimitglied loszuwerden. Inzwischen lassen sich diese Objekte nicht mehr so leicht entfernen.»

«Warum nicht?»

«Weil sie nicht mehr allein dastehen. Zum einen stürzen sich die Medien auf jeden noch so bescheidenen Vorfall und machen ihn zur Schlagzeile, und zum anderen verbrüdern sich diese Objekte und holen zum Gegenschlag aus. Sie sind wie ein Computervirus, das im Geheimen Informationen über das System und seine Knotenpunkte sammelt, um dann im richtigen Moment zuzuschlagen. Und genau hier kommt Sandra Wagner ins Spiel.»

Na endlich. «Sie ist eines dieser Viren?»

«Davon ist auszugehen.»

«Sie sind sich also nicht sicher?»

«Das ist nicht der entscheidende Punkt. Natürlich ist Sandra Wagner Teil des einen oder anderen Netzwerkes. Die Frage ist doch, welches Netzwerk hat meinen Sturz initiiert, und wie ist Sandra Wagner darin verwickelt?»

«Man könnte auch behaupten, Sie neiden ihr schlicht die Ernennung zur Generalsekretärin, so wie Sie jeden anderen auch verurteilen würden, der Ihre Nachfolge antritt.»

«Sicher bin ich nicht frei von Neid und Enttäuschung. Aber einen Werner Schwerdt zu Fall zu bringen, ist nicht so einfach. Noch vor einer Woche stand das Präsidium geschlossen hinter mir.»

«Da gab es auch noch keine Bilder von Ihnen und Petra Bauer. Außerdem stehen Sie noch immer unter Verdacht.»

Schwerdt lächelte ihn bitter an. «Glauben Sie, was Sie wollen. Petra Bauer hat lebend mein Zimmer verlassen, nicht ohne mir vorher reinen Wein einzuschenken. Sie handelte im Auftrag. Das ist sicher. Als Lohn winkte ihr eine Stelle in München. Ich habe ihr jedoch ein besseres Angebot gemacht. Wenn sie den Mund über jene Nacht hält und mir verrät, wer ihr Auftraggeber ist, würde ich sie in mein Team aufnehmen.»

«Wofür hat sie sich entschieden?»

«Für mich natürlich.»

«Und wer war ihr Auftraggeber?»

«Wie ich schon sagte: Sandra Wagner. Aber auch sie ist nur eine Figur am Rande. Auch sie handelt im Auftrag. Im Zentrum sitzt eine ganz andere, viel mächtigere Spinne, und die heißt Ute Mayer.»

«*Die* Ute Mayer? Die ehemalige Ministerin?»

Schwerdt nickte.

«Was hat sie plötzlich damit zu tun?»

«Seit einiger Zeit geht ein Gerücht um. Niemand wollte bisher so recht daran glauben, aber nun ist der Beweis geführt. Eine Gruppe ehemaliger Minister und Ministerinnen hat sich zusammengeschlossen, um gegen ihre Demission vorzugehen – im eigentlichen Sinne, um sich wieder an die Macht zu putschen. Sie unterhalten ein Geflecht von Beziehungen zu allen möglichen Personen innerhalb und außerhalb der Partei. Sie sammeln Informationen, gleich, ob es sich um das Abstimmverhalten handelt oder um ganz private Angelegenheiten der Betroffenen. Ihr Ziel ist es, jede beliebige Person mit gezielten Informationen zu diskreditieren, um daraus Kapital zu schlagen.

Ute Mayer sagt man nach, Initiatorin und bestimmendes Mitglied dieser Seilschaft zu sein. Sandra Wagner ist eine ihrer Soldatinnen, so wie es viele andere sind, die sich hinter ihr verbergen. Sie halten so lange still, bis sie gebraucht werden. Dann schlagen sie wie aus dem Nichts zu. Siehe Sandra Wagner. Kein Hahn krähte nach ihr, solange sie in Brüssel war. Aber es reichten ein paar Telefonate aus, um sie aus dem Stand auf den Posten des Generalsekretärs zu hieven.»

Kilian wusste nicht so recht, was er von dieser Anschuldigung halten sollte. Das klang alles sehr nach Räuberpistole und eifersüchtigem Nachtreten.

«Sie glauben mir nicht?», fragte Schwerdt. «Dann hören Sie sich mal nach dem Club der Ehemaligen um.»

17

Lutz Bender hielt sich im dichten Unterholz des Gramschatzer Waldes versteckt.

Er wartete die Dämmerung ab, bis das Dunkel die Hütte vollkommen geschluckt hatte. Sein Auto hatte er an der Autobahnabfahrt hinter einem Ster Holz geparkt und für den Rest des Weges ein Fahrrad genommen. Niemand war ihm kurz vor Einbruch der Nacht begegnet. Er wähnte sich allein.

Die Hütte lag jetzt nur noch einen Sprung entfernt. Er fragte sich, ob er das Richtige tat. Aber die Notiz, die er an Petra geschrieben hatte und die ihm zum Verhängnis werden konnte, war noch immer nicht beseitigt.

Zumindest hatte sie dieser Kommissar Kilian nicht in die Hände bekommen, anderenfalls hätte er sich nicht mit einer Befragung begnügt. Er musste handeln, bevor es zu spät war.

Bender hatte vorgesorgt. Die Taschenlampe war mit rotem Seidenpapier umwickelt, sodass ihr Schein den Weg erhellte, aber nicht von weitem erkannt werden konnte.

Jetzt war es so weit. Er ging los. Die dürren Äste knackten unter seinen Füßen, und irgendwo im dunklen Wald hörte er flüchtendes Wild. Wenn es bei diesen Zeugen blieb, sollte es ihm recht sein. Unter keinen Umständen durfte er jedoch von einem Menschen erkannt werden, der vor Gericht gegen ihn aussagen könnte. Eine alte Skimütze mit zwei Löchern für die Augen sollte das verhindern.

Wie erwartet war die Tür der Hütte mit einem Siegel der Polizei versehen. Wenn er sie öffnete, würde das Siegel brechen, und die Polizisten wussten, dass jemand den Tatort aufgesucht hatte. So dumm würde er nicht sein. Er wusste, dass das Siegel von jemandem angebracht worden war, der keine Ortskenntnis besaß.

Wer jemals in der Hütte übernachtet hatte, kannte aber die kleine Durchreiche, mit der man Zugriff auf das Brennholz gewann, ohne die Wohnküche verlassen zu müssen. Das war nicht nur praktisch, sondern für einen aufmerksamen Einbrecher das bevorzugte Ziel.

Nur zu beleibt durfte man nicht sein, um die enge Passage zu überwinden. Bender hegte keinen Zweifel, dass er die Anforderung erfüllte.

Der Holzschuppen war Teil des gemeinsamen Dachs und beherbergte zwei sauber aufgeschichtete Reihen von gespaltenem Holz. Vorsichtig trug er sie ab. Dahinter kam die Durchreiche zum Vorschein. Sie war nicht verschlossen, sondern öffnete sich auf sanften Druck.

Mit den Beinen voran zwängte er sich in das Loch. Die Hüfte passierte problemlos, an den Schultern wurde es knapp. Er nahm die Hände zu Hilfe und stemmte sich in den weichen Untergrund, der mit Holzspänen bedeckt war. Einmal fest dagegenhalten, und es sollte gelingen.

«Autsch.»

Ein Spreißel fuhr ihm in den Handballen, und er biss sich auf die Lippen. Wenn er blutete, würde er die Spuren beim Verlassen der Hütte beseitigen müssen. Doch dazu später, wenn er gefunden hatte, weshalb er gekommen war.

In der Wohnküche stand er in absoluter Dunkelheit. Die Läden waren verschlossen und schirmten jedes fremde Licht von außen ab.

Er betätigte den Lichtschalter. Mehrmals. Kein Strom. Der Besitzer musste im Hinblick auf die horrende Stromrechnung auf Nummer sicher gegangen sein.

Es sollte ihn nicht stören, er hatte seine Taschenlampe dabei.

Der rote Lichtkegel streifte eine Küchenkommode. Daneben hing ein Regal mit zurückgelassenen Büchern an der Wand.

Tim und Struppi, Wanderwege im Würzburger Land, Leonhard Franks Räuberbande.

Er suchte nach einem anderen Band. *Von Cappuccino bis Sauerwein.* Er hatte darin gelesen, als er auf Petra gewartet hatte.

Da war er endlich, der letzte im Stapel. Unauffällig und doch verräterisch. Er konnte nur hoffen, dass sich die Polizisten auf die Spurensicherung von Blut, Speichel und Haaren konzentriert hatten und nicht auf harmlose Lesezeichen in einem Buch.

Auf Seite achtundneunzig wurde er fündig.

Komm zur Hütte. Dort können wir ungestört reden. Love Lutz.

Das Buch stellte er zurück, wie er es genommen hatte. Tatortfotos dokumentierten jede Ecke in dieser Hütte. Ein aufmerksamer Kommissar könnte auf dumme Gedanken kommen.

Der Weg zurück durch die enge Durchreiche verlief erneut mit Nachdruck, aber erfolgreich. Die Holzscheite waren ebenso schnell wieder errichtet, und der blutige Holzspan wurde sicher in der Hosentasche verstaut.

Es hatte alles wie am Schnürchen geklappt. Er war zufrieden mit sich und radelte in der Dunkelheit zurück zu seinem Wagen.

Was Lutz Bender aber nicht hörte, war der Auslöser einer Kamera, die den Einbruch dokumentierte.

Der Fotograf war nicht nur für Nachtaufnahmen gut ausgerüstet, sondern er hatte auch ein Auge für Kleinholz.

Ein weiterer Blutstropfen sollte Lutz Bender ans Messer liefern.

18

Die Messfeier ging mit mahnenden Worten des Priesters zu Ende.

«... und es handelt sich eben nicht um zwei Paar Stiefel, wie es fälschlicherweise behauptet wird, wenn die private Lebensweise im Widerspruch zum politischen Handeln steht. Nur wer wahrhaftig mit sich und den Menschen ist, im Einklang mit sich und seinem Tun steht, erlangt wahre Glaubwürdigkeit.

Liebe Kirchengemeinde, bedenkt dies, wenn ihr über die Zukunft eures Landes entscheidet. Messt sie an ihren Taten – gleich, ob sie im Amt geschehen oder zu Hause. Es bleibt derselbe Mensch.»

Der Priester bezog damit Stellung gegen eine Aussage des kirchenpolitischen Sprechers der Partei.

Dieser hatte am Nachmittag die harsche Kritik eines Bischofs an den liederlichen Zuständen in der Parteispitze zurückgewiesen. Schwerdts politisches Amt und sein privater Lebensstil seien zwei Paar Stiefel. Was er in seiner Freizeit tue, dürfe nicht auf seine Arbeit übertragen werden, und schon gar nicht auf den Führungskader der Partei. Der Bischof solle sich hingegen mäßigen und erst mal selbst die schwarzen Schafe in seiner Kirchengemeinde auslesen.

Das war eine offene Kampfansage an die mächtige Kirche im Land. Viele empfanden es als einen verzweifelten Akt, der mehr Schaden als Heil anrichtete, andere als Offenbarungseid.

Ute Mayer und die neue Generalsekretärin Sandra Wagner

gerieten damit ins Zentrum der Aufmerksamkeit. Auf dem Vorplatz des Doms stellten sie sich den Fragen und Vorwürfen der Kirchengemeinde.

Etwas abseits davon hielt sich Hilde Michalik auf. Sie hatte für den Abend einen diskreten Raum in der Alten Mainmühle gebucht, wo es die nächsten Schritte zu besprechen galt. Morgen würde Sandra Wagner auf dem Unteren Markt zu den Bürgern sprechen, und ihre Rede war noch nicht geschrieben.

Auch Ute Mayer musste in Szene gesetzt werden, um gegen den eigentlichen Hauptredner – den stellvertretenden Parteivorsitzenden Günter Wohlfarth – bestehen zu können. Das würde nicht einfach werden, galt Wohlfarth doch als ein integerer und gerade bei den älteren Wählern geschätzter Mann des Volkes.

Er hatte sich in den vierzig Jahren seiner Parteizugehörigkeit offiziell nichts zuschulden kommen lassen, war weder durch Skandale noch durch aufmüpfige Worte aufgefallen – wegweisende neue Ideen, die die Partei für die Herausforderungen der nächsten Wahlen in Stellung brachten, fehlten ihm aber ebenso.

Er war ein treuer und verlässlicher Parteisoldat der alten Schule, dem in diesen wechselhaften Zeiten des Umbruchs viele Sympathien entgegengebracht wurden.

Hilde kannte ihn seit den siebziger Jahren. Damals hatte er sich an der Seite des Alten durch kluge Äußerungen hervorgetan. Was er nicht tat, und das sollte seinen Abstieg einleiten, war Vorsorge für die schlechten Zeiten zu treffen.

Als der Alte starb, nahm er Wohlfarth mit ins Grab. Machtpolitisch war seine Karriere beendet, ab jetzt durfte er den guten Onkel bei der Wahl der bayerischen Milchkönigin spielen.

Doch Wohlfarth wäre nicht stellvertretender Parteivorsitzender geworden, wenn er nicht jemand anderem oder einer Gruppe zu Diensten gewesen wäre. Es galt herauszufinden, worin diese Verpflichtung bestand. Irgendwo musste er eine Leiche begraben haben. Fragte sich nur wo.

«Wieso warst du nicht in der Kirche?», erkundigte sich Ute Mayer.

Sie hatte sich mit Sandra Wagner aus dem Pulk gelöst, der noch immer die Mahnworte des Priesters diskutierte.

Hilde seufzte. «Das passt nicht zusammen. Jedes Mal, wenn ich so einen Schwarzkittel sehe, wird mir ganz schummrig.» Sie schaute auf die Uhr. «Eigentlich müsste sie schon längst eingetroffen sein. Der Zug aus Nürnberg hatte keine Verspätung.»

«Wen treffen wir noch?», fragte Sandra Wagner.

«Jemand, der uns noch sehr behilflich sein kann», antwortete Hilde.

Auch Ute Mayer wusste nichts von einem zusätzlichen Gast. «Mach es nicht so spannend. Auf wen warten wir?»

«Gedulde dich. Du wirst nicht enttäuscht sein.»

«Will ich hoffen. Ich habe einen Bärenhunger.»

Durch die Fußgängerpassage am Kürschnerhof bahnte sich ein Taxi den Weg. Es entließ eine Frau, die offenbar nicht erkannt werden wollte. Eine große Sonnenbrille und ein Tuch um den Kopf sicherten ihre Anonymität.

Hilde ging auf sie zu. «Schön, dass Sie noch gekommen sind.»

«Ich weiß nicht, ob das so eine gute Idee ist», antwortete sie.

«Keine Sorge, Sie müssen nichts tun, was Sie nicht wollen.»

Unter dieser Voraussetzung stimmte sie zu.

Hilde führte sie zu Ute Mayer und Sandra Wagner.

«Darf ich vorstellen? Charlotte Henning.»

«*Die* Charlotte Henning?», fragte Ute Mayer, die sie hinter ihrer Verschleierung zu erkennen suchte. «Ehefrau und ...»

«... und Exgeliebte Werner Schwerdts», antwortete sie bitter.

19

Der Morgen hatte mit einer Nachuntersuchung in der Universitätsklinik begonnen.

Die Ergebnisse bescheinigten Kilian eine Besserung seines Zustands, wenngleich er noch immer Schmerzen verspürte. Er verschwieg sie auf Nachfrage des Arztes, gab vor, es ginge ihm so gut wie seit langem nicht mehr.

Der Arzt schaute ihn ungläubig an, wie einen Simulanten, der sich mit seiner Täuschung einen Vorteil erhoffte. Aber Kilian hielt den Zweifeln stand. In den vergangenen Tagen war er mehrmals in eine andere Rolle geschlüpft, und je öfter er es tat, desto routinierter wurde er.

Ein ganz anderes Bild gab sein Kollege Heinlein ab.

Kilian beobachtete ihn vom Fenster der Klinik aus, wie er im Garten spazieren ging. Heinlein wirkte auf ihn in sich gekehrt, von der Welt um ihn herum abgeschirmt. Er schlenderte durch das Grün und genoss einen weiteren Spätsommertag.

Die Sonne wärmte, und er hatte die Ärmel hochgekrempelt. Fast schien es so, als wollte er sich gleich auf einer Liege langmachen und nichts anderes tun, als zu dösen. Kilian beneidete ihn für einen Moment. Doch im anderen fragte er sich, wie lange diese Seligkeit noch anhalten würde.

Pia hatte ihm beim Frühstück prophezeit, dass nach der Beruhigungsphase die eigentliche Erforschung von Heinleins Erkrankung begänne. Und dann könnte es mit dem Frieden ganz schnell vorbei sein. Wochen, vielleicht Monate aufzehrender Therapiegespräche und der Selbstreflexion standen ihm bevor.

Kein Zuckerschlecken, wie Pia meinte. Wer den Blick zu lange in den Vorgarten seines Daseins gerichtet hatte, würde überrascht sein, wen er im eigenen Haus vorfand.

Noch bevor sich Kilian still von seinem Freund verabschieden konnte, fiel ihm der junge Mann auf, dessen Vater er vor kurzem an dieser Stelle getroffen hatte. Er wirkte ebenfalls in sich gekehrt, allerdings auf eine ganze andere Art.

In seinen Händen hielt er einen Rubik-Würfel – einen Zauberwürfel, wie er in den achtziger Jahren sehr beliebt war. Die sechsunddreißig Mosaikflächen mussten durch stetes Drehen wieder in die Ausgangslage gebracht werden. Das war eine Aufgabe, an der Kilian bereits gescheitert und verzweifelt war. Man musste vermutlich eine besondere Begabung dafür mitbringen, die er nicht besaß.

Genauso wenig wie der junge Mann, dessen Handbewegungen zunehmend ungeduldiger wurden. Er drehte und wendete den Zauberwürfel, als hielte er eine glühende Kohle in der Hand. Schließlich stand er auf, warf das Ding zu Boden und trampelte darauf herum. Als er feststellte, dass der Würfel ihn nicht länger fordern würde, ließ er von ihm ab und verschwand unter den Bäumen ins angrenzende Waldstück.

Heinlein hatte den Vorgang beobachtet. Er erhob sich, nahm den Würfel und begann nun selbst das Rätsel zu lösen. Ruhig und besonnen drehte er eine Mosaikfläche nach der anderen.

Das war ein guter Anfang, dachte Kilian und machte sich auf den Weg ins Büro.

Ohne die Aufforderung, umgehend bei Klein zu erscheinen, schaffte er es diesmal an der Anmeldung in der Kriminalinspektion vorbei. Als er sein Büro betrat, wehte ihm der Duft frisch aufgebrühten Kaffees um die Nase.

«Kann ich auch einen haben?», fragte er Sabine, die im Nebenzimmer saß.

«Klar, greif zu.» Sie kam herüber. «Hast du Schorsch gesehen?»

«Es geht ihm gut», antwortete er. «Er wirkt entspannt und zufrieden. Mach dir keine Sorgen.»

Sie setzte sich zu ihm an den Schreibtisch. «Hast du etwa mit ihm gesprochen?»

«Nein, ich konnte ihn vom Fenster aus beobachten. Er machte einen gelösten Eindruck. Der wird schon wieder.»

«Wollen wir es hoffen.» Sie seufzte. «Und wie geht es dir?»

«Kann nicht klagen. Der Arzt sagt, ich sei so gut wie neu.»

Sabine hegte keine Zweifel an seinen Worten.

«Dann bist du also wieder voll einsatzfähig?»

«Wie am ersten Tag.»

Sie reichte ihm den Bericht, der am Morgen aus der Gerichtsmedizin eingetroffen war.

«Der forensische Anthropologe konnte nichts feststellen. Pia hat mir mitgeteilt, dass damit jede Chance auf Feststellung der Todesursache vergeben ist.»

Kilian überflog die wenigen Zeilen. «Am Todeszeitpunkt ändert sich aber nichts, wenn ich das richtig sehe.»

Sabine stimmte zu. «Zwischen dem Verschwinden von Petra Bauer und der angenommenen Dauer der …» Sie hielt inne. «Ich weiß gar nicht, wie ich das nennen soll. Der *Auflösung ihres Körpers*?»

«Nenn es, wie du willst. Es bleibt sich gleich. Jemand hat Petra Bauer nahezu spurlos beseitigt.»

«Nun, nicht ganz», widersprach Sabine. «Ihr Skelett ist ja noch übrig.»

«Richtig. Fragt sich nur, ob das so geplant war.»

«Wie meinst du das?»

«Wenn wir schon so einen kreativen Mörder haben, der eine Leiche bis auf die Knochen entsorgen kann, dann fragt man sich doch, wieso er das Skelett zurückgelassen hat?

Eigentlich wäre davon auszugehen, dass er auch die Knochen auf Nimmerwiedersehen verschwinden lässt. So hätte er ganze Arbeit geleistet und uns vor ein noch größeres Rätsel gestellt, beziehungsweise hätte er es gar nicht zu einer Mordermittlung kommen lassen. Petra Bauer wäre damit auf Lebenszeit vermisst geblieben.»

«Hast du schon daran gedacht, dass der Mörder mit der Beseitigung der Leiche vielleicht noch gar nicht fertig war?»

«Du meinst, das Laugenbad war nur der erste Schritt?»

Sabine nickte. «Danach sieht es doch aus, oder? Bloße Knochen sind leichter zu entsorgen als ein kompletter Körper. Ich habe im Internet mal nachgeschaut. Dort steht, dass das menschliche Skelett nur einen Anteil von zwölf Prozent am Körpergewicht hat. Auf Petra Bauer übertragen, hätte sich der Mörder also nur um sechs Kilogramm Knochen kümmern müssen, handlich verpackt in einer Tasche oder einer Tüte.»

«Aber das Skelett besteht aus über zweihundert Knochen. Große, kleine, lange und kurze. Die muss er schon gut verteilen, damit wir sie nicht wieder zusammensetzen können.»

«Wer spricht von verteilen?» Sabine schüttelte verwundert den Kopf. «Große Knochen werden zerschlagen, und die kleinen gehen in den Abfall. Das ist eine saubere und endgültige Lösung.»

Wie pragmatisch Frauen doch sein können, dachte Kilian.

Schneider kam zur Tür herein. Auch er roch den frischen Kaffee. «Kann ich auch einen haben?»

«Setz dich», antwortete Sabine, «ich hol dir eine Tasse.»

Kilian legte den Bericht des Anthropologen zur Seite.

«Was gibt es Neues?»

Dem besorgten Gesicht Schneiders nach zu urteilen, waren es keine guten Nachrichten.

«Ich habe nun mit allen gesprochen, die auf der Liste standen. Unter ihnen hat niemand auffällig reagiert, wenn ich sie nach der Waldhütte befragt habe. Sie haben gefeiert, aufgeräumt und den Schlüssel wieder zurückgebracht. Dabei ging er von Hand zu Hand. Der eine brachte das Essen, der andere das Bier und der dritte Bänke und Tische. Unmöglich, da jemand Bestimmtes herauszupicken.»

«Bist du mit den Schlüsseldiensten weitergekommen?»

«Alle in Würzburg ansässigen habe ich durch. Keiner will so ein altes Ding gesehen haben, und schon gar nicht den unsrigen.»

«Und in den Nachbargemeinden?»

«So weit bin ich noch nicht. Es war ohnehin eine Sisyphusarbeit, die Würzburger abzuklappern.»

Sabine kam wieder ins Zimmer und reichte ihm eine Tasse.

«Und wenn der Schlüssel vielleicht ganz woanders nachgemacht wurde?»

Schneider nickte. «Dann können wird das sowieso vergessen.»

Doch Kilian wollte nicht so schnell aufgeben.

«Besorg dir die Gelben Seiten und schicke jedem Schlüsseldienst eine E-Mail mit dem Bild des Schlüssels. Irgendwo muss das Ding doch aufgetaucht sein.»

«Das dauert Jahre», entgegnete Schneider.

«Nicht, wenn wir die Adressen in einer Datenbank haben», korrigierte Sabine. «Dann gehen die Mails innerhalb von ein paar Minuten raus.»

«Gute Idee», sagte Kilian. «Die Gelben Seiten gibt es doch auch auf CD, oder?»

«Schon so gut wie erledigt», antwortete Sabine, «ich habe eine da.»

«Was mache ich dann?», wollte Schneider wissen.

«Du überprüfst noch einmal den Familien- und Freundeskreis von Petra Bauer. Vielleicht haben wir etwas übersehen.»

«Aber das habe ich doch schon alles gemacht.»

«Wir müssen sichergehen, dass der Mörder nicht in der Familie oder unter den Freunden zu finden ist. Befrag sie dieses Mal unter der Maßgabe von Petras politischen Ambitionen. Von wem glaubte sie profitieren zu können, wer hat sie gefördert und so weiter. Irgendwer muss etwas wissen. Petra Bauer hat sich bestimmt jemandem anvertraut. Und den müssen wir finden.»

Missmutig trank Schneider seine Tasse leer.

«Was macht eigentlich der Schorsch?», fragte er unvermittelt.

«Was meinst du?»

«Na, woran arbeitet er? Es wäre ja dumm, wenn sich unsere Ermittlungen überschneiden.»

Womit war Heinlein heute offiziell beschäftigt?

Erneut lag ihm der auswärtige Termin auf der Zunge. Sabine jedoch war nicht nur schneller, sondern auch einfallsreicher als er.

«Der Schorsch ist zur Wahlkampfveranstaltung auf dem Marktplatz», sagte sie, ohne einen Zweifel daran zu lassen. «Anstelle des gefeuerten Schwerdt spricht heute die neue Generalsekretärin Sandra Wagner. Er will sie nach Petra Bauer befragen.»

Schneider schaute weniger überrascht als Kilian. Der wusste von der Veranstaltung nichts.

«Dann richte ihm einen schönen Gruß von mir aus», sagte Schneider und machte sich auf den Weg.

Zurück blieb ein erstaunter Kilian.

«Stimmt das?»

«Was?»

«Das mit dem Wahlkampfgedöns auf dem Marktplatz.»

«Klar, wieso nicht? Die Ausrede muss doch überprüfbar sein. Der Chef hat auch schon nach ihm gefragt.»

«Hat er's gefressen?»

«Er hat keinen Grund, es nicht zu tun. Schließlich bin ich ja eine Vertrauensperson.»

«Und eine ziemlich hintertriebene.»

«Trotzdem will er ihn sprechen. Zumindest am Telefon.»

«So ein Mist», grummelte Kilian. «Wie können wir das vermeiden?»

Sabine grinste überlegen. «Ich hab da schon eine Idee.»

20

Kilian konnte sich nicht erinnern, ob er jemals einer Wahlkampfrede beigewohnt hatte.

Ansammlungen von mehr als zwei Personen an einem Ort mied er ohnehin, und Politiker, die krampfhaft versuchten, volksnah und verständnisvoll zu wirken, erzeugten bei ihm Unwohlsein.

Als er auf den Unteren Markt kam, hatten sich nur wenige Interessierte rund um die Bühne der Partei eingefunden. Dabei war es gerade Mittag. Eigentlich die beste Zeit, um möglichst viele anzusprechen, die sich zur Mittagspause auf dem Marktplatz tummelten.

Doch anstatt sich mit den vielen bunten Fähnchen, Broschüren und Werbegeschenken einzudecken, ließ man sich zu einem Cappuccino an einem der umliegenden Stände und Cafés nieder. Von hier aus beobachtete man die bemühten Versuche dort oben auf der blauweiß geschmückten Bühne, die Aufmerksamkeit und mit ihr die Stimmen der Wähler zu gewinnen.

Ein namen- und gesichtsloser Nachwuchspolitiker übte sich gerade in der Kunst der Rhetorik, bevor der Hauptredner die Bühne betreten sollte. Er konnte die wenigen Interessierten nicht erreichen. Seine Stimme verhallte ungehört.

Auf einem Plakat waren der Name und das Gesicht eines Günter Wohlfarth abgedruckt. Er war eines der vielen Echos aus der Vergangenheit der Partei – immer irgendwie präsent, aber nie richtig zugegen. Welche Funktion oder Position nahm er in der Partei ein? Stellvertretender Parteivorsitzender stand in kleinen Lettern geschrieben.

Einen Stellvertreter, einen Ersatz hatte die Partei also in den Wahlkampf geschickt. Das klang nicht gerade nach Ernsthaftigkeit, mit der man verlorengegangene Stimmen zurückgewinnen wollte.

Kilian bestellte sich einen Espresso. Wenn er sich im weiten Rund des Unteren Markts umblickte, dann schätzte er rund hundert potenzielle Wähler, die auf dieser Wahlkampfveranstaltung angesprochen werden konnten. Mehr als die Hälfte davon war mit anderen Dingen beschäftigt, als sich Gedanken über die nächste Wahl zu machen. Das war eine dürftige Ausbeute.

Ganz anders sah die Lage am Oberen Markt aus. Dort hatte eine andere Partei Stellung bezogen, und wie es schien, hatte sie mehr Erfolg. Die Stimme eines Kandidaten waberte herüber, gefolgt vom Applaus vieler Hände.

Die Ersten gingen, sie wollten nicht mehr länger auf den Stellvertreter warten, und Kilian fragte sich, ob er ihnen folgen sollte. Das Knacken der Lautsprecher und die Ansage, dass nun Günter Wohlfarth zu den Würzburgern sprechen wollte, hielten ihn zurück. Applaus ertönte. Doch er kam nicht von den Wartenden, auch nicht von der Gegenveranstaltung am Oberen Markt, sondern er wurde über Band eingespielt.

Ein Mann quälte sich die Stufen zur Bühne hinauf und ging langsam zum Rednerpult, das vor einer großen blauweißen Wand aufgebaut war. *Kraft und Tradition* prangte in großen Buchstaben über den Wäldern, Seen und Bergen des bayerischen Landes.

Wohlfarth, sofern er es war, holte einen Zettel aus der Tasche und gönnte sich noch ein paar Atemzüge, bevor er begann. Das Bild auf dem Wahlplakat schien aus besseren Zeiten zu stammen. Der Mann dort oben auf der Bühne war älter, verbrauchter, erschöpfter – ein Echo aus der Vergangenheit.

«Liebe Würzburger», donnerte es über den Unteren Markt, «es sind nur noch wenige Tage bis zur Entscheidung …»

Die Lautsprecheranlage war viel zu laut eingestellt. Wohlfarths Stimme hallte von den Mauern der umstehenden Häuser zurück und malträtierte die Ohren der Zuhörer.

Die Nächsten gingen. Das war alles andere als ein überzeugender Endspurt im seit Monaten andauernden Wahlkampf. Ein Techniker eilte zu Hilfe.

«Zurück zur alten Stärke …», tönte es nun verträglicher.

Doch stark waren weder der Redner noch seine Worte. Niemand hörte mehr hin.

Erst als sich im Umfeld der Bühne zwei Frauen zeigten, reckten sich wieder die Köpfe. Es waren Ute Mayer und Sandra Wagner. Sie sollten nach Günter Wohlfarth zu den Würzburgern sprechen. Doch die wollten nicht darauf warten, und die ersten Rufe nach Sandra Wagner wurden laut.

Wohlfarth war irritiert, zögerte, entschied sich dann doch, seine Rede zu Ende zu bringen.

Die ersten Pfiffe gellten, Sandra-Rufe folgten.

Wohlfarth blieb stur und sprach weiter, bis sein Zettel vor Aufregung vom Rednerpult schlitterte. Ute Mayer hob ihn auf und reichte ihn Wohlfarth, der seine Rede hatte unterbrechen müssen.

Welch peinliche Vorstellung, sagte sich Kilian. Wer nicht aus vollem Herzen sprechen konnte, benötigte einen Spickzettel.

Ute Mayer hatte ein Gespür für die Situation und flüsterte Wohlfarth etwas ins Ohr. Der verneinte energisch und war im Begriff fortzufahren, als er innehielt und zu Ute Mayer blickte. Man konnte meinen, er wolle sich versichern, ob sie das Gesagte ernst meinte.

Und Ute Mayer nickte.

Wohlfarth kehrte zu seiner Rede zurück, sichtlich beeindruckt von Ute Mayers Bestätigung.

«Wir werden für eine größere Nettoentlastung …»

Seine ohnehin schon brüchige Stimme brach ab. Mit schmerzverzerrtem Gesicht griff er sich ans Herz, rang um Luft.

Der Mann hatte ernsthafte Probleme, und Kilian eilte zur Bühne.

Im Nu war Wohlfarth umringt von Neugierigen. Sie blickten hinunter auf den alten Mann, ohne dass nur einer die notwendigsten Hilfsmaßnahmen einleitete. Kilian öffnete ihm die Krawatte und das Hemd. Er legte sein Ohr auf Wohlfahrts Brust.

Das Herz schlug noch, aber er atmete flach und kaum vernehmbar.

Kilian wählte die Notrufnummer. «Einen Krankenwagen auf den Unteren Markt. Schnell.»

Dann drehte er Wohlfarth auf die Seite und brachte ihn in eine stabile Lage, damit er atmen konnte und nicht an Erbrochenem erstickte.

«Treten Sie zurück», befahl er den Umstehenden, «er braucht mehr Sauerstoff.»

Alle folgten der Anweisung, nur Ute Mayer und Sandra Wagner blieben. Sie wirkten teilnahmslos und distanziert.

21

Wohlfarths Zusammenbruch war schnell vergessen – was nicht an der Kaltschnäuzigkeit der Zuhörer lag, sondern an deren geringer Anzahl.

Erst als sich die Nachricht herumgesprochen hatte, dass Sandra Wagner und Ute Mayer zu den Würzburgern sprachen, kamen sie vom Oberen Markt herunter. Da war Wohlfarth kein Thema mehr. Er war inzwischen auf dem Weg in die Notaufnahme der Universitätsklinik.

Kilian hatte die Reden der beiden fränkischen Hoffnungsträger mitverfolgt. Sie schlugen einen ganz anderen Ton an, sprachen von begangenen Fehlern der Partei, Einsicht, mitunter auch von Schuld. Nun warben sie um Vertrauen der Wähler, damit sie die Erneuerung der Partei vorantreiben konnten.

Vollmundige Versprechen, dass es jedem nach der Wahl besser gehen würde, unterließen sie. Das Land war in einer Krise gefangen, und niemand wusste, wie sie sich noch entwickeln würde. Auch sie nicht. Doch sie wollten ihr Bestes tun, um die notwendigen Einschnitte gering zu halten.

Diese offenen Worte machten Eindruck.

Auf dem anschließenden Treffen stellten sich die beiden Kandidatinnen den Fragen. Es fand in einem offenen Zelt statt, das unweit der Bühne am Marienplatz errichtet worden war.

Kilian schnappte sich ein Glas Weißen Burgunder und gesellte sich zu den Gästen. Auf so engem Raum erkannte er nun die eine oder andere lokale Größe, die auf dem weiten Marktplatz in der Menge untergegangen war.

Unter ihnen war auch sein Chef, Klein.

«Was machen Sie hier, Kilian?»

«Ich habe mit Ute Mayer zu sprechen.»

«Wollte das nicht Kollege Heinlein übernehmen?»

Sabines Ausrede war anfänglich erfolgreich gewesen, aber nun reichte sie nicht mehr aus. Klein wollte seinen Ersten Kommissar sehen.

«Stimmt, wir machen es dann doch gemeinsam.»

Klein blickte sich im weiten Rund um. Die vielen Gäste machten es nicht einfach.

«Wo steckt er? Ich kann ihn nirgends entdecken.»

Kilian musste improvisieren.

«Gerade war er noch hier. Ich glaube, er hat sich etwas zu trinken geholt.»

«Kein Problem», sagte Klein.

Er fischte sein Handy aus der Tasche und wählte Heinleins Nummer.

«Dann kann er nur ein Klingelzeichen entfernt sein.»

Wenn Heinlein sein Handy nicht ausgeschaltet hatte, würde jemand das Gespräch entgegennehmen. Schlimmstenfalls die Stationsschwester. So oder so wäre Klein jetzt nur noch einen Atemzug von der Aufdeckung des Geheimnisses entfernt.

Dem musste er zuvorkommen.

«Ich wollte mit Ihnen schon längst darüber sprechen …»

Klein deutete ihm an, still zu sein.

«Es klingelt», sagte er und zeigte dabei auf sein Handy.

Und tatsächlich, das tat es auch ein paar Meter entfernt.

Kilian schaute sich überrascht um. Woher kam das?

Klein hörte es nun ebenfalls.

«Na also. Heinlein steckt irgendwo da drüben.»

Er deutete in Richtung der Bar, wo die Getränke ausgeschenkt wurden.

«Wieso geht er denn nicht ran?», fragte Klein.

Er schob sich an den umstehenden Gästen vorbei, Kilian folgte ihm.

Wie war das möglich? Von irgendwoher klingelte ein Handy. Ein Kellner, der soeben ein neues Tablett mit Gläsern füllte, griff in die Hosentasche, blickte aufs Display und drückte den Anruf mit einem Lächeln weg. Das Klingeln erstarb.

Klein hatte davon nichts mitbekommen, er war auf das Gesicht Heinleins fixiert, das er unter den Gästen zu erkennen suchte.

«Wo steckt er nur?», fragte er ärgerlich. «Er war doch gerade noch hier.»

Kilian ging ein Licht auf. Irgendwie musste es Sabine geschafft haben, Heinleins Nummer auf ein anderes Handy umzuleiten. Da es nun im unmittelbaren Umfeld Kleins geklingelt hatte, musste er vermuten, dass Heinlein in seiner Nähe war. Eine brillante Scharade. Sabine sollte befördert werden.

«Wahrscheinlich konnte er das Gespräch gerade nicht entgegennehmen», sagte Kilian. «Sie sehen ja, was hier los ist.»

Damit wollte sich Klein nicht zufriedengeben.

«Ich probier's gleich nochmal.»

Er drückte die Wahlwiederholung.

«Hallo, Robert», sagte Ute Mayer und meinte Klein. «Hast du auch was zu trinken?»

Sie war unversehens aus dem Pulk der Gäste auf sie zugekommen.

Klein drückte das Gespräch weg.

«Hallo, Ute … Ja, irgendwo habe ich mein Glas stehen.»

Dann wandte sie sich an Kilian. «Wie ich sehe, hast du Verstärkung mitgebracht.» Sie reichte ihm die Hand. «Wie geht es Ihnen, Herr Kommissar?»

«Danke, ich kann nicht klagen. Mein Kompliment für Ihre mitreißende Rede. Derart offene Worte hört man selten aus dem Mund eines Politikers.»

«Ich benenne die Dinge beim Namen, und wenn es schlecht um das Land steht, dann werde ich das auch sagen.»

«Die Wähler werden es Ihnen danken.»

«Es ist das mindeste, was ich tun kann. Dennoch stehen wir vor großen Herausforderungen.»

«Wenn die Bürger wissen, was auf sie zukommt, dann werden sie auch eher zu Zugeständnissen bereit sein.»

Statt einer Antwort lächelte sie. Die dreißig Begrüßungssekunden pro Gast waren damit aufgebraucht. Sie orientierte sich weiter.

«Hast du zufällig einen meiner Kommissare gesehen?», fragte Klein, bevor sie sich entfernte.

«Da steht doch einer», antwortete sie knapp und zeigte auf Kilian.

«Kommissar Heinlein», entgegnete Klein, aber Ute Mayer schüttelte schon die nächste Hand.

«Er muss hier irgendwo sein», beruhigte ihn Kilian. «Trinken Sie so lange etwas. Ich komme gleich wieder.»

Darauf kannst du lange warten, sagte er sich, als er in der Menge untertauchte. Doch Klein musste beschäftigt werden, damit er einen erneuten Versuch unterlassen würde. Lange würde dieses Versteckspiel nicht mehr funktionieren.

Er hielt Ausschau nach einem geeigneten Gesprächspartner für Klein, als er Sandra Wagner entdeckte. Auch sie war auf Begrüßungsrunde und löste sich soeben aus einer Unterredung.

Die Gelegenheit war günstig.

«Kompliment für Ihre Rede. Die Menschen haben Ihnen aufmerksam zugehört.»

«Danke, das freut mich», antwortete sie. «Ich hoffe, Sie auch.»

Sandra Wagner war eine kleine, unauffällige Person mit einem Faible für dezente Kleidung. Sie wirkte eher wie eine

Bankangestellte auf Kilian als wie die neue starke Frau der Partei. Allein ihre Augen ließen Durchsetzungsvermögen und Beharrlichkeit erahnen, so wie sie nun Kilian aufmerksam musterten.

«Ich werde mir jedes Ihrer Versprechen merken», antwortete er.

Sandra Wagner lächelte. «Tun Sie das, und messen Sie mich daran. Ich stehe für Glaubwürdigkeit und Verantwortung. Vor der Wahl und auch danach.»

«Habe ich das nicht schon aus anderem Mund gehört?»

«Es stimmt, viele gehen damit leichtfertig um. Ich jedoch stehe für eine andere Politik. Aufrichtigkeit und Charakterstärke sollen wieder eine Bedeutung bekommen. Die Zeiten, in denen der Ehrliche der Dumme war, sind endgültig vorbei.»

Dein Wort in Gottes Ohr, dachte Kilian. Nach der Wahl werden wir sehen, was von deinem Vorsatz übrig geblieben ist.

«Hat Sie die Nominierung für den Posten der Generalsekretärin überrascht?»

«Sie kam überraschend, das stimmt, andererseits wurde es langsam Zeit, dass wieder mal eine Frau an verantwortlicher Stelle wirken kann. Ich freue mich darauf. Es ist Herausforderung und Wertschätzung meiner bisherigen politischen Arbeit zugleich.»

Ob das ihr Vorgänger genauso sah? Am besten fragte er sie danach.

«Haben Sie Herrn Schwerdt schon getroffen?»

Sandra Wagner zeigte sich irritiert. «Wieso sollte ich das tun?»

«Er war Ihr Vorgänger. Bestimmt hat er Ihnen einiges auf den Weg mitzugeben.»

«Das glaube ich kaum.»

Ihr Grundton hatte sich verändert. Die Aufgeschlossenheit wich dem Misstrauen.

«Ich habe Sie noch gar nicht nach Ihren Namen gefragt», stellte sie fest.

«Johannes Kilian, Kripo Würzburg.»

«Ich habe schon von Ihnen gehört.»

«Nur Gutes, will ich hoffen.»

«Sie haben die Leiche von Petra Bauer gefunden.»

«Nicht direkt, aber ich bearbeite den Fall mit einem Kollegen.»

«Dann wünsche ich Ihnen viel Erfolg», sagte sie knapp, bevor sie weiterging, «und richten Sie Ihrem Kollegen gute Besserung aus.»

Das hatte gesessen. Kilian war wie vom Schlag gerührt. Woher zum Teufel wusste sie davon?

Wer glaubte, diese kleine, unscheinbare Person unterschätzen zu können, sah sich getäuscht. Sie hatte Kilian mit nur einem Satz aus der Bahn geworfen. Jetzt brauchte er was zu trinken.

Er war nicht der Einzige. Aus dem nahen Hotel Greifenstein kam ein verschlafener und missmutiger Werner Schwerdt herüber. Er hielt auf die Bar zu, schnappte sich einen Schoppen und stürzte ihn in wenigen Schlucken hinunter.

Schwerdt war auf Ärger aus. So viel konnte Kilian auf die Entfernung erkennen. Wen er sich dafür ausgesucht hatte, sollte sich bald herausstellen. Sandra Wagner stand im Zentrum des Interesses.

Kilian bahnte sich einen Weg durch die ahnungslose Menge. Aber er kam zu spät. Klein hatte sich Schwerdt bereits mutig in den Weg gestellt.

«Lass mich los», blaffte Schwerdt ihn an. «Ich will mit dieser Schlampe sprechen.»

Klein ließ nicht mit sich verhandeln. Er drängte ihn zurück.

«Geh jetzt nach Hause und schlaf deinen Rausch aus.»

An die Seite von Sandra Wagner gesellte sich Ute Mayer.

Die beiden wirkten entspannt, keineswegs besorgt, dass sie von einem zornigen und rachsüchtigen Werner Schwerdt belästigt wurden. Kilian glaubte sie lächeln zu sehen.

Das brachte ihn noch mehr auf. Klein drohte die Kontrolle über Schwerdt zu verlieren. Noch bevor Kilian ihm zu Hilfe kommen konnte, beorderte Ute Mayer zwei Männer herbei. Entschieden packten sie Schwerdt unter dem Arm und brachten ihn ins Hotel zurück.

«Die Aufregung ist vorbei, meine Damen und Herren», verkündete Ute Mayer besänftigend, «für Herrn Schwerdt ist gesorgt.»

Die erschreckten Gemüter fanden wieder zu ihren Unterhaltungen zurück, nur Kilian wollte den Vorfall nicht so schnell vergessen.

Was war da eben passiert?, fragte er sich.

Hatte er gerade die neuen Machtverhältnisse in der Partei erlebt, bei denen der Fingerzeig einer Exministerin genügte, um einen anderen Exminister aus der Öffentlichkeit zu entfernen?

Eigentlich war Sandra Wagner der Star dieser Wahlveranstaltung. An ihrer Seite schien aber ein noch hellerer Stern auf seine Wiedergeburt zu warten. Ute Mayer.

Sie war die bestimmende Kraft hinter Sandra Wagner, die wie ihr Mündel wirkte.

Schwerdts Frage kam ihm in den Sinn.

Haben Sie schon mal vom Club der Ehemaligen gehört?

Nein, das hatte er bisher nicht. Aber er durfte zwei seiner Mitglieder soeben in Aktion erleben.

22

Der Mann war ihm bis zum Sternplatz gefolgt.

Bevor Kilian den Hauseingang zu seiner Wohnung betrat, würde er sich ihn vorknöpfen.

«Kann ich Ihnen helfen?»

Der Mann blickte sich um und versicherte sich, dass niemand sie beobachtete.

«Ich möchte mit Ihnen sprechen.»

«Wer sind Sie?»

«Mein Name ist Tobias Gerber. Ich bin in der Würzburger Gruppe aktiv.»

«Worüber möchten Sie mit mir sprechen?»

«Über Ute Mayer und Werner Schwerdt.»

Kilian bat ihn, in den Hauseingang zu kommen. Dort konnten sie ungestört reden. Vor dem Treppenaufgang machte er halt.

«Ich bin ganz Ohr», sagte Kilian. «Sprechen Sie.»

Die Deckenlampe warf ein diffuses Licht auf den Mann. Er mochte Ende zwanzig sein und wie offenbar alle jungen Männer in der Partei beim selben Imageberater. Diese künftigen Funktionsträger wirkten irgendwie gestriegelt.

«Ich habe Sie vorhin beobachtet», begann er, «wie Sie mit Sandra Wagner sprachen und wie Sie den Auftritt von Werner Schwerdt verfolgten.»

Kilian stutze. «Ihre Aufmerksamkeit galt mir?»

«Verstehen Sie mich bitte nicht falsch. Ich bin an dem Kommissar interessiert, nicht an dem Menschen.»

«Freut mich zu hören. Also, was gibt's?»

«Als Sie vorgestern mit Lutz gesprochen haben, ist mir aufgefallen, dass Sie nicht mit allem einverstanden sind, was er über Schwerdt und Petra erzählt hat.»

«Sie waren also auch im Parteibüro?»

«Ja, es gab viel zu tun. Sandras Kommunikationsstrategie musste neu definiert werden.»

«Ich erinnere mich. Wofür haben Sie sich entschieden? *Kraft und Tradition* oder …?»

«*Packen wir's an.*»

Das klang nach dem amerikanischen Wahlkampfslogan der Demokratischen Partei, *Yes, we can.* Es gab schon schlechtere Vorbilder.

«Was hat mein Gespräch mit Lutz Bender nun mit Ihnen zu tun?», fragte Kilian.

«Ich finde es widerlich, wie die anderen mit Werner umspringen. Das hat er nicht verdient.»

«Dann unternehmen Sie etwas dagegen.»

«So einfach ist das nicht. Es gibt starke Kräfte in der Partei, die sein gesamtes Tun diskreditieren. Dabei haben sie selbst am meisten von ihm profitiert.»

«Ich kenne mich nicht mit den Gepflogenheiten in Ihrer Partei aus, und ehrlich gesagt, interessieren sie mich auch nicht besonders. Also, was wollen Sie?»

«Das sollten sie aber. Petras Tod ist eng damit verknüpft.»

«Was wissen Sie darüber?»

«Zum einen, dass jedes Wort aus dem Mund von Lutz eine Lüge ist. Er war in Petra verliebt – hoffnungslos, fast schon ausgeliefert. Und der, der sie ihm ausgespannt hat, war sein größtes Idol.»

«Werner Schwerdt.»

Er nickte. «Lutz hat einen seltsamen Hang zur Hingabe. Werner war wie ein Gott für ihn. Jedes Wort aus seinem

Mund kam einem Gebot gleich. Das war ziemlich befremdend.»

«Wie hat Bender dann reagiert, als sich Petra Bauer mit Werner Schwerdt eingelassen hat?»

«Er war außer sich.»

«Werden Sie konkret. Was hat er genau getan?»

«An jenem Abend fing es an, dass indiskrete Details über Werners Liebschaften die Runde machten. Wir waren alle sehr betroffen und hielten es einfach nicht für möglich. Werner war das Licht am Ende des Tunnels gewesen. Und nun sollte er plötzlich ein widerlicher Casanova sein, der nicht einmal die Finger von der Cousine seines eigenen Büroleiters lassen konnte? Unvorstellbar. Wir waren geschockt.»

«Wie kam Lutz Bender an diese Informationen?»

Der Mann seufzte. «Damals hatten wir keine Vorstellung, wie tief dieser Sumpf reicht. Aber mittlerweile ist es offensichtlich: Ute Mayer steckt hinter allem. Sie ist die Spinne in einem Netz aus Lügen, Erpressung und Manipulation.»

Das war nun die zweite Stimme nach Werner Schwerdt, die Ute Mayer hinterhältiges Vorgehen unterstellte.

Doch Kilian musste vorsichtig sein. Dieser Tobias stand offensichtlich auf Schwerdts Seite.

«Sie meinen also, Bender erhielt seine Informationen von Ute Mayer?»

«Ja.»

«Wieso soll sie das getan haben?»

«Um Werner aus dem Weg zu räumen.»

«Zu welchem Zweck?»

«Um den Posten für Sandra frei zu machen.»

«Hat Ute Mayer denn überhaupt die Macht, um die Nachfolge zu regeln?»

«Nicht sie allein. In diesem Netzwerk sind noch andere aktiv.»

Jetzt war es an der Zeit, um diesen mysteriösen Club zur Sprache zu bringen.

«Ich habe von diesem Netzwerk schon gehört. Es nennt sich …»

Kilian wollte es nicht aussprechen. Er musste es aus dem Mund von Tobias hören.

«Man nennt sie den Club der Ehemaligen. Frühere Staatssekretäre und Minister wollen sich zurück an die Macht putschen. Dabei greifen sie zu jedem erdenkbaren Mittel. Verleumdung, Erpressung … einfach widerlich.»

«Auch Mord?»

Tobias zögerte. «Noch vor ein paar Tagen hätte ich es nicht für möglich gehalten. Aber mittlerweile? Ja, ich denke, sie sind auch zu einem Mord fähig.»

«Was bringt Sie zu dieser Annahme?»

«Petra ist nicht an Herzversagen gestorben.»

«Das heißt nicht, dass der Club die Verantwortung für ihren Tod trägt.»

«O doch, das tut es. Ute Mayer hatte Petra auf Werner angesetzt.»

«Woher wollen Sie das wissen?»

«Ich habe ein Gespräch zwischen ihr und Petra angehört. Petra kannte Schwerdt bisher nur von Bildern und ließ sich von Ute erklären, wie sie ihn am besten ansprechen sollte.»

«Wann war das?»

«Am ersten Tag der Veranstaltung in der Residenz. Petra war im Service tätig und hatte sich auffallend sexy gekleidet. Alle tuschelten darüber, was sie wohl damit bezwecken wollte, außer sich den Unmut der Kollegen zuzuziehen. Aber Ute unterband sofort jede Kritik.»

«Was hat Ute Mayer Petra denn genau gesagt?»

«Dass sie sich nicht aufdrängen sollte. Ein kleiner Wink, dass sie *verfügbar* sei, würde reichen.»

«Hat es funktioniert?»

«In einer Pause sah ich Werner mit Petra in einer Ecke tuscheln. Später am Abend ging es dann los. Sie zeigten wenig Diskretion.»

Konnte das stimmen? Ein Generalsekretär sollte in aller Öffentlichkeit mit einer Praktikantin herumgemacht haben? Wieso nicht gleich die Presse dazu einladen?

«Ich kann mir nicht vorstellen», erwiderte Kilian, «dass Werner Schwerdt so dumm war. Er musste damit rechnen, beobachtet zu werden, und das in seiner Position.»

«Sie kennen Werner nicht. Wenn er was getrunken hat, ist er unberechenbar. Außerdem herrschte eine fröhliche Ausgelassenheit an den Tischen. Da gab es schon einige Umarmungen und Küsschen. Alles im Rahmen, versteht sich. Aber bei den beiden war es mehr.»

«Was passierte dann?»

«Irgendwann waren sie verschwunden. Wir waren nicht traurig darüber.»

Wenn das Techtelmechtel so auffällig gewesen war, mussten es auch noch andere mitbekommen haben.

«Wer hat, außer Ihnen, das noch beobachtet?»

«Jeder, der es sehen wollte.»

«Hat sich jemand darüber echauffiert?»

«Das ist ja das Seltsame. Im Normalfall wäre Ute energisch dazwischengegangen. Aber nicht an diesem Abend. Werner und Petra hatten Narrenfreiheit. Und deswegen glaube ich, dass da etwas nicht stimmt. Ute ließ Werner ins offene Messer laufen.»

Zu welchem Zweck, fragte Kilian sich. Nicht sie, sondern Sandra Wagner war als neue Generalsekretärin bestimmt worden.

«Sie glauben mir nicht», sagte Tobias unvermittelt.

Kilian stimmte zu. «Es fällt mir schwer. Was sollte Ute

Mayer dazu bewogen haben, Petra auf Werner Schwerdt anzusetzen? Schließlich hatte sie keinen persönlichen Vorteil davon. Sandra Wagner ist Generalsekretärin geworden und nicht sie.»

«Sandra und Ute stecken unter einer Decke. Sie sind beide im Club.»

«Was wissen Sie darüber?»

«Es ist eigentlich besser, wenn ich nichts darüber sage. Der Club vergisst nie, und er verzeiht auch nicht.»

«Dennoch sind Sie sich sicher, dass er und Ute Mayer für den Tod von Petra Bauer verantwortlich sind.»

«Ja.»

«Woher weiß ich, dass dieser mysteriöse Club überhaupt existiert? Vielleicht ist er nur ein Hirngespinst, ein bösartiges Produkt übler Nachrede?»

Tobias grinste bitter. «Warten Sie's ab. Es ist noch nicht zu Ende.»

23

«Waren das all deine Sünden?»

Die Stimme von Bruder Vinzenz klang zittrig. Wenn ihm diese Frau noch mehr Verfehlungen beichtete, würde er es nicht mehr länger in diesem engen Beichtstuhl aushalten. Die Luft war stickig und seine Bereitschaft zur Lossprechung erschöpft.

«Ja», antwortete die Frau, «mehr habe ich mir nicht zuschulden kommen lassen.»

Sie hielt die Hände zum Gebet verschränkt. Ihr Haupt war in Demut gebeugt. Ein Tuch bedeckte Haar und Gesicht.

«Weißt du etwas über dieses Mädchen?», fragte Bruder Vinzenz.

«Die Tote aus der Waldhütte?»

«Ja.»

«Ich kannte sie.»

«Was noch?»

«Sie war mir behilflich.»

«Wobei?»

«Um die falschen Priester aus dem Tempel zu vertreiben.»

«Werde deutlicher, mein Kind. Welche falschen Priester und welcher Tempel?»

Die Frau erhob den Blick. Durch das schmale Gitter sah sie nur das Ohr des Priesters.

«Das wissen wir beide doch ganz genau», antwortete sie.

Bruder Vinzenz' Sorge wuchs.

«Du hast doch wohl nicht …?»

«Nein, natürlich nicht. Sie hat sich selbst gerichtet.»

«Der Herr möge dir vergeben.»

«Sie starb nicht durch meine Hand.»

«Trägst du Schuld?»

«Nicht mehr und nicht weniger als der falsche Priester selbst.»

«Was hat er damit zu tun?»

«Er reichte ihr den Apfel der Schlange.»

Bruder Vinzenz stieß einen Seufzer der Verärgerung aus.

«Nimm nicht die Worte der Heiligen Schrift in den Mund, wenn du über den Mord an einem Menschen sprichst. Also: Was hat der falsche Priester mit dem Tod des Mädchens zu tun?»

«Er drängte sie, mich zu verraten.»

«Was passierte dann?»

«Es nahm alles seinen vorbestimmten Lauf.»

«Wieder sprichst du in Rätseln. Sag mir endlich, was du mit ihrem Tod zu schaffen hast. Ich muss es wissen.»

Die Frau schlug ihr Gebetbuch auf und zitierte Matthäus 6.

«Und vergib uns unsere Schuld, wie auch wir vergeben unsern Schuldigern. Denn wenn ihr den Menschen ihre Verfehlungen vergebt, so wird euch euer himmlischer Vater auch vergeben. Wenn ihr aber den Menschen nicht vergebt, so wird euch euer Vater eure Verfehlungen auch nicht vergeben.»

Dann blätterte sie weiter, holte ein Bild heraus und schob es durch den engen Spalt des Gitters. Bruder Vinzenz nahm es. Er schaute es lange an. Tränen liefen ihm über die Wange. Auch er trug Schuld am Tod eines Menschen. Wer mit zwei Promille im Blut über einen Zebrastreifen raste, brauchte nicht auf die Gnade eines Richters hoffen.

«Nun sprecht mich los, Vater. Die Welt will gerettet werden.»

Der Beichtvater tat, wie ihm befohlen. Er verhängte eine milde Buße.

«… in Ewigkeit. Amen.»

Sie schlug das Kreuzzeichen. Dann hob sie den Blick.

«Was gibt es Neues, Bruder Vinzenz?»

Doch Bruder Vinzenz war nicht gewillt, noch länger auf ihre Erpressung einzugehen.

«Damit muss jetzt Schluss sein. Ich werde mit dem Abt sprechen und danach mit der Polizei. Es war ein Unfall, und ich werde meine Strafe auf mich nehmen.»

«Sicher. Und dann werdet Ihr Euch den trauernden Eltern stellen. Sie sind voller Hass und Rache auf den feigen Mörder ihres Kindes. Die Zeitungen werden Euer Bild auf der Titelseite bringen. Im Internet werden sie Euch und Eure Familie bloßstellen, beleidigen und verfolgen. Ihr werdet nicht mehr in Frieden leben können, sofern Ihr das Gefängnis überlebt. Ich erspare Euch Einzelheiten, was ein wenig gottesfürchtiger Insasse dort mit Euch anstellen wird, und …»

«Genug», unterbrach Bruder Vinzenz. «Ich will nichts mehr davon hören.»

Diese Frau war ein Teufel. Sie wusste, wie sie ihn unter Druck setzen konnte.

«Also, was willst du wissen?»

«Was gibt es Neues von unseren Freunden?»

«Von wem sprichst du?»

«Spielt keine Spielchen mit mir. Ich erfahre es ohnehin, wenn Ihr mir etwas verschweigt.»

Bruder Vinzenz gab auf. Dieser Frau war nicht beizukommen.

«Ich hörte von einer bevorstehenden Versetzung einer gewissen Franziska Winter von München nach Bamberg.»

Franziska Winter war eine Staatssekretärin, die für die europäischen Angelegenheiten des Freistaates zuständig war.

Ihre Versetzung nach Bamberg konnte nur bedeuten, dass man sie aus der Staatskanzlei entfernen wollte. Damit wäre eine wichtige Verbündete vom Spielfeld genommen.

«Woher wisst Ihr das?», fragte sie.

«Ein Mann hat mir seinen Kummer mitgeteilt. Es würde bald mehr Arbeit auf ihn zukommen, wenn diese Frau gehen musste. Seine Kinder würden ihn dann noch weniger zu Gesicht bekommen, und seine Ehefrau hat bereits gedroht, ihn zu verlassen.»

«Wer weiß noch davon?»

«Niemand. Er sagte, die Entscheidung würde erst nach der Wahl bekannt werden.»

Sofern niemand etwas dagegen unternahm. Die Frau hatte genug gehört.

«Kein Wort zu niemandem darüber. Habt Ihr mich verstanden?»

Bruder Vinzenz nickte.

«Ich komme morgen wieder», versprach die Frau. «Dann will ich mehr hören.»

«Es fällt doch auf», widersprach er, «wenn du so oft beichten kommst. Die Leute werden reden.»

«Sie werden sagen, dass ich entweder eine sündhafte oder eine bußfertige Frau bin. Ich habe nichts dagegen einzuwenden.»

24

Der Umschlag mit den Fotos lag auf dem Schreibtisch, als Kommissar Kilian zum Dienst erschien. Absender unbekannt. Alles wie gehabt.

Der Halter des Fahrzeugs war schnell ermittelt. Es handelte sich um Lutz Bender. Er hatte den Wagen hinter einem Ster Holz versteckt, war dann mit dem Fahrrad weitergefahren und über den Holzschuppen in die Waldhütte eingedrungen. Seine Maskerade hatte ihm nichts geholfen. Ein aufmerksamer und talentierter Fotograf hatte den Vorgang lückenlos dokumentiert.

«Was könnte er in der Hütte gesucht haben?», fragte Schneider.

Er saß mit Kilian in einem Zivilfahrzeug und beobachtete den Eingang des Parteibüros.

«Wir haben alles auf den Kopf gestellt. Keine Geheimverstecke, doppelten Böden oder sonst etwas, das verdächtig war.»

Etwas Wichtiges musste es aber gewesen sein, wonach Bender gesucht hatte. Etwas, das ihn noch stärker in das Umfeld von Petra Bauer rückte, etwas, für das er das Risiko nicht gescheut hatte, erwischt zu werden.

Neben dieser Frage zwang sich eine zweite auf, die Kilian bereits bei den Schwerdt-Fotos vergeblich zu beantworten suchte:

Wer hatte die Aufnahmen gemacht?

Dieser Jemand musste gut informiert sein, um Schwerdt und Bender in den entscheidenden Augenblicken vor die Linse zu bekommen. War es ein Insider, der über die Schritte der Parteikollegen genau Bescheid wusste?

Und schließlich: Was bezweckte der Fotograf mit seinen Aufnahmen über das Bloßstellen hinaus?

Wollte er sie aus dem Verkehr ziehen, sie politisch zusammenstutzen oder sie einfach nur hinter Gitter bringen?

Fragen, die Kilian Bender stellen würde. Mal sehen, welche Antworten er zu bieten hatte.

«Warte», sagte Schneider und wies auf den Eingang des Parteibüros.

Bender trat gerade auf die Straße. Er wirkte gehetzt und schwang sich aufs Fahrrad.

«Wir folgen ihm», sagte Kilian.

Schneider ließ den Motor an. Die Fahrt ging in Richtung Innenstadt in die Schönbornstraße. Dort stellte Bender das Fahrrad ab und betrat die Augustinerkirche.

«Bleib du hier», sagte Kilian zu Schneider. «Ich werde sehen, was unser Freund in aller Herrgottsfrühe in einer Kirche zu suchen hat.»

Bender war nicht der Einzige im weiten Kirchenschiff. Einige Männer und Frauen, in sich versunken, beteten still. Bender kniete sich in eine der Reihen. Kilian blieb im Hintergrund und beobachtete.

So wartete er eine halbe Stunde, bis sich endlich etwas tat. Ein Priester kam und betrat den Beichtstuhl. Kurz darauf folgte ihm Bender.

Das war eine gute Gelegenheit, um Benders Geheimnissen auf die Spur zu kommen. Kilian wechselte in eine nahe Kirchenbank. Doch er hörte weniger, als er erhofft hatte. Wortfetzen drangen heraus. Sie waren unverständlich, aber im Zorn gesprochen. Bender war zweifellos erregt.

Ein mahnendes Räuspern befahl Kilian, Abstand zum Beichtstuhl zu halten. Wie gern hätte er dieser frommen Frau seinen Ausweis gezeigt. Aber der besaß in diesem Haus keine Amtsgewalt, zumindest keine moralisch vertretbare.

«Dieses verdammte Weibsbild», klang es aus dem Beichtstuhl, gefolgt von einem *Mäßige dich.*

Doch die Worte erreichten Bender nicht mehr. Er kam aus dem Beichtstuhl und eilte auf den Ausgang zu. Kilian folgte ihm. Auf der Treppe hinab zur Straße holte er ihn ein.

«Herr Bender, einen Moment.»

Bender fuhr herum. «Was ist?!»

Als er Kilian erkannte, zwang er sich zur Ruhe.

«Verfolgen Sie mich?»

«Ich möchte mit Ihnen sprechen.»

«Keine Zeit. Ich muss ins Büro.»

«Das kann warten.» Er gab Schneider ein Zeichen, aus dem Auto zu steigen. «Sie kommen am besten mit aufs Revier.»

«Wieso sollte ich das tun?»

«Verdacht auf Einbruch und unbefugtes Betreten eines Tatorts.»

«Quatsch.»

Kilian akzeptierte keine weitere Widerrede.

«Sie wurden dabei beobachtet.»

Die Fahrt in die Kriminalinspektion am Weißenburger Platz verlief wortlos. Bender schien zu überlegen, wer ihn im Gramschatzer Wald beobachtet haben könnte, und Kilian war gespannt auf sein Gesicht, wenn er ihm die Aufnahmen unter die Nase hielt.

«Du sollst dich beim Chef melden», hörte er am Empfang der Kriminalinspektion.

Dafür hatte er jetzt keine Zeit. Der Alte musste warten. Kilian musste den noch immer zweifelnden Bender befragen, bevor der sich eine Legende stricken konnte.

Der Befragungsraum war vorbereitet, es konnte sofort losgehen.

Kommentarlos breitete Kilian die Fotos von der Waldhütte vor Bender aus. Der erschrak für einen Moment, fasste sich aber schnell wieder.

«Das kann jeder x-beliebige Rumtreiber gewesen sein», sagte Bender.

Kilian zeigte ihm die Aufnahme vom versteckten Auto, auf dem das reflektierende Nummernschild bestens zu erkennen war.

«Ich parke mein Auto immer dort. Das letzte Mal vor etwa vier Wochen.»

Das nächste Foto zeigte ihn auf dem Fahrrad, ein weiteres, wie er in die Hütte eindrang.

«Dieser Mann ist maskiert», wehrte Bender ab.

Schließlich legte Kilian eine durchsichtige Plastiktüte auf den Tisch. Sie enthielt einen Holzspan mit einer Blutspur darauf.

Damit war die Sache geklärt.

Bender seufzte. «Was wollen Sie wissen?»

«Wieso Sie in die Hütte eingebrochen sind.»

«Ich hatte etwas vergessen.»

«Worum handelte es sich?»

«Ein Buch.»

«Sie dringen in einen versiegelten Tatort ein, um ein Buch zu holen?»

«Ja, die Ausleihfrist war abgelaufen.»

Kilian lächelte. «Für diesen Einbruch drohen Ihnen ganz andere Unannehmlichkeiten, möglicherweise sogar Gefängnis. Das alles für ein Buch, dessen Ausleihfrist abgelaufen ist? Nein, ich denke, Sie haben Ihre Spuren beseitigt.»

«Welche Spuren?»

«Die Sie in der Hütte zurückgelassen haben, als Sie Petra Bauer töteten.»

«Unsinn, ich habe sie nicht umgebracht.»

«Das werden Sie uns ab jetzt beweisen müssen.»

«Noch gilt die Unschuldsvermutung.»

«Mit Ihrem Einbruch hat sich die Sachlage verkehrt. Sie haben eine Straftat begangen, um eine andere zu verschleiern. Und da sich das zukünftig nicht ausschließen lässt, droht Ihnen Untersuchungshaft.»

Bender lenkte ein.

«Na, gut. Was wollen Sie wissen?»

«Beginnen wir mit dem Einbruch. Was haben Sie in der Waldhütte gesucht?»

Er griff in seine Jackentasche und holte seine Brieftasche hervor. Darin lag ein Zettel. Er schob ihn Kilian zu.

«Komm zur Hütte. Dort können wir ungestört reden. Love Lutz», las Kilian vor. «Mit wem wollten Sie ungestört sprechen?»

«Mit Petra Bauer.»

«Folgte sie der Einladung?»

«Ja.»

«Wann?»

«Am Tag nach der Parteiveranstaltung.»

«Das heißt, am Tag ihres Verschwindens?»

«Schon möglich. Ich weiß es nicht.»

«Natürlich wissen Sie es. Also, wann haben Sie sie in der Waldhütte getroffen?»

«Am Sonntagmorgen.»

Kilian schlug auf den Tisch.

«Wann genau? Jetzt rücken Sie endlich raus mit der Sprache.»

«Es muss irgendwann zwischen sechs und sieben Uhr gewesen sein.»

«Dann hat Petra Bauer das Hotel also lebend verlassen.»

Bender nickte.

Kilian atmete erleichtert durch, weniger, weil Werner

Schwerdt damit entlastet wurde, sondern weil sich damit der Verdacht als falsch erwies und er sich nun auf die wahren Begebenheiten konzentrieren konnte.

«Wie kam Petra in die Waldhütte?», fragte Kilian.

«Sie hatte meinen Wagen genommen.»

«Sie fuhren demnach nicht gemeinsam?»

«Nein.»

«Warum nicht?»

Bender schwieg.

«Warum nicht?»

«Weil ich in der Waldhütte auf sie wartete.»

Kilian verstand nicht.

«Erklären Sie mir das genauer.»

«Da gibt es nichts zu erklären», fuhr Bender auf. «Ich hatte mich mit ihr in der Waldhütte verabredet. Basta.»

«Wie kamen Sie dorthin?»

«Mit dem Fahrrad.»

«Das sind mehr als zehn Kilometer auf einer ansteigenden Straße. Wenn Sie Petra zwischen sechs und sieben Uhr in der Waldhütte getroffen haben wollen, dann mussten Sie um fünf losfahren, wenn nicht früher. Das heißt, Sie haben sich bei Nacht auf den Weg gemacht … Das ist Blödsinn. Kein normaler Mensch fährt nachts durch den Wald.»

«Ich schon.»

Kilian verlor allmählich die Geduld.

«Ich glaube Ihnen kein Wort.»

«Ihr Problem.»

«Nein, es ist Ihres. Wenn ich damit zum Haftrichter gehe, landen Sie schneller in Untersuchungshaft, als Sie piep sagen können. Wollen Sie das?»

«Es ist so, wie ich Ihnen gesagt habe.»

«Kein normaler Mensch radelt nachts durch den Wald, wenn er ein Auto zur Verfügung hat. Und außerdem: Wieso mussten

Sie sich unbedingt in der Waldhütte treffen? Ein Auto hätte es doch auch getan.»

«Nicht in diesem Fall.»

«Wieso nicht?»

Bender rutschte aufgeregt auf seinem Stuhl hin und her, bis er seine Verärgerung nicht länger unterdrücken konnte. Er maulte Kilian an.

«Weil wir uns dort das erste Mal geküsst haben. Sind Sie jetzt zufrieden?»

«Sie hatten ein Verhältnis mit Petra Bauer?»

«Ja, verdammt!»

«Dann muss das eine sehr einseitige Angelegenheit gewesen sein. Zeugen berichten, dass Petra Bauer nichts von Ihnen wollte. Sie wollen Sie sogar am Abend des gemeinsamen Essens gesehen haben, wie Sie stritten.»

«Da haben Sie Ihren Beweis. Wenn wir nichts füreinander empfunden hätten, dann hätte es den Streit nicht gebraucht.»

«Worum ging es?»

«Um ... nichts.»

«Unsinn», fuhr Kilian ihn an. Langsam ging ihm dieser Typ auf die Nerven. Was verschwieg er, und vor allem, warum? «Also, noch einmal. Worum ging es in Ihrem Streit?»

«Um nichts.»

«Lügen Sie mich nicht an!», blaffte Kilian ihn an. «Wollte Petra Bauer Ihnen den Laufpass geben? Hatte sie eine bessere Partie gefunden? Haben Sie ihr gedroht?!»

«Nein, nein und nochmals nein.» Er verbarg sein Gesicht hinter den Händen und schluchzte. «Ich wollte nur, dass sie sich nicht mit so einem schmierigen Sack wie Schwerdt einlässt. Er ist es einfach nicht wert.»

«Sie wollte Sie verlassen ...»

«Wann kapieren Sie das endlich? Sie wollte mich nicht verlassen, sondern ihren Körper verkaufen.»

«Wie bitte? Ich verstehe nicht …»

«Sie hatte den Auftrag, Schwerdt zu verführen. Darum ging es, um nichts anderes.»

Der Mann, der Kilian tags zuvor gefolgt war, hatte Ähnliches behauptet. Es deckte sich mit der Aussage Schwerdts, dass Petra Bauer von Sandra Wagner oder Ute Mayer auf ihn angesetzt worden war.

«Woher wollen Sie das wissen?»

«Petra hat es mir gesagt.»

«Wann?»

«Am Abend des gemeinsamen Essens.»

«Darüber gerieten Sie dann in Streit?»

«Ja.»

«Sagte Petra, von wem sie den Auftrag erhielt, mit Schwerdt ins Bett zu gehen?»

Bender verneinte.

«Wissen Sie es heute?»

Er nickte.

«Von wem?»

«Von Ute Mayer.»

«Woher wissen Sie das?»

«Das dürfte ja nicht schwer zu erraten sein.»

«Sie mutmaßen also.»

«Nein, ich wusste es in dem Moment, als die Bilder von Schwerdt und Petra im Fernsehen auftauchten. Ab da war mir klar, wer dahintersteckt.»

«Was hatte Ute Mayer davon, wenn Werner Schwerdt sein Amt verliert? Sandra Wagner wurde seine Nachfolgerin.»

«Ute und Sandra sitzen in einem Boot, und sie sind noch lange nicht fertig.»

«Womit?»

«Die ganze Partei ins Verderben zu stürzen.»

«Ist das ihr Ziel?»

«Sicher, wenn sie erst alle Männer aus den Führungspositionen verdrängt und ihre seltsame Weiberherrschaft errichtet haben, dann ist es vorbei mit der Volkspartei. Dann gibt es nur noch eine Frauenpartei.»

«Einen Club der Ehemaligen.»

Bender merkte auf. «Was wissen Sie darüber?»

«Nicht viel. Erzählen Sie mir davon.»

«Da gibt es nicht viel mehr zu erzählen. Alte Parteischergen arbeiten sich an die Macht zurück. Jeder, der ihnen im Weg steht, wird zur Seite geschafft.»

«So wie Werner Schwerdt?»

Bender nickte. «Und wie Petra.»

«Ich dachte, sie handelte in deren Auftrag?»

«Irgendetwas musste schiefgegangen sein.»

«Hatte Petra Bauer die Seiten gewechselt?»

«Ich weiß es nicht.»

«Hat sie es Ihnen nicht gesagt?»

«Nein, sie schwieg.»

«Aber Sie haben sich nicht damit zufriedengegeben?»

«Natürlich nicht.»

«Was geschah dann?»

«Es kam zum Streit.»

«In dessen Verlauf Sie die Beherrschung verloren …»

«Nein, zum Teufel. Nichts ist passiert. Ich bin gegangen, und Petra lebte noch.»

«Wieso blieb sie allein in der Waldhütte zurück?»

«Weil sie müde war und sich hinlegen wollte.»

«Um welche Uhrzeit war das?»

«So gegen acht Uhr. Ich war um halb neun wieder in der Residenz zur Abschlussveranstaltung. Dafür gibt es Zeugen.»

«Sie fuhren also mit dem Auto zurück?»

«Ja, Petra wollte es so. Sie sagte, etwas Sport mit dem Fahrrad käme ihr gerade recht.»

Konnte das stimmen?

«Wie kamen Sie eigentlich in die Hütte? Der Schlüssel lag doch beim Eigentümer.»

«Ich habe einen Ersatzschlüssel.»

«Auch der war in Händen des Vermieters.»

«Ich hatte meinen *eigenen* Ersatzschlüssel.»

«Sie meinen, Sie haben einen Schlüssel nachmachen lassen, ohne dass der Eigentümer davon wusste?»

Bender bejahte.

«Die Hütte war der ideale Treffpunkt. Dort draußen gab es niemanden, der uns stören konnte.»

«Mussten Sie nicht damit rechnen, überrascht zu werden?»

«Ein Anruf, ob die Hütte in den nächsten Tagen frei oder besetzt war, hat das Problem gelöst.»

«Wo befindet sich der Schlüssel jetzt?»

Bender griff in seine Jackentasche und holte einen Schlüsselbund hervor.

«Hier ist er.»

Kilian nahm ihn und verglich ihn mit dem Original.

«Wo haben Sie den Schlüssel nachmachen lassen?»

«Bei irgendeinem Schlüsselheini eines Supermarkts.»

«Wo genau?»

«In Schweinfurt.»

Schneider würde die Angabe überprüfen und dabei seine Ermittlungen auf die umliegenden Städte erweitern, ob eine weitere Kopie des Schlüssels existierte.

«Apropos Schlüssel», sagte Kilian, «wie kam Petra Bauer an den Autoschlüssel?»

«Er steckte in meiner Jacke.»

«Und wo war die Jacke?»

«Sie hing in der Lobby, gleich neben der Rezeption.»

«Das heißt, Sie waren an jenem Abend im Hotel?»

«Ja.»

«Sie sagten doch aus, dass Sie nach dem Abendessen nach Hause gegangen seien.»

Bender blickte zur Seite. Er erkannte, dass er sich eben selbst der Falschaussage überführt hatte.

«Was machten Sie im Hotel?», fragte Kilian.

«Ich weiß es nicht mehr.»

«Sie lügen. War es nicht eher so, dass Sie Werner Schwerdt und Petra Bauer in die Hotelbar gefolgt sind?»

«Warum hätte ich das tun sollen?»

«Um Rache zu nehmen.»

«Wofür?»

«Das liegt wohl auf der Hand. Die Frau, die Sie liebten, war im Begriff, mit einem anderen ins Bett zu gehen. Wenn Sie schon Petra Bauer nicht davon abhalten konnten, dann sollte wenigstens Ihr Rivale Ihren Zorn zu spüren bekommen. Sie hielten sich in einer dunklen Ecke der Bar auf und machten Fotos, die ihn die Karriere kosteten.»

«Unsinn.»

«Nachdem Petra Bauer Schwerdts Zimmer verlassen hatte, lockten Sie sie ins Auto und fuhren mit ihr zur Waldhütte, wo Sie sie dann töteten.»

«Sind Sie verrückt? Ich hätte Petra nie etwas antun können.»

«Was hatten Sie sonst in der Bar verloren? Bereitete es Ihnen Vergnügen, die beiden zu beobachten und darauf zu warten, was sich wenig später im Zimmer abspielen würde?»

Bender sprang auf.

«Halten Sie den Mund. Ich habe alles getan, um das zu verhindern. Aber Petra wollte einfach nicht auf mich hören.»

«Wieso gingen Sie nicht dazwischen?»

«Was hätte ich denn tun können? Petra war wild entschlossen, Schwerdt zu verführen, und der Hurenbock war der

Letzte, der sich das hätte entgehen lassen. Es war ausgemachte Sache.»

Kilian hielt die Notiz, für die Bender in die Waldhütte eingebrochen war, noch immer in der Hand.

«Wie kam Petra an die Notiz?»

«Ich habe sie ihr zukommen lassen.»

«Wie?»

«Ich habe sie jemandem vom Personal der Bar gegeben. Sie sollte die Notiz Petra heimlich zustecken.»

«Sie? Eine Frau?»

«Ja.»

«Genauer. Wer war diese Frau?»

«Mehr ein Mädchen als eine Frau. Jemand aus dem Service, der die Tische sauber gemacht hat.»

«Wie hieß sie?»

«Keine Ahnung.»

25

Bettwäsche und Handtücher stapelten sich entlang des engen und muffigen Korridors. Der Geruch von Schweiß und Alkohol hing in der Luft, eingetaucht in das dämmrige Licht der Deckenbeleuchtung.

Kilian hatte diesmal keine Schwierigkeiten, das Zimmermädchen Vroni zu finden. Er hielt sich an die lange Prozession der Wäschewagen, die ihn durch das Labyrinth der Gänge zu ihrer einsamen Kammer führte.

Vroni stand auf einer Leiter und hangelte nach einem frischen Satz Bettzeug. Obwohl der Raum niedrig war, wirkte Vroni darin wie ein hilfloses Kind, das im Begriff war, sich alle Knochen zu brechen. Er eilte ihr zu Hilfe.

«Himmel, haben Sie mich erschreckt!» Vroni fasste sich an die Stirn.

«Entschuldigen Sie», antwortete Kilian, «fürs Anklopfen war keine Zeit.»

Er nahm das Bettzeug und reichte ihr die Hand, damit sie sicher von der klapprigen Leiter heruntersteigen konnte.

«Haben Sie mich vermisst», fragte sie, «oder wie komme ich zu diesem überraschenden Besuch?»

Die Scheu ihres ersten Aufeinandertreffens hatte sie abgelegt. Sie schien sogar ein wenig geschmeichelt.

«Es geht noch einmal um jene Nacht in der Bar», sagte Kilian. «Ein Mann will Ihnen eine Notiz gegeben haben, die Sie Petra Bauer zugesteckt haben sollen. Können Sie das bestätigen?»

«Welche Notiz?»

«Ein kleiner Zettel mit einem Hinweis auf ein Rendez-vous.»

«Nicht dass ich wüsste.»

Vroni nahm das frische Bettzeug unter den Arm und forderte Kilian auf, ihr zu folgen.

«Können wir auf dem Weg nach oben darüber sprechen? Ein Gast wartet auf mich.»

«Sicher», antwortete Kilian.

Sie traten in den schummrigen Gang.

«Wissen Sie», sagte Vroni, «je später der Abend, desto dreister die Anmache. Was am Anfang noch ein Augenzwinkern ist, entwickelt sich spätestens ab dreiundzwanzig Uhr zu Handgreiflichkeiten. Hin und wieder bekomme ich auch etwas zugesteckt. Meistens ist es Geld, das mich gefügig machen soll. Es ist am besten, nicht darauf einzugehen und weiterzumachen, als sei nichts gewesen.»

«An diese Notiz können Sie sich also nicht erinnern?»

«Nein.»

«Der Zeuge hat Sie aber genau beschrieben.»

«Schon möglich. So wie es viele andere Hotelgäste auch tun, wenn ich Ihnen aufgefallen bin.»

Obwohl klein von Statur, hatte Vroni einen schnellen Schritt. Kilian hatte Mühe, ihr zu folgen, ohne sich an den Wäschewagen zu stoßen. Vroni hingegen schien für die Welt im Untergrund wie geschaffen. Sie nahm die Hindernisse wie ein Slalomläufer.

«Ich habe ein Bild», sagte Kilian und zückte einen Wahlkampfprospekt, auf dem das Konterfei Benders abgebildet war. «Schauen Sie es sich mal an. Vielleicht können Sie sich dann erinnern.»

Vroni nahm den Prospekt und betrachtete ihn im Gehen. Das Licht war schummrig, und erst im Obergeschoss konnte sie das Bild richtig erkennen.

«Ja», sagte sie schließlich, «der Mann kommt mir bekannt vor.»

«Ist es der mit der Notiz?»

«Könnte sein, was aber nicht heißt, dass ich mich an den Zettel erinnern kann.»

«Aber an den Mann?»

«Irgendwie schon. Hatte er etwas mit dieser Frau zu tun?»

«Ja.»

Sie nickte nachdenklich. «Da war etwas in jener Nacht. Jetzt fällt es mir wieder ein. Dieser Mann hat sich in der Bar herumgetrieben. Er hat sich alle Mühe gegeben, nicht aufzufallen. Dabei war ihm die Wut ins Gesicht geschrieben. Ich dachte noch, er sei betrunken und auf Streit aus. Aber dann war er irgendwie verschwunden, und ich habe nicht weiter darüber nachgedacht.»

«Wissen Sie noch, wo er sich in der Bar aufgehalten hat? An der Tür, am Fenster … ?»

«Wenn ich es recht bedenke, dann war er in dieser dunklen Ecke.»

«Wohin dieser seltsame Drink ging?»

«Der Haute Couture?»

Kilian nickte.

«Dieser Drink würde überhaupt nicht zu ihm passen», erwiderte Vroni.

«Wer betrunken und wütend ist, denkt wenig darüber nach.»

«Das stimmt.»

Sie waren vor der Tür zur Lobby angekommen. Vroni betrat den Personalaufzug.

«Kann ich noch etwas für Sie tun?»

Kilian verneinte. «Wenn Ihnen aber doch noch etwas einfällt …»

«… melde ich mich.»

Die Tür schloss sich. Kilian ging in die Lobby.

Vroni wollte die Notiz, die Bender ihr für Petra Bauer gegeben hatte, also nicht bestätigen. Ebenso hatte sich Bender darüber ausgeschwiegen, dass er die beiden Turteltauben aus der dunklen Ecke heraus beobachtet hatte. Von dort aus waren die Fotos gemacht worden, die Schwerdt aus dem Amt gejagt hatten. Folglich hatte Bender ihn belogen.

Glaubte er wirklich, Kilian würde seine Angaben nicht überprüfen? Er würde sich ihn gleich noch einmal vornehmen.

Kilian ging zum Ausgang. War es das ungenierte Lachen, das seine Aufmerksamkeit zum Treppenaufgang lenkte, oder das Klingeln eines Handys? Aus der Bar kamen zwei Frauen, sichtlich vergnügt und guter Dinge. Kilian erkannte Ute Mayer und jene Frau, die er vor wenigen Tagen noch völlig aufgelöst in Schwerdts Liebesnest angetroffen hatte.

Was machte sie hier? Und vor allem in Begleitung von Ute Mayer?

Bender musste warten. Zuvor galt es dieser seltsamen Zusammenkunft auf die Spur zu kommen. Kilian folgte ihnen in den ersten Stock zu einem Zimmer. Die Tür blieb eine Handbreit offen, sodass er hineinblicken konnte. Er sah einen Tisch mit Getränken und Knabberzeug, Papieren und Handys.

Ute Mayer führte das Wort. «... wird er sich ganz schön wundern, wenn die Unterlagen an den Ausschuss gehen. Ich wünschte, ich könnte dabei sein, um sein dummes Gesicht zu sehen.»

Ohne Vorwarnung wurde die Tür geöffnet, und Kilian stand einer überraschten Vroni gegenüber. Sie hatte altes Bettzeug unter dem Arm.

«Langsam frage ich mich», sagte sie, «ob Sie mich verfolgen.»

«Keine Sorge, ich ...»

Ute Mayer kam zur Tür.

«Herr Kilian? Was verschafft mir die Ehre?»

Von Ehre konnte nicht die Rede sein. Kilian hatte sich wie ein Anfänger überraschen lassen. Andererseits war die Gelegenheit günstig, Ute Mayer längst überfällige Fragen zu stellen.

«Darf ich hereinkommen?»

Ute Mayer wehrte ab.

«Eigentlich sind wir mitten im Meeting. Worum geht es überhaupt?»

«Es gibt ein paar Fragen zu klären.»

Er machte Anstalten, den Raum zu betreten, doch Ute Mayer wich nicht von der Stelle.

«Das können wir doch auch gleich hier besprechen.»

Den Moment der Unentschlossenheit nutzte Vroni. Wortlos, aber mit einem Lächeln verabschiedete sie sich.

Kilian blickte an Ute Mayer vorbei, ob er etwas von Schwerdts Exgeliebter sehen konnte. Doch die hielt sich im Hintergrund versteckt.

«Nun, Herr Kilian», sagte Ute Mayer ungeduldig, «ich erwarte Ihre Fragen.»

«Ihr Name ist im Zuge der Ermittlungen öfter aufgetaucht», erwiderte er, «und ich frage mich, was dahintersteckt.»

«Werden Sie konkret.»

«Es heißt, Sie hätten Petra Bauer auf Werner Schwerdt angesetzt.»

«Wer sagt das?»

«Das ist im Moment nicht ausschlaggebend. Ich möchte von Ihnen wissen, ob das zutrifft.»

«Ich würde dafür den Ausdruck *ansetzen* nicht gebrauchen. *Zur Seite gestellt* würde es eher treffen.»

«Was heißt das?»

Ute Mayer seufzte. «Hören Sie, Herr Kilian, Werner Schwerdt war nicht irgendjemand. Es ist durchaus üblich, einem Generalsekretär jemand an die Seite zu stellen, der ihn für die Dauer seines Aufenthalts unterstützt, berät oder der ihm auch nur die Stadt zeigt. Das gehört zum guten Ton eines Gastgebers.»

«Beinhaltet das auch sexuelle Dienstleistungen?»

«Nein.»

«Wie kam es dann dazu, dass ausgerechnet die hübsche Petra Bauer Schwerdts Hostess wurde?»

«Petra war keine Hostess. Niemand hat sie zu irgendetwas gezwungen.»

«Sie aber dazu angestiftet.»

«Davon ist mir nichts bekannt.»

«Wer hat Petra Bauer ausgesucht? Ich meine, wer hat die Entscheidung getroffen, dass sie Werner Schwerdt assistieren sollte?»

«Soviel ich weiß, wurde das in der Ortsgruppe besprochen und auch entschieden.»

«Der Sie auch angehören.»

«Sicher. Es ist mein Wahlkreis.»

«War nicht Lutz Bender dafür vorgesehen?»

Ute Mayer zuckte mit den Schultern.

«Schon möglich, aber die Mehrheit hatte sich für Petra entschieden. Wieso fragen Sie ihn nicht selbst? Ich hörte, er befindet sich in Ihrem Gewahrsam.»

«Woher wissen Sie das?»

«Würzburg ist überschaubar. Neuigkeiten verbreiten sich schnell.»

«Sie sind auffällig gut informiert. Woher kommt das?»

«Ich wäre nicht dort, wo ich bin, wenn ich das Erscheinen der Zeitungen abwarten würde. Rechtzeitig und gut informiert zu sein ist die Minimalanforderung an einen Politiker.»

«Dann lösen Sie diese Aufgabe offensichtlich besser als alle anderen. Braucht man dafür nicht eine Vielzahl an Informanten?»

«Sicher.»

«Ein Netzwerk an Informanten?»

«Auch das, ja.»

«So wie den Club der Ehemaligen?»

«Wer soll das sein?»

«Ich denke, das wissen Sie besser als ich.»

«Leider nicht.»

«Es heißt, Sie stünden an der Spitze dieses Netzwerks, das Informationen sammelt, um sie gegen unliebsame Gegner auszuspielen.»

«Gegen eine Informationsbeschaffung ist grundsätzlich nichts einzuwenden. Alles andere sind Gerüchte.»

«Von geheimen Dossiers ist die Rede, die im passenden Moment zur Erpressung eingesetzt werden.»

«Davon weiß ich nichts.»

«Ist es nicht auffällig, dass sich in letzter Zeit alles zu Ihrem Vorteil entwickelt hat?»

«Was könnte das sein?»

«Werner Schwerdt musste seinen Posten räumen.»

«Sandra Wagner hat das Amt erhalten.»

«Sie scheint eine gute Freundin von Ihnen zu sein.»

«In der Politik gibt es keine Freunde, sondern nur Partner auf Zeit.»

«Mit dieser einflussreichen Partnerin wird es leichter sein, Ihre Ziele zu erreichen.»

«Welche sollten das sein?»

«Es müssen große Ziele sein, für die Sie sogar einen Mord in Kauf nehmen.»

«Jetzt gehen Sie entschieden zu weit. Ich habe mit Petras Tod nichts zu schaffen. Steht nicht Lutz Bender in Verdacht? Er soll sie in der Nacht ihres Verschwindens in der Waldhütte getroffen haben.»

«Woher wissen Sie das?»

«Er hat es mir gesagt.»

Kilian reagierte überrascht.

«Warum sollte er das getan haben? Damit hätte er sich ohne Not in Verdacht gebracht.»

«Lutz vertraut mir. Er sagte, wenn die Polizei herausfinden würde, dass er in jener Nacht mit Petra in der Hütte war, dann bräuchte er Hilfe.»

«Wie helfen Sie ihm nun?»

«Das hängt von Ihnen ab.»

«Inwiefern?»

«Sollten Sie Anklage erheben, bekommt er alle Unterstützung, die ich ihm geben kann.»

«Wieso helfen Sie ihm nicht schon jetzt?»

«Weil kein Handlungsbedarf besteht. Ich bin sicher, alle Verdächtigungen gegen ihn werden sich in Luft auflösen.»

«Was macht Sie da so sicher?»

«Lutz mag ein Heißsporn sein, aber er ist kein Mörder.»

«Er hatte ein Motiv.»

«Welches?»

«Eifersucht.»

«Deswegen muss man nicht gleich jemanden töten.»

«Er hatte die Gelegenheit, es zu tun. Er war mit ihr in der Hütte.»

«Ist denn überhaupt schon geklärt, wo Petra umgebracht wurde? Vielleicht wurde sie nur dorthin verschleppt, um es Lutz in die Schuhe zu schieben.»

«Das ist eine interessante Theorie. Waren Sie eigentlich je in der Hütte?»

«Vor einer Ewigkeit.»

«Wann genau?»

«Keine Ahnung. Das ist Jahre her.»

«Wie war das Verhältnis zwischen Ihnen und Petra Bauer?»

«Gut.»

«Sie galt als ein aufstrebendes Talent.»

«Ja, sie hätte es weit bringen können.»

«Stand sie jemandem im Weg? Könnte sich jemand an ihr gerächt haben?»

«Kaum vorstellbar. Sie war beliebt und wurde von allen geschätzt.»

«Und dennoch hatte es jemand auf sie abgesehen. Keine Idee, wer das sein könnte?»

«Nein.»

«Was glauben Sie, was in jener Nacht geschehen ist?»

«Ich weiß es nicht.»

«Kaum vorstellbar bei jemandem, der so gut informiert ist wie Sie.»

«Ich weiß zwar viel, aber nicht alles.»

«Wen versuchen Sie in Ihrem Zimmer vor mir zu verbergen?»

«Ich habe auch eine Privatsphäre, und die muss ich nicht jedem offenbaren.»

«Und wenn ich es bereits weiß?»

«Sie wissen nichts.»

Aus dem Hintergrund trat Schwerdts Geliebte Charlotte Henning hervor – ihre Hand lag für eine Frau verdächtig vertraut auf Ute Mayers Schultern.

«Ich brauche mich nicht zu verstecken. Außerdem kennen wir uns bereits.»

Ute Mayer legte den Arm um sie.

26

Heinlein sah nicht gut aus. Er hatte dunkle Ränder unter den Augen, wirkte ungepflegt und geistesabwesend. Das Abendessen stand unberührt vor ihm auf dem Tisch. Er blickte zum Fenster hinaus. Doch er starrte nur in seine eigene Reflexion.

Eine halbe Stunde lang hatte Kilian ihn in diesem lethargischen Zustand beobachtet, ohne dass Heinlein auch nur eine Reaktion gezeigt hätte. Sein Blick war mit der spiegelnden Fensterscheibe verhaftet. Was meinte er darin zu erkennen?

Kilian rief eine Krankenschwester herbei.

«Was ist mit ihm los?»

«Er hatte ein Therapiegespräch.»

«Und?»

Sie seufzte. «Es lief nicht so gut.»

«Können Sie mir das etwas detaillierter beschreiben. Was heißt *Es lief nicht so gut?*» Er biss sich auf die Lippen, um seine Verärgerung über die laxe Antwort zu bändigen.

«Ich kann Ihnen nicht mehr dazu sagen, als dass Herr Heinlein sehr bedrückt und nicht ansprechbar aus seiner Therapiesitzung zurückgekommen ist. Wenn Sie Einzelheiten erfahren wollen, dann sprechen Sie mit dem behandelnden Arzt.»

«Wo kann ich ihn finden?»

«Sofern er nicht schon nach Hause gegangen ist, am Ende des Gangs, rechts.»

Er folgte der Beschreibung und traf den Arzt, der soeben sein Büro abschloss.

«Was ist mit Herrn Heinlein geschehen?», fragte Kilian. «Er macht einen völlig verstörten Eindruck.»

Der Arzt schaute ihn aus müden Augen an. «Es war ein langer Tag. Können wir morgen darüber sprechen?»

«Ich möchte aber jetzt wissen, was mit meinem Kollegen passiert ist.»

«Herr Heinlein hat ein tiefgehendes Gespräch hinter sich. Heute hat er sich erstmals zu seinen Kindheitserlebnissen geäußert, und wie es scheint, ist damals einiges schiefgelaufen. Sein Vater war selten zu Hause, und wenn er mal da war, gab es Streit. Mehr kann ich noch nicht dazu sagen.»

«Wie geht es nun weiter mit ihm?»

«Er hat etwas zur Beruhigung bekommen, was ihn die Nacht hindurch gut schlafen lässt.»

«Und morgen?»

«Arbeiten wir weiter daran. Das Beste, was Sie für ihn tun können, ist, ihn nicht zu stören. Er braucht Ruhe und Abstand. Bitte respektieren Sie das im Interesse Ihres Kollegen. Wenn Sie mich nun entschuldigen wollen?»

Kilian ließ ihn ziehen, wenngleich er gute Lust gehabt hätte, ihn zu packen und zu Heinlein zu schleifen. Was hatten sie nur aus seinem Freund gemacht, der ehemals vor Kraft und Lebensfreude strotzte? Jetzt war er nur noch ein bemitleidenswertes Bündel aus Trübsinn und Resignation.

Als er zurück zum Speiseraum kam, war Heinlein schon nicht mehr da. Eine Schwester hatte ihn zu seinem Zimmer gebracht, wo er in tiefen Schlaf gefallen war. Morgen sehe man weiter, hieß es. Kilian solle sich keine Sorgen machen. Sein Freund sei in guten Händen.

Kilian gab sich vorerst damit zufrieden. Mehr konnte er im Moment nicht tun. Er machte sich auf den Rückweg in die Stadt. Pia würde ihn bereits erwarten. Doch als er an einem Zimmer vorbeikam, erregten die Nachrichten seine Aufmerksamkeit.

«… hat der stellvertretende Parteivorsitzende Günter Wohlfarth einen Herzinfarkt erlitten. Er hatte an einer Wahlkampfveranstaltung in Würzburg teilgenommen, wo er auf der Bühne zusammengebrochen war. Nun kämpfen die Ärzte um sein Leben. Familie und Freunde des Politikers zeigten sich schockiert. Wie aus der Parteizentrale inzwischen zu hören war, soll der Landesgruppenchef Reiner Schachtner die Aufgaben Wohlfarths kommissarisch übernehmen. Gegen diese Entscheidung regt sich nun Widerstand aus dem Lager der Frauen in der Partei. Sie fordern eine der Ihren in das Amt.»

Dieses Streben nach Posten und Ämtern nahm allmählich verdächtige Ausmaße an. Hätte Kilian Wohlfarths Zusammenbruch nicht selbst miterlebt, würde er die Schuld dafür üblen Gerüchten zuschreiben. So aber hatte er Ute Mayer gesehen, wie sie Wohlfarth etwas zugeflüstert hatte, das den alten Mann sichtlich beeindruckt hatte. Was könnte das gewesen sein?

Wohlfarth war für die nächste Zeit nicht ansprechbar, sofern er den Herzinfarkt überhaupt überlebte.

Wer könnte noch etwas darüber wissen?

Ute Mayer natürlich. Aber die würde den Mund halten.

Lutz Bender. Der saß noch immer in Haft, und sein Anwalt hatte ihm geraten, zu allem zu schweigen, was ihn möglicherweise belastete.

Sandra Wagner. Sie war Ute Mayers Duzfreundin und schied demnach auch aus.

Kilian bemühte seine Erinnerung, wer sich noch im unmittelbaren Umfeld der Wahlkampfveranstaltung aufgehalten und vielleicht etwas mitbekommen hatte.

Da war der Vorredner gewesen, der die Zuhörer für den Auftritt Wohlfarths vorbereiten sollte. Doch der war schnell hinter der Bühne verschwunden, als sein Vortrag im allgemeinen Desinteresse unterging. Dann war die Bühne für ein paar Minuten leer gewesen, bevor Wohlfarth sie betrat.

Nicht ganz, sagte sich Kilian. Es gab noch einen Techniker, der das Mikrophon für den nächsten Redner einstellte.

Die Chance, von ihm etwas zu erfahren, war gering. Aber manchmal war der Teufel ein Eichhörnchen. Ein amerikanischer Präsident hatte bei einer Wahlkampfrede mal abfällig über einen Reporter gesprochen, da er glaubte, das Mikrophon vor ihm sei abgeschaltet. Die Beleidigung ging ungefiltert in die ganze Welt hinaus.

Nach einigen Telefonaten stand Kilian im Hinterhof eines Verleihs für Bühnentechnik. Mehrere Männer beluden gerade einen Lkw mit Scheinwerfern und Lautsprechern.

«Kilian, Kripo Würzburg. Ich suche einen Ihrer Mitarbeiter, der an der Wahlkampfveranstaltung am Unteren Markt für das Rednermikrophon zuständig war.»

«Sie haben ihn gefunden», erwiderte ein Mann, und Kilian glaubte sich an ihn erinnern zu können. «Das war ich.»

«Haben Sie zufällig die Rede, die Günter Wohlfarth an jenem Tag gehalten hat, aufgezeichnet?»

Der Mann verneinte.

«Unser Auftrag galt nur der Beschallung des Marktplatzes. Worum geht es genau?»

«Günter Wohlfarth hatte einen kleinen Disput mit einer Frau, die sich mit ihm in der Nähe des Mikrophons aufgehalten hat. Ich würde gern wissen, worum es dabei ging.»

«Ich erinnere mich. Das war unmittelbar vor seinem Zusammenbruch.»

«Richtig. Haben Sie vom Inhalt der Unterhaltung etwas aufschnappen können?»

«Tut mir leid, ich war mit anderen Dingen beschäftigt. Aber ich weiß noch so viel, dass diese Frau …»

«Ute Mayer.»

«Kann sein, ich kenne sie nicht, sie war auf jeden Fall ziemlich zickig drauf.»

«Wieso das?»

«Sie hatte mit ihrer Hand am Mikro rumgefummelt, und das ist das Letzte, was ein Tontechniker gebrauchen kann. Ich habe ihr dann gesagt, dass sie das bleiben lassen soll, und da fährt mich diese Schnalle plötzlich an, als ob sie mir am liebsten ins Gesicht gesprungen wäre.»

«Und was sie zu Günter Wohlfarth gesagt hat, haben Sie nicht gehört?»

«Ich weiß, dass sie ihm etwas mitgeteilt hat und dass es von Bedeutung gewesen sein muss. Aber verstanden habe ich von dem nichts. Dieser alte Mann war auf jeden Fall tief erschüttert. Er hat danach einen Herzinfarkt gehabt, richtig?»

Kilian nickte.

«Es schaut nicht gut für ihn aus. Deshalb würde ich gern wissen, ob die Bemerkung von Ute Mayer damit zu tun hat. Zu dumm, dass Sie die Rede nicht aufgezeichnet haben.»

«Warten Sie», antwortete er. «Am selben Stativ war das Mikro des Fernsehens angebracht. Das konnte das Weibsbild nicht zuhalten. Ich wette, die haben alles auf Band.»

«Wen muss ich dafür ansprechen?»

«Fragen Sie nach einem Harry. Er arbeitet ab und zu für mich. Wenn Sie Glück haben, hat der das Band noch nicht gelöscht.»

Kilian ließ sich dessen Telefonnummer geben und verabredete sich mit ihm im Sender.

Harry erwartete Kilian mit einem Lächeln im Tonstudio.

«Ich habe mich schon gefragt, wie lange es dauert, bis einer von euch hier auftaucht.»

«Wieso das?», fragte Kilian.

«Na, wegen diesem Mitschnitt von der Rede Wohlfarths.»

«Was ist damit?»

«Ich hätte wahrscheinlich auch einen Herzinfarkt bekommen, wenn das einer zu mir gesagt hätte. Eigentlich sollte diese Mayer angezeigt werden.»

«Das heißt, Sie haben die Bemerkung Ute Mayers auf Band?»

«Ja, klar.»

Kilian war verwirrt. Wieso sprach Harry so offen über das aufgezeichnete Gespräch?

«Am besten spielen Sie es mir mal vor.»

Harry reichte ihm einen Kopfhörer. «Setzen Sie den auf.»

«Können wir das nicht über die Lautsprecher anhören?»

«Glauben Sie mir, es ist besser so.»

Kilian folgte seiner Anweisung. Zuerst hörte er Wohlfarth, wie er den ersten aufkommenden Pfiffen trotzte. Dann brach er ab. Das muss der Zeitpunkt gewesen sein, als ihm der Notizzettel vom Rednerpult gefallen war. Wohlfarth fluchte leise. Im Hintergrund waren Schritte zu hören. Pumps klackten auf dem Holzboden. Ute Mayer eilte Wohlfarth mit dem Notizzettel zu Hilfe. Etwas streifte das Mikrophon. Ein dumpfes Geräusch, das von einer Jacke oder einer Hand stammen konnte. Und dann endlich Ute Mayers Stimme.

«Pack deinen lächerlichen Zettel und verschwinde hier.»

Aus der Menge gellten Pfiffe dazwischen.

«Ich weiß, was damals im Dorf wirklich passiert ist. Sie hat mir alles erzählt.»

«Nein», antwortete Wohlfarth, «sie lügt.»

Er räusperte sich, versuchte auf offener Bühne die Selbstbeherrschung zu bewahren, sprach noch ein paar Worte, bis er zusammenbrach.

Kilian setzte den Kopfhörer ab.

«Ich verstehe nicht. Was soll sich in dem Dorf zugetragen haben?»

«Der Fall des Mädchens, das jahrelang missbraucht wurde.»

«Nie davon gehört.»

«Ein Mädchen wurde von einem, dann zwei Männern über Jahre hinweg missbraucht und vergewaltigt. Der Hauptbeschuldigte hatte sich gleich das Leben genommen, beim anderen, man vermutete, dass es sich um Wohlfarth handelte, hat die Partei ihre Beziehungen spielen lassen und alle mundtot gemacht. Das ging landauf, landab durch die Presse. Sie haben nie davon gehört?»

Kilian verneinte.

«Und wie kommen Sie darauf, dass es sich bei Ute Mayers Bemerkung genau um diesen Vorfall handelt?»

«Weil sich Wohlfarth nach den Wahlen in der alten Heimat zur Ruhe setzen wollte. Darüber wird geredet. Wohlfarth und das Mädchen aus dem Dorf … das ist Lokalkrimi pur.»

Die Netzwerkpolitik des Clubs der Ehemaligen kam Kilian in den Sinn. War Wohlfarths dunkle Vergangenheit das, worüber Schwerdt gesprochen hatte? Informationen über unliebsame Gegner sammeln und sie als Druckmittel einsetzen?

«Wieso habe ich über diese Bemerkung nichts in den Medien gehört?», fragte Kilian. «Das wirft doch ein ganz anderes Bild auf den Fall.»

Harry seufzte.

«Was glauben Sie denn, was ich gleich als Erstes getan habe, als ich wieder in den Sender zurückkam? Das war die Story schlechthin. Ich habe dem Redakteur die Aufnahme vorgespielt. Der wurde daraufhin ganz bleich und lief zu seinem Chef. Nach weniger als einer Stunde war der Fall kein Fall mehr. Ich wurde unmissverständlich angewiesen, die Aufnahme zu löschen und kein Wort mehr darüber zu verlieren, sofern mir an meinem Arbeitsplatz noch etwas liegt.»

«Das haben Sie dann auch getan.»

Harry nickte.

«Leider ja. Aber ich habe das Band nicht gelöscht. Ich werde es für den geeigneten Moment aufbewahren.»

«Das werden Sie nicht», entgegnete Kilian. «Das ist Beweismaterial und gehört in die Hände der Kripo.»

«Aber …»

«Nichts aber. Vertrauen Sie mir. Ich habe nicht vor, die Aufnahme zu unterschlagen. Sie spielt eine wichtige Rolle in einem aktuellen Mordfall. Also, her damit.»

Kilian streckte fordernd die Hand aus.

«Sie sind nur ein kleiner Fisch», protestierte Harry. «Wenn die Bosse das Band verschwinden lassen wollen, werden Sie nichts dagegen unternehmen können.»

«Niemand will hier irgendetwas unterschlagen. Außerdem machen Sie sich strafbar, wenn Sie das Band zurückhalten.»

Widerwillig händigte Harry das Band aus.

«Sie sind schuld, wenn die Sauerei von damals nie aufgeklärt wird.»

«Keine Sorge, ich werde die notwendigen Schritte einleiten.»

«Versprochen?»

«Versprochen. Bis es so weit ist, halten Sie den Mund darüber.»

27

Es war Zeit, Nägel mit Köpfen zu machen.

In der vergangenen Nacht hatte Kilian lange darüber nachgedacht, was er mit der Tonbandaufzeichnung anstellen sollte.

Vieles sprach dafür, die Aufnahme wie jeden anderen Beweis in die Ermittlung einfließen zu lassen. Das hätte eine offizielle Befragung Ute Mayers zur Folge gehabt.

Sofern Schwerdts Angaben stimmten, würde er damit einem Netzwerk an einflussreichen Leuten gegenüberstehen, die eine der Ihren – Ute Mayer – aus dem Schussfeld nehmen mussten. Würde Kilian die Kraft aufbringen, sich dem zu stellen, oder war es besser, den inoffiziellen Weg zu gehen, das Band erst auf seine Brisanz zu prüfen, bevor es aktenkundig wurde?

Er entschied sich für Letzteres, und das hieß Klein. Der kannte die Verstrickungen in Würzburg und darüber hinaus gut. Klein würde wissen, wie mit dem Material umzugehen war.

«Herrschaftszeiten, Kilian», polterte er, als er die Aufnahme vom Band gehört hatte. «Was denken Sie sich dabei, mir dieses Zeug vorzuspielen? Haben Sie eine Ahnung, in welche Situation Sie mich damit bringen?»

«Ich ging davon aus, dass Sie am besten wüssten, was damit anzufangen ist.»

«Blödsinn. Das kann uns beide den Job kosten.»

«Wir können aber nicht so tun, als ob es diese Aufnahme nicht gibt.»

«Niemand spricht davon, sie verschwinden zu lassen. Aber was fangen wir damit an?»

Klein erhob sich. Er war angespannt und verärgert.

«Hätten Sie nicht zu jemand anderem gehen können?»

«Sie als mein Vorgesetzter …»

«Seien Sie still.»

Er blickte zum Fenster hinaus, als ob er dort die Lösung für die Misere finden würde.

«Ist das Band schon asserviert?»

«Nein», antwortete Kilian, «dann hätten wir uns um eine Möglichkeit gebracht.»

Er hasste sich für diese Worte. Mit ihnen war er auf dem besten Weg, Harrys Befürchtung wahr werden zu lassen.

«Gut», erwiderte Klein nach einer Weile, «wir machen Folgendes: Das Band geht in die Asservatenkammer – inoffiziell und ohne einen Hinweis, dass es das Band überhaupt gibt. Sorgen Sie für eine sichere und unauffällige Stelle, auf die niemand Zugriff hat. Das verschafft uns Zeit.»

«Zeit wofür?»

«Darüber nachzudenken, was als Nächstes zu tun ist.»

«Eigentlich gibt es nur zwei Möglichkeiten: Das Band existiert als offizielles Beweisstück, oder es ist nie in unsere Hände geraten. Letzteres scheidet aus. Es gibt einen Zeugen.»

«Diesen Tontechniker?»

«Ja, und außerdem bin ich nicht zu Ihnen gekommen, um darüber nachzudenken, wie wir das Band unterschlagen können, sondern wie am klügsten vorzugehen ist.»

«Klug wäre es gewesen, wenn Sie damit niemals zu mir gekommen wären, oder noch besser, gleich die Finger davon gelassen hätten. Sie sind doch kein Anfänger. Sie wissen doch, wie das Spiel läuft.»

«Welches Spiel?»

Klein schaute ihn lange an.

«Was glauben Sie denn, was passiert, wenn Ute Mayers Partei die Wahlen gewinnt? Was wird dann mit uns geschehen? Haben Sie auch darüber mal nachgedacht?»

Nein, hatte er nicht. Aus Prinzip nicht. Und wenn Ute Mayer dreimal die Wahl gewönne, es interessierte ihn jetzt nicht mehr. Dann sollten sie einen anderen Hanswurst auf seinen Stuhl setzen. Er nahm das Band wieder an sich und verließ das Büro.

«Wo wollen Sie damit hin?», hörte er Klein rufen.

Er setzte sich in einen Dienstwagen und fuhr zum Parteibüro. Im Vergleich zum letzten Mal war es an diesem Tag in den Büroräumen auffällig ruhig und menschenleer. Niemand saß an einem der Computer, diskutierte im Konferenzraum oder beaufsichtigte den nimmermüden Kopierer. Es herrschte eine überraschende Stille.

«Kann ich Ihnen helfen?», fragte eine Stimme.

Kilian drehte sich um und erkannte eine Frau, die er bei Schwerdts Auftritt schon einmal kurz gesehen hatte.

«Ich suche Ute Mayer», antwortete Kilian.

«Sie ist nicht hier.»

«Sieht so aus.» Er blickte sich um. «Und wo sind all die anderen geblieben?»

«Bei einer Veranstaltung in Lohr. Frau Mayer und Frau Wagner sprechen dort. Was kann ich für Sie tun?»

Die Dame klang forsch. Offenbar kam er ungelegen. «Wer sind Sie?»

«Frau Mayers persönliche Assistentin, Hilde Michalik. Und Sie sind Kommissar Kilian, wenn ich mich nicht täusche. Sie waren hier, als Werner Schwerdt einen seiner unrühmlichen Auftritte hatte.»

Kilian nickte. «Ich hoffe, es geht ihm wieder besser.»

Hilde zuckte die Schultern. «Kann sein, ich weiß es nicht.

Wahrscheinlicher ist jedoch, dass er sein Scheitern noch immer im Alkohol ertränkt.»

«Dann scheinen Sie Werner Schwerdt näher zu kennen.»

«Wie kommen Sie darauf?»

«Weil Sie ihn gleich mit Alkohol in Verbindung bringen.»

Hilde seufzte. «Das dürfte nach seinen letzten Fehltritten kaum noch ein Geheimnis sein. Ich habe viele Schwerdts in meiner Laufbahn erlebt. Sie stiegen schnell auf, kamen aber umso schneller wieder zurück auf den Boden. Bei vielen war Alkohol Treibstoff, Problemlöser und Trostspender zugleich. Ein auffälliges Muster. Nichts weiter.»

«Wie lange sind Sie schon in der Politik?»

«Weit über vierzig Jahre.»

«Fällt Ute Mayer auch in diese Kategorie?»

«Gott bewahre, nein. Frau Mayer ist ein ganz anderer Typ.»

«Beschreiben Sie sie mir.»

«Sie ist eine harte Arbeiterin. Sie muss doppelt so viel leisten wie ein Mann, um wahrgenommen zu werden.»

«Klingt nach einem altbekannten Klischee.»

«Es hat sich nichts geändert. Noch immer muss sie sich dafür rechtfertigen, dass sie nicht verheiratet ist, keine Kinder hat, und selbst ihre Frisur ist Thema. Ein Mann muss das nicht.»

«Oberflächlichkeiten.»

«Sollte man meinen. Aber all das fließt in die Bewertung der Politikerin Ute Mayer mit ein. Auch die nimmermüden Zweifel: Ist sie überhaupt kompetent? Als wäre eine Frau grundsätzlich fragwürdig. Aber was soll's. Das sind nun mal die Regeln. Darf ich Sie nun fragen, wieso Sie das interessiert?»

«Ich versuche mir ein Bild von ihr zu machen.»

«Gibt es einen Grund dafür?»

«Ihr Name taucht wiederholt in den Ermittlungen um den Tod von Petra Bauer auf.»

«Da wird sie nicht die Einzige sein. Petra hatte mit vielen zu tun.»

«Die beiden schienen ein enges Verhältnis zu haben.»

«Welcher Art?»

«Ute Mayer hielt schützend ihre Hände über Petra Bauer.»

«Daran ist nichts außergewöhnlich. Frau Mayer unterstützt jeden, der Hilfe braucht und sich beweisen will.»

«In diesem Fall scheint es wohl etwas anders gewesen zu sein. Ute Mayer soll Petra Bauer dazu angehalten haben, Werner Schwerdt auf seinem Hotelzimmer zu verführen.»

«Wer behauptet denn so etwas?»

Kilian antwortete nicht darauf. Er wartete gespannt auf die Reaktion Hilde Michaliks, wie sie ihre Chefin schützen würde.

«Werner Schwerdt war niemand, den man verführen musste. Das machte er schon ganz allein. Ich bin mir sicher, dass Ihnen das auch schon zu Ohren gekommen ist.»

«Nur ist dieses Mal die Sache aus dem Ruder gelaufen.»

«Ich verstehe nicht, was Sie damit meinen.»

«Petra Bauer ist tot.»

Hilde seufzte. «Eine tragische Angelegenheit. Wir trauern alle sehr um sie.»

Sollte das echte Anteilnahme sein? Kilian war sich nicht sicher.

«Wo war Ute Mayer in der Nacht und den frühen Morgenstunden, als Petra Bauer verschwunden ist?»

«Ich nehme an, in ihrem Bett. Wo sonst?»

«Können Sie das für mich überprüfen?»

Hilde Michalik ging in ihr Büro, Kilian folgte ihr. Sie blätterte in ihrem Terminkalender die Tage zurück.

«Nach dem gemeinsamen Abendessen gab es noch ein Gespräch mit dem Bürgermeister und dem Naturschutz.»

«Wie lange dauerte das?»

«Bis in die frühen Morgenstunden.»

«Woher wissen Sie das?»

«Weil ich als ihre persönliche Assistentin daran teilgenommen habe.»

«Worum ging es?»

«Geplante Erweiterungsbauten auf Naturschutzgebiet und Ausgleichsleistungen.»

«Wo fand dieses Gespräch statt?»

«In einem Hotel.»

«In welchem?»

«In dem gleichen, in dem auch unsere Gäste untergebracht waren.»

«Also auch Werner Schwerdt?»

«Ja.»

Die gesamte Führungsmannschaft war in jener Nacht also unter einem Dach. Während Ute Mayer sich mit dem Bürgermeister und dem Naturschutz auseinandersetzte, hatte Werner Schwerdt nur ein paar Türen weiter ein Schäferstündchen mit Petra Bauer. Ein Zufall? Sicherlich nicht, nach allem, was er bisher in Erfahrung gebracht hatte. Ute Mayer hatte in jener Nacht ihr Netz im Hotel gesponnen. Fragte sich nur, ob sie sich auch abgesichert hatte.

«Wann ging das Gespräch zu Ende?»

«So gegen fünf Uhr morgens.»

Wenn die Angaben Lutz Benders stimmten, dann hatte Petra Bauer Schwerdts Zimmer gegen fünf Uhr verlassen. Um sechs Uhr wollte er sie in der Waldhütte getroffen haben.

Da lief ein Zahnrad ins andere. Alles ein wenig zu glatt für einen Zufall. Das roch nach Plan.

«Wieso hat es so lange gedauert?»

«Gespräche zwischen der Wirtschaft und dem Naturschutz sind immer zeitaufwändig.»

«Was machten Sie danach?»

«Jeder ging auf sein Zimmer und legte sich schlafen.»

Kilian stutzte.

«Das heißt, niemand ging nach Hause, sondern alle übernachteten im Hotel?»

«Nur wer an der Organisation der Wahlkampfveranstaltung teilgenommen hatte, schlief im Hotel.»

«War auch für Petra Bauer ein Zimmer gebucht?»

«Nein, nur für die Führungskräfte und ihre Assistenten. Petra Bauer gehörte nicht dazu.»

«Aber Sie schon.»

«Ja, natürlich.»

Nicht nur den Abend, sondern die ganze Nacht waren sie unter einem Dach versammelt. Die Zimmer waren wahrscheinlich weit im Voraus gebucht worden.

«Welche Zimmernummer hatte Ute Mayer?»

«Das weiß ich nicht mehr.»

«Ich wette, sie ist in Ihrem Terminkalender vermerkt.»

Hilde Michalik blätterte.

«Tatsächlich, hier ist sie. Zimmer 217.»

Soweit sich Kilian erinnerte, war Schwerdt in Zimmer 216 untergebracht.

«Daran ist nichts ungewöhnlich», sagte Hilde. «Wir waren alle auf einem Stockwerk verteilt.»

Doch Ute Mayer war in der fraglichen Zeit mit dem Bürgermeister und anderen zusammen. Könnte sich jemand anderes in ihrem Zimmer aufgehalten haben, um Werner Schwerdt und Petra Bauer bei ihrem Liebesspiel zu belauschen?

«Wenn Sie mich nun entschuldigen», sagte Hilde Michalik, «ich muss an die Arbeit zurück.»

«Noch eine Frage. Kennen Sie den stellvertretenden Parteivorsitzenden Günter Wohlfarth?»

«Er ist mir bekannt.»

«Wie ist das Verhältnis zwischen Ute Mayer und ihm?»

«Freundschaftlich, kollegial.»

Sie lügt, dachte Kilian. Wieso?

«Es gab da mal so eine Geschichte, mit der Günter Wohlfarth in Verbindung gebracht wird. Irgendetwas mit Kindesmissbrauch in seinem Heimatdorf. Wissen Sie Näheres darüber?»

«Ich erinnere mich nur, dass alle Vorwürfe – seien sie nun berechtigt oder nicht – damals fallengelassen wurden.»

«Der Vorwurf des Missbrauchs wurde nie richtig aufgeklärt. Seltsam, finden Sie nicht auch?»

«Da stimme ich Ihnen voll und ganz zu.»

«Woran lag das Ihrer Meinung nach?»

«Kann ich nicht sagen. Das ist zu lange her und hat sich in einem entfernten Wahlkreis abgespielt.»

«Wie ist Ute Mayers Position dazu?»

«Das müssen Sie sie schon selbst fragen.»

Nicht nötig. Er hatte ihre Worte auf Band.

«Aber als ihre persönliche Assistentin kennen Sie bestimmt ihre Einstellung dazu.»

«Ich weiß zwar viel, aber nicht alles. Frau Mayer ist grundsätzlich an der vorbehaltlosen Aufklärung derartiger Vorwürfe interessiert. Da sie sich aber nicht weiter engagiert hat, nehme ich an, dass sie der Sache keine große Bedeutung beigemessen hat.»

«Sie meinen also, Ute Mayer wusste nichts von den neu aufkeimenden Vorwürfen, denen sich Günter Wohlfarth in der letzten Zeit ausgesetzt sah?»

«Meiner Kenntnis nach nicht.»

Das war eine glatte Lüge. Wieso sagte sie die Unwahrheit? Wollte sie ihre Chefin schützen?

«Waren Sie schon mal in der Waldhütte, in der Petra Bauer gefunden wurde?»

«Soweit ich mich erinnere, liegt sie mitten im Gramschatzer Wald, umgeben von dichtem Unterholz.»

«Richtig.»

«Mein letzter Besuch ist lange her. In meinem Alter bricht man sich besser nicht die Beine in entlegenen Waldgebieten.»

28

In den Straßen rund um die Fußgängerzone und das Rathaus in Lohr stauten sich die Fahrzeuge. Die ganze Stadt schien auf den Beinen zu sein. Kilian musste den Wagen notgedrungen gleich nach der alten Mainbrücke parken.

Ute Mayer und die Lokalmatadorin Sandra Wagner in diesem Chaos zu finden, sollte ihm jedoch nicht schwerfallen. Er folgte einfach den Echos der Redner und dem Applaus der begeisterten Zuhörer. Sie führten ihn in das Herz der Altstadt, wo auf einer Bühne Sandra Wagner sprach. Im Hintergrund stand Ute Mayer, weniger auffällig, aber stets präsent.

Kilian bahnte sich seinen Weg durch die engen Gassen hinüber zum Bus, mit dem die beiden Kandidatinnen das Land offenbar bereisten. Von hier aus hatte er einen guten Blick auf die Bühne.

Ute Mayer warf ihm einen Blick zu. Kilian bedeutete ihr, dass er sie sprechen wolle, und sie nickte kurz. Allerdings war er nicht der Einzige. Ein Kamerateam bereitete sich auf ein Interview mit den beiden Rednerinnen vor. Es sollte vor dem Bus stattfinden, auf dem das Signet der Partei prangte.

«Würden Sie einen Schritt zur Seite gehen?», forderte ihn eine junge Reporterin auf. «Wir bräuchten den Platz für ein Interview.»

«Sicher», antwortete Kilian und machte dem Kameramann Platz, der einen Scheinwerfer aufstellte. «Es sind überraschend viele Menschen gekommen. Ich wusste gar nicht, dass Ute Mayer in Lohr so beliebt ist.»

«Sie sind vorwiegend wegen Sandra Wagner hier», erwiderte sie. «Sie stammt aus der Gegend.»

«Ein Heimspiel also.»

«Kann man so sagen. Es wurde auch höchste Zeit, dass etwas passiert. Vor ein paar Tagen sah es hier noch ganz anders aus.»

«Wie anders?»

«Die Partei drohte auch noch die letzten treuen Wähler zu verlieren. Erst Sandras Berufung zur Generalsekretärin hat die Stimmung umgekehrt. Nach den letzten Umfragen wird sie die fünfzig Prozent wohl schaffen.»

«Zurück zur alten Stärke.»

«Ja, wenngleich ich mir nicht sicher bin, ob das so gut ist. Die Zeit der großen Volksparteien ist vorbei.»

«Dann wird wohl eher Sandra Wagner als die Partei gewählt.»

«Könnte man so sagen.»

Sandra Wagner war am Ende ihrer Rede angekommen. Applaus setzte ein. Die Reporterin machte sich bereit.

«Wenn Sie mich nun entschuldigen? Ich muss mich auf mein Interview konzentrieren.»

Kilian nickte. Er beobachtete Sandra Wagner, wie sie den Applaus der Menge genoss. Sie bat Ute Mayer an ihre Seite. Arm in Arm winkten sie den Menschen zu. Bis auf eine kleine Gruppe, die sich durch Spruchbänder und Pfiffe bemerkbar machte, schien ihnen die Zustimmung sicher. Unter den vorwiegend jungen Protestierenden erkannte Kilian ein bekanntes Gesicht.

Es war Werner Schwerdt, der sich offenbar in die Dienste der Opposition gestellt hatte. Er skandierte mit einem Megaphon Parolen gegen die beiden Frauen.

Ute Mayer reagierte darauf weniger gelassen, als es Kilian erwartet hätte. Sie forderte einen Ordner auf, für Ruhe zu sorgen. Der bahnte sich sodann mit einer Gruppe Helfer den Weg durch die Menge. Als die ersten Spruchbänder zu Boden fielen, kam es zu Handgreiflichkeiten.

Sandra Wagner trat ans Mikrophon. «Bitte beruhigen Sie sich …»

Doch kaum hatte sie die ersten Worte gesprochen, flogen Gegenstände auf die Bühne, darunter Farbbeutel.

Selbst Kilian musste in Deckung gehen. Die Farbbeutel zerbarsten wie reife Melonen auf dem Bus und färbten das Parteisignet rot. Er rettete sich ins Innere.

Kurz darauf folgten Ute Mayer und Sandra Wagner unter einem gellenden Pfeifkonzert. Die beiden Frauen nahmen ihn nicht wahr. Zu sehr waren sie mit den unerwarteten Protesten beschäftigt.

«Das darf doch nicht wahr sein», schimpfte Sandra Wagner. «Ich dachte, du hättest hier alles im Griff. Und jetzt das.»

«Hatte ich auch», verteidigte sich Ute Mayer. «Aber mit Werner habe ich nun wirklich nicht gerechnet. Weiß der Teufel, aus welchem Loch er wieder hervorgekrochen ist.»

«Du solltest dich doch um ihn kümmern.»

«Habe ich das vielleicht nicht getan?»

«Offensichtlich nicht. Wie kommt es dann, dass er diese Idioten anführt und uns mit Farbbeuteln bewirft? Und das vor aller Augen.»

Sie blickte an sich hinunter. Einigen Farbspritzern hatte sie nicht ausweichen können.

«Das Kostüm kann ich wegschmeißen. Hast du eine Vorstellung, was …»

Ute Mayer fiel ihr erbost ins Wort.

«Weißt du, was mich dein dämliches Kostüm interessiert? Du kannst dir morgen ein neues kaufen.»

Auch sie war nicht verschont geblieben. An Beinen und Rocksaum klebte frische Farbe. Sie nahm ein Taschentuch zur Hand.

«Das wird er mir büßen.»

«Was willst du unternehmen?»

«Mir fällt schon was ein.»

«Dann sorge dafür, dass sich so etwas nicht wiederholt. Schwerdt ist der Letzte, der uns so kurz vor dem Ziel noch in die Quere kommen darf.»

Ute Mayer reagierte aufbrausend.

«Herrgott. Ich sagte doch, dass ich mich um ihn kümmere.»

«Das sehe ich.»

«Spar dir das Gezicke für deinen Mann auf. Du hast allen Grund dazu.»

«Lass Edgar aus dem Spiel», fauchte Sandra Wagner sie an. «Er hat nichts mit dir zu schaffen.»

«Aber mit meinen Mitarbeitern.»

«Das war eine einmalige Sache.»

Ute Mayer grinste hinterhältig.

«Glaubst du das wirklich?»

«Zwischen Edgar und mir ist wieder alles in Ordnung. Er hat sich entschuldigt, und ich habe ihm verziehen.»

«Wenn es nur so einfach wäre.»

«Was meinst du damit?»

«Dass er die Finger nicht bei sich behalten kann.»

«Das glaube ich dir nicht. Edgar hat es mir hoch und heilig versprochen.»

«Glaub, was du willst. Dir ist nicht mehr zu helfen.»

Sandras Eifersucht war geweckt.

«Jetzt erzähl schon. Was soll er deiner Meinung nach wieder gemacht haben?»

«Frag nicht. Du willst es ohnehin nicht wissen.»

«Doch. Jetzt und hier. Sag, was du weißt.»

Ute Mayer seufzte. «Wie du willst. Dein lieber Edgar und so ein dummes Ding aus meiner Ortsgruppe haben es miteinander getrieben.»

«Du lügst», fuhr Sandra sie an.

«Das tue ich nicht … Aber es ist auch egal. Es kann einfach nicht sein, was nicht sein darf, selbst wenn sie es vor deinen Augen täten.»

«Halt deinen gottverdammten Mund!», schrie Sandra sie an. «Edgar würde so etwas nie tun.»

«Das hat er bereits getan.»

«Ich habe ihm verziehen.»

«Aber er hat es wieder getan.»

Sandra war drauf und dran, handgreiflich zu werden, als sich jemand an der Tür bemerkbar machte.

«Entschuldigen Sie», sagte die junge Reporterin, «die Aufregung hat sich gelegt. Können wir nun mit unserem Interview beginnen?»

Es dauerte einen Moment, bis Sandra Wagner die neue Lage realisierte, und obwohl das Blut in ihren Adern kochte, schaffte sie es, den Streit mit Ute Mayer beiseitezuschieben.

«Klar, kommen Sie rein», sagte sie mit einem professionellen Lächeln, das sie selbst gegenüber Ute Mayer aufrechterhielt. «Das ist doch okay für dich?»

Auch Ute Mayer wusste sich in Anwesenheit der Presse zu kontrollieren. Sie legte den Schalter um, als sei nichts gewesen.

«Sicher, nur zu», antwortete sie heiter. «Nicht auszudenken, was geschehen würde, wenn sie noch mit Geldscheinen nach uns würfen.»

Die Reporterin suchte sich einen freien Platz neben den beiden, der Kameramann tat es ihr gleich. Sie griff Ute Mayers scherzhafte Bemerkung auf.

«Mit allem hätte ich nach Ihren mitreißenden Reden gerechnet, aber nicht damit. Können Sie sich erklären, wer diese Leute sind und was sie damit bezwecken?»

Ute Mayer und Sandra Wagner rückten vor der Kamera zusammen, demonstrierten Eintracht und Entschlossenheit.

«Ewiggestrige», antwortete Ute Mayer, «die nicht wahrhaben wollen, dass die Welt sich verändert.»

Und Sandra Wagner fügte hinzu: «Chaoten und Quertreiber sind das Letzte, was unser Land in diesen Zeiten braucht. Uns stehen große Entscheidungen ins Haus. Sinnloses Opponieren bringt uns keinen Schritt weiter.»

«Soweit ich erkennen konnte», hakte die Reporterin nach, «befand sich unter den Demonstranten Ihr früherer Generalsekretär Werner Schwerdt. Was hat er dort verloren?»

«Wir leben in einem Land der freien Meinungsäußerung. Auch Werner Schwerdt hat diesen Grundpfeiler allen demokratischen Handelns über die Jahre verteidigt. Ich weiß nicht, was ihn plötzlich reitet. Es ist schade um ihn, und es rückt seine bisherige Arbeit in ein zweifelhaftes Licht.»

«Er war einst der Hoffnungsträger der Partei», sagte Ute Mayer, «aber er ist an seinen eigenen Unzulänglichkeiten gescheitert. Das ist bedauernswert, und offensichtlich hat er die Bühne des seriösen politischen Disputs verlassen. Doch lassen Sie uns nicht weiter über Vergangenes sprechen. Ich wette, Sie haben interessantere Fragen als den peinlichen Niedergang Werner Schwerdts.»

Die Reporterin nickte und suchte nach der nächsten Frage, die ihr der Spickzettel vorgab.

«Frau Wagner, was war das für ein Gefühl, als Sie von Ihrer Berufung zur neuen Generalsekretärin erfuhren?»

Sandra Wagner setzte zur Antwort an. Doch der Kameramann unterbrach sie.

«Stopp, da ist jemand im Bild.»

Er zeigte den Gang entlang nach hinten.

Kilian hielt sich gut versteckt in den Sitzen verborgen. Er konnte nicht gemeint sein.

Und er war es auch nicht. Aus der hinteren Tür war ein Mann getreten, der aufgrund seiner Körperfülle den ganzen

Gang zwischen den Sitzreihen einnahm. Ute Mayer und Sandra Wagner erkannten in ihm den mächtigen Landesgruppenchef Reiner Schachtner. Er keuchte wie ein Walross, während er sich den engen Gang vorarbeitete.

«Reiner», sagte Ute Mayer sichtlich irritiert, «dich haben wir hier nicht erwartet.»

«Eigentlich sollte ich jetzt auch in Aschaffenburg sprechen», antwortete er verärgert, «aber der Chef hat darauf bestanden, dass ich mit euch noch ein Wörtchen …»

Schachtner brach mitten im Satz ab, als er der Kamera und des Mikrophons gewahr wurde. «Sind wir auf Sendung?»

Die Reporterin reichte ihm die Hand. «Johanna Haberer, TV Untermain. Ich interviewe soeben …»

«Jaja, schon recht», schnitt er ihr das Wort ab.

«Möchten Sie sich am Gespräch beteiligen?», fragte die Reporterin.

Ute Mayer und Sandra Wagner verdrehten die Augen. Alles, nur nicht das.

«Wenn ich schon mal da bin», sagte Schachtner selbstgefällig und zwängte sich ächzend in einen Sitz. «Ihre erste Frage, bitte.»

«Eigentlich möchte ich noch das Interview mit Frau Mayer und Frau Wagner zu Ende führen.»

«So lange kann ich nicht warten. Ich muss gleich wieder nach Aschaffenburg zurück. Schießen Sie los, bevor ich mir's anders überlege.»

«Nun gut», antwortete die Reporterin. «Wieso sind Sie überhaupt in Lohr, wenn sie zur gleichen Zeit in Aschaffenburg sein sollten?»

«Ich wollte mir die Gelegenheit nicht entgehen lassen, unserer frischgebackenen Generalsekretärin zu ihrer Berufung zu gratulieren», erwiderte er wenig glaubhaft und gereizt.

Sandra Wagner spielte ein Dankeslächeln.

«Dann sind heute vier wichtige Köpfe der Partei in Lohr versammelt», sagte die Reporterin. «Das hat die Stadt lange nicht gesehen.»

«Wer ist der Vierte?», fragte Ute Mayer.

«Werner Schwerdt natürlich»

Ute Mayer lächelte bitter. «Den können Sie mittlerweile der Opposition zuschreiben.»

«So schnell schießen die Preußen auch wieder nicht», ging Schachtner dazwischen. «Werner Schwerdt hat sich große Verdienste um die Partei erworben …»

«Aber …», setzte Ute Mayer zur Widerrede an, doch Schachtner fuhr ihr über den Mund.

«… und er wird sich bestimmt wieder fangen, wenn er seine privaten Herausforderungen gemeistert hat.»

Ute Mayer lachte grell auf. «Seine was?»

«Seine Frau leidet seit Jahren unter starken psychischen Problemen, und es ist bewundernswert, wie sie gemeinsam dieses Tal der Tränen durchschreiten, ohne auch nur ein Wort darüber zu verlieren. Ich wünschte nur, andere hätten auch so viel Kraft und Rückgrat wie mein Parteifreund Werner Schwerdt. Er hat meine ganze Bewunderung und uneingeschränkte Unterstützung.»

Ute Mayer und Sandra Wagner glaubten nicht recht zu hören. Was machte Schachtner da? Er schlug sich öffentlich auf die Seite Schwerdts.

«Dann scheint die psychische Belastung ein wenig zu viel für ihn geworden zu sein», sagte Sandra Wagner mit beißendem Spott, «er attackiert seine Nachfolgerin in aller Öffentlichkeit.»

Schachtner zeigte sich betroffen.

«Ich habe gerade mit ihm gesprochen, und wenn es nicht so traurig wäre, müsste ich eigentlich darüber schweigen. Aber zu seiner Ehrenrettung sei Folgendes gesagt: Er ist nicht gegen seine Parteifreunde vorgegangen, sondern hat die Demonstranten zur Ordnung gerufen und sie an die Toleranz erinnert, die jedem aufrechten Staatsbürger zu eigen sein sollte.»

«So ein Unsinn», entfuhr es Ute Mayer, «er hat uns …»

Doch für jede weitere Rechtfertigung war es zu spät. Ein Handy klingelte. Die Reporterin nahm das Gespräch entgegen und bekräftigte, dass sie jeden Moment in die Redaktion zurückkäme.

«Vielen Dank», sagte sie aufgeregt, «die Sieben-Uhr-Nachrichten können nicht länger warten. Ich muss los.»

Schachtner zeigte sich über den Verlauf des kurzen Interviews zufrieden. Er hatte anscheinend erreicht, was er wollte – die Aufmerksamkeit von den beiden Frauen weg auf ihn und Werner Schwerdt zu lenken.

Ute Mayer und Sandra Wagner hatten eine unerwartete Niederlage eingesteckt, und wenn Kilian ihren Gesichtsausdruck richtig las, würden sie das nicht ungesühnt lassen.

29

Auf Lohr am Main folgte Marktheidenfeld und schließlich Klingenberg. Es schien fast so, als ob Ute Mayer und Sandra Wagner einen zweiten Wahlkampf neben dem der Partei führten.

Sie beackerten die Ortschaften fernab der gewohnten Stationen. Während Reiner Schachtner sich als die *Stimme Bayerns in Berlin* positionierte, versuchten Ute Mayer und Sandra Wagner mit *Wir in Franken* zu punkten.

Kilian hatte sich an ihre Fersen geheftet, nachdem er sich unerkannt aus dem Bus hatte schleichen können. Er würde Ute Mayer im passenden Moment mit der Bandaufnahme konfrontieren, in der sie Günter Wohlfarth gedroht hatte. Aber das konnte warten.

Denn seit er das Gespräch der beiden Frauen und die offene Konfrontation mit Reiner Schachtner mit angehört hatte, wusste er, dass dieser Konflikt Folgen haben würde. Schachtner hatte Ute Mayer und Sandra Wagner vor laufender Kamera düpiert. Das würden die Frauen nicht auf sich beruhen lassen. Er war gespannt, wann und wie sie zurückschlagen würden. Es konnte jeden Moment passieren, und Kilian würde sich das nicht entgehen lassen.

Werner Schwerdt war auf den beiden Wahlkampfreden in Marktheidenfeld und Klingenberg nicht in Erscheinung getreten, obwohl Kilian ihn in unmittelbarer Nähe der Demonstranten gesehen hatte.

Vielleicht stimmte es, dass Schachtner mit Schwerdt gesprochen hatte. Und vielleicht hatte er ihn zur Besonnenheit aufgerufen. Aber bestimmt hatte er etwas vor. Kilian war gespannt, was das sein würde.

Der Bus bog von der Straße in ein Waldstück ein. Ein Hinweisschild pries eine romantische Übernachtung in den dichten Wäldern und verwies auf das bekannte Wirtshaus im Spessart, in dessen Verfilmung in den Sechzigern Liselotte Pulver als Liebchen des Räuberhauptmanns brilliert hatte.

Kilians Handy klingelte. Es war Schneider.

«Ich habe sie gefunden», sagte er euphorisch.

«Wen hast du gefunden?», fragte Kilian.

«Die Frau, die den Schlüssel von der Waldhütte hat nachmachen lassen.»

Perfekt, dachte Kilian. Noch ein weiteres Indiz, mit dem er Ute Mayer konfrontieren würde. Die Schlinge um ihren Hals wurde immer enger.

«Erzähl, was passiert ist.»

«Der Eisenwarenmann hat den Schlüssel erkannt, den ich ihm gezeigt habe. Er musste einige Händler abklappern, um den passenden Rohling zu finden. Und schließlich war die junge Dame äußerst spendabel. Sie hat ihm ein saftiges Trinkgeld gegeben, wenn er kein Wort darüber verliert.»

Kilian stutzte. «Welche junge Dame? Ute Mayer ...»

«Es war nicht Ute Mayer», entgegnete Schneider, «es war eine junge Frau in Motorradklamotten.»

Motorradklamotten? Junge Frau? Als Erstes fiel ihm Petra Bauer ein. Aber das konnte nicht sein. Wieso sollte sie einen Schlüssel nachmachen lassen, wenn Lutz Bender bereits einen besaß? Oder hatte sie es im Auftrag Ute Mayers getan?

«Hat er sie näher beschrieben?»

«Schwarze, halblange Haare, eher klein als groß, verschmitztes Lächeln.»

Konnte das Petra Bauer sein?

«Hast du ihm das Bild von Petra Bauer gezeigt?»

«Nein, ich hatte keins dabei. Wieso auch. Wir suchen doch ...»

«Schon gut. Schaff den Schlüsselmann aufs Revier. Zeig ihm ihr Bild. Wir müssen unbedingt herausfinden, wer diese Frau ist.»

«Wird gemacht.»

«Und noch was ... Beschaff mir alle Informationen über Ute Mayer, die du bekommen kannst. Ich will wissen, wie sie aufgewachsen ist, wer ihre Eltern und Freunde sind und mit wem sie sonst noch klüngelt.»

«Schon dabei.»

Kilian klickte das Gespräch weg. Sosehr er sich auch über Schneiders Erfolg freute, so sehr ärgerte es ihn nun, dass die gesuchte Frau offenbar nicht Ute Mayer war. Es hätte so gut gepasst.

Der Bus fuhr auf das Gelände eines Hotels, das tatsächlich romantisch gelegen war. Das Wasserschloss Mespelbrunn war nicht weit entfernt und hatte wohl als Vorbild für das Hotel gedient. Eine Reihe Fackeln tauchte die Lichtung in eine mysteriöse, aber auch verzaubernde Stimmung. Über dem Hoteleingang prangte das riesige Geweih eines Hirsches und lud zum Wildessen ein.

Kilian parkte den Wagen und ging auf den Bus zu. Ute Mayer stieg als Erste aus.

«Herr Kilian», sagte sie, «das nenne ich eine Überraschung. Folgen Sie mir?»

«Ich muss mit Ihnen sprechen», antwortete er kühl. «Am besten gleich jetzt.»

«Kann das nicht warten? Ich muss mich von der Fahrt ein wenig erholen.»

Kilian gab ihr eine halbe Stunde. In der Zwischenzeit organisierte er ein Abspielgerät für das Band. Er erwartete sie in der Jägerklause – einem schlichten, geräumigen Restaurant mit einem schönen Blick auf den nahen Räuberwald. Das Gästehaus gegenüber war stimmungsvoll beleuchtet und versprach Frischverliebten eine romantische Nacht am Rande der Teufelsschlucht.

Ute Mayer kam geduscht und leger gekleidet eine weitere halbe Stunde zu spät. Kilian hatte schon einen Schoppen und drei Zigarillos draußen vor der Tür hinter sich. Er war nicht in bester Stimmung.

«Entschuldigen Sie, ich hatte noch ein Telefonat zu führen», sagte sie und setzte sich. «Womit kann ich Ihnen helfen?»

Kilian antwortete nicht und spielte das Band ab.

Ich weiß, was damals im Dorf passiert ist.

Ute Mayers Stimme war klar und deutlich zu erkennen.

«Wo haben Sie das her?», fragte sie verärgert.

«Das tut nichts zur Sache», antwortete Kilian, «entscheidend ist, dass Sie Günter Wohlfarth bei seiner Rede auf dem Marktplatz in Würzburg gedroht haben.»

«Ich kann darin keine Drohung erkennen. Eine Feststellung, ja, aber nicht mehr.»

«Was wissen Sie über die Vorkommnisse in diesem Dorf, womit Sie Günter Wohlfarth so einen Schrecken eingejagt haben?»

«Das ist vertraulich und geht Sie nichts an.»

«Wenn es sich um eine Straftat handelt, auf jeden Fall. Und Sie machen sich ebenfalls strafbar, wenn Sie die Umstände verschweigen.»

Sie blickte zum Fenster hinaus und rang mit sich, ob sie antworten sollte.

Schließlich: «Es gab da mal ein Mädchen, sieben oder acht Jahre alt, das von zwei Männern sexuell belästigt, vielleicht sogar vergewaltigt worden ist. Wer weiß das heute noch so genau, es ist lange her und hat sich in einem entlegenen Dorf abgespielt. Es gab damals ziemliches Aufsehen deswegen, zumal sich einer der Beschuldigten das Leben genommen hat, als die Schweinerei publik wurde. Der zweite Täter jedoch wurde nie richtig benannt. Meine *Parteifreunde* haben das auf ihre ureigene und unverwechselbare Weise geregelt …»

«Was bedeutet das?»

Sie schaute ihn vorwurfsvoll an.

«Na, was denken Sie, wenn ein Kreisvorsitzender mit seinen Kumpanen darauf drängt, dass man *die Sache* nicht an die große Glocke hängen soll. Schließlich will man ja in Ruhe und in Frieden miteinander weiterleben und sich nicht gegenseitig der Kindesvergewaltigung beschuldigen.»

«Die Anzeige wurde also nicht weiterverfolgt.»

Sie nickte. «Es kam erst gar nicht zu einer Anzeige. Man einigte sich gütlich, wie es so heißt. Die Eltern des Mädchens erhielten eine Zuwendung der Gemeinde, und damit war die Sache erledigt.»

«Und was hat das mit Günter Wohlfarth zu tun?»

«Sein Name ist damals nie offen ausgesprochen worden, schließlich war er ein angesehenes Mitglied in mehreren Vereinen, Arbeitgeber in der Region und Förderer von Sport- und Kulturveranstaltungen. Auffällig war dann aber doch, dass er den Betrieb an den jüngeren Bruder übergab, um sich ganz plötzlich hauptberuflich der Politik zu widmen. Seitdem lebt er in der Nähe von München und hat sich ein neues Leben aufgebaut. Die Sache geriet in Vergessenheit.»

«Bis er sich entschlossen hat, wieder in sein altes Dorf zurückzukehren.»

«Ich habe keine Ahnung, was ihn dazu bewogen hat, aber er war fest entschlossen, seinen Lebensabend in der Heimat zu verbringen. Zwischenzeitlich ist aber aus dem Mädchen von damals eine Frau und Mutter geworden. Als sie davon erfuhr, dass Wohlfarth künftig wieder in ihrer Nachbarschaft leben wollte, ging sie an die Presse.»

«Ich habe nichts davon mitbekommen.»

«Wie auch. Es hat sich seitdem nichts geändert. Noch immer ist Wohlfarths Familie größter Arbeitgeber und Förderer in der Region. Heute mehr denn je. Die Presse hat den Vorwurf der Frau in drei Zeilen abgehandelt, und zwar so, als müsste man sich ernsthaft Sorgen um ihren Geisteszustand machen, wenn man erst nach dreißig Jahren seinen Vergewaltiger beim Namen nennt.»

«Trotzdem: Wieso hat sie es nicht früher getan?»

Sie blickte ihn vorwurfsvoll an. «Sie sind ein Mann. Sie haben keine Ahnung, was in einem verstörten und misshandelten Mädchen vorgeht, das von seiner eigenen Familie des dörflichen Friedens wegen verkauft wurde. Machen Sie sich lieber mal darüber Gedanken, wieso ein alter geiler Bock wie Wohlfarth glaubt, er könne sich alles erlauben. Das ist Gutsherrendenken der übelsten Art.»

Kilian nahm sich zurück. «Beruhigen Sie sich, es ist …»

«Nein, das ist es eben nicht», antwortete sie erregt. «Ich kann nicht mehr mit ansehen, wie diese selbsternannten Markgrafen schalten und walten, wie es ihnen beliebt. Ich habe Wohlfarth klargemacht, dass er mit Konsequenzen zu rechnen hat, wenn er weiter das Leben dieser Frau zerstört.»

«Welche Konsequenzen?»

«Dass die Sache ein Nachspiel hat. Es ist mittlerweile eine zweite Frau aufgetaucht, die die gleichen Anschuldigungen gegen die beiden Männer erhebt. Verstehen Sie? Das war kein Ausrutscher einer durchzechten Nacht. Das hatte System.»

Der Zorn in ihren Augen funkelte.

Eine zweite Frau war aufgetaucht.

Der Satz hallte in Kilians Ohren. Der Saubermann Günter Wohlfarth hatte eine dunkle und verabscheuenswürdige Seite, und Ute Mayer würde sie ans Licht bringen, wenn er sich nicht eines Besseren besann.

Sollte Kilian sie deswegen verurteilen?

Mit dieser Frau war nicht zu scherzen, und das ging weit über ihre politischen Ambitionen hinaus. Sie war auf einem Kreuzzug. Werner Schwerdt und Günter Wohlfarth hatten sich in ihren Augen schuldig gemacht und waren beiseitegeräumt worden.

Wer würde der Nächste sein?

Die Frage wurde durch das Erscheinen zweier unerwarteter Gäste beantwortet. Drüben vor dem Gästehaus trafen sich Reiner Schachtner und Werner Schwerdt. Sie redeten kurz miteinander, bevor sie durch die Tür verschwanden.

Ute Mayer blickte wie gebannt hinüber. Mit allem schien sie gerechnet zu haben, aber nicht mit den beiden.

Sie stand auf. «Wenn Sie keine weiteren Fragen an mich haben, würde ich mich gern auf mein Zimmer zurückziehen. Es war ein anstrengender Tag, und ich muss morgen früh raus.»

Kilian ließ sie gehen. Der morgige Tag konnte noch so lang und anstrengend sein, Ute Mayer würde nicht früh zu Bett gehen. Das wusste er jetzt. Sie hatte ein neues Ziel gefunden, und er würde sich ihr in den Weg stellen müssen.

«Ich würde gern ein Zimmer für eine Nacht nehmen», sagte Kilian dem Mann an der Rezeption.

«Tut mir leid», antwortete er, «wir sind ausgebucht.»

«Ich will nicht lange bleiben, nur eine Nacht.»

«Wir sind aber komplett belegt.»

«Kommen Sie, irgendwo werden Sie mich schon noch unterbringen. Es ist wichtig.»

Er zeigte seine Marke.

Der Mann seufzte. Dann nahm er einen Schlüssel vom Brett.

«Es ist nur ein einfaches Dachzimmer mit einem Bett. Normalerweise übernachten dort nur Lieferanten.»

«Egal, ich nehme es. So schlimm wird es schon nicht sein.»

Der Rezeptionist hatte nicht übertrieben. Das Zimmer war einfach, eng und ungemütlich. Länger als eine Nacht wollte man sich hier wirklich nicht freiwillig aufhalten. Doch einen Vorzug hatte es. Das winzige Gaubenfenster ging zum Hof mit Sicht auf das Gästehaus. Von hier aus hatte Kilian alles im Blick. Er musste nur abwarten und im richtigen Moment die Treppe hinuntereilen.

Er betete darum, dass dieser Moment bald kam. Der Boden war hart, und seine Wunde schmerzte.

30

Das Aufheulen eines Motors ließ Kilian aufschrecken.

Er war am Gaubenfenster eingeschlafen. Sein Rücken schmerzte, und für einen Moment war er wie gelähmt. Doch als er das einzig erleuchtete Fenster am Gästehaus sah, hinter dem Ute Mayer und Reiner Schachtner stritten, war er hellwach.

Es musste mitten in der Nacht sein. Bis ein Uhr hatte er durchgehalten, dann zwang ihn die Müdigkeit in den Schlaf. Er erhob sich und stand unsicher auf den Beinen.

Nur nicht schlappmachen, jetzt galt es. Die Treppe hinunter, hinaus zur Tür, quer über den Hof. Da stand ein Motorrad zwischen den Nobellimousinen und dem Tourbus. Vor ein paar Stunden war es noch nicht da gewesen. Offenbar ein später Gast in dieser Wildnis.

Oben im zweiten Stock ging etwas zu Bruch. Schachtner brüllte, eine Tür schlug zu.

Kilian nahm zwei Stufen auf einmal die Treppe hinauf. Seine Seite schmerzte, er biss sich auf die Lippen. Im zweiten Stock angekommen, kam ihm Ute Mayer entgegen.

«Sind Sie noch immer hier?», rief sie ihm aufgebracht zu.

«Wo ist Schachtner?», fragte Kilian atemlos.

Sie trug etwas in der Hand. Eine Akte.

«Wo soll er schon sein? In seinem Zimmer natürlich.»

«Was ist passiert?»

Sie antwortete nicht und ging an ihm vorbei. Er hielt sie fest.

«Was ist passiert?», wiederholte er.

«Die Sache hat System», giftete sie ihn an. «Schon vergessen?»

«Was haben Sie da in der Hand?»

«Etwas, das Sie nichts angeht.»

«Das tut es sehr wohl.»

Er nahm ihr die Akte aus der Hand und öffnete sie. Doch statt des erhofften Beweismaterials starrte er in einen leeren Umschlag.

«Wo …?»

Ute Mayer grinste ihn mitleidig an. «Sie kommen zu spät.»

Kilian hastete zur Tür und stieß sie auf. Schachtner saß auf dem Bett, vornübergebeugt. Zu seinen Füßen lag ein Bündel Papiere, achtlos verstreut. Er schluchzte.

Kilian näherte sich ihm.

«Geht es Ihnen gut, Herr Schachtner?»

Er blickte auf. Sein Gesicht offenbarte Verzweiflung und Resignation zugleich.

«Diese Hexe will mich zerstören.»

«Womit? Was hat sie getan?»

Schachtner zeigte auf die Papiere vor ihm.

«Damit.»

Kilian nahm ein paar Seiten auf. Auf den ersten Blick sah es nach einem Sitzungsprotokoll aus. Er las Schachtners Namen, auch Werner Schwerdt war mit von der Partie und noch ein paar andere, deren Namen er schon mal gehört hatte, aber nicht zuordnen konnte.

«Was ist das?»

«Das Protokoll eines Treffens in Garching bei München.»

«Was besagt es?»

«Es legt fest, wie vorzugehen ist, falls wir nicht die erforderliche Mehrheit erringen.»

Kilian konnte sich keinen rechten Reim darauf machen.

«Was ist daran so außergewöhnlich?»

«Wer im Falle eines Falles Parteivorsitzender wird.»

«Ist das nicht gewöhnlich der Ministerpräsident?»

Schachtner blickte auf.

«Auf jeden Fall nicht der amtierende.»

«Sie haben also bereits die Nachfolge bestimmt, während der jetzige noch in Amt und Würden ist?»

Schachtner nickte.

«Zumindest hat jeder, der in diesem Protokoll auftaucht, sich klar gegen ihn ausgesprochen, falls wir es nicht schaffen.»

«Und wenn doch?»

Schachtner schaute ihn fragend an.

«Was glauben Sie, was passiert, wenn diese Papiere in die falschen Hände kommen oder gar auf dem Schreibtisch des Ministerpräsidenten landen?»

Kilian blätterte weiter. Er stieß auf fotokopierte Rechnungen eines Clubs namens Sunshine in Berlin, einer Bar Chérie in Wien, einer Masseuse Lin in Hamburg und so weiter. Sie alle trugen Schachtners Unterschrift.

Schließlich fiel ihm ein Kreditvertrag über zwei Millionen Euro zu einem Zinssatz von eins Komma fünf Prozent in die Hände. Diese konkurrenzlosen Konditionen waren dem Aufsichtsratsmitglied Schachtner zugebilligt worden. Hatte dieselbe Bank nicht erst kürzlich Milliardenzuschüsse erhalten, reihenweise Filialen geschlossen und Mitarbeiter entlassen, um die verspekulierten Verluste aufzufangen?

«Haben Sie diese Unterlagen von Ute Mayer bekommen?», fragte Kilian.

Schachtner nickte.

«Weiß der Teufel, wo sie diesen Dreck ausgegraben hat.» Dann seufzte er. «Es ist auch egal. Jetzt ist es ohnehin zu spät. Ich bin erledigt.»

«Nichts ist zu spät», antwortete Kilian. «Hat Ute Mayer Sie damit erpresst?»

«Ich solle sie und ihre Adjutantin in den verbleibenden Tagen unterstützen und nach der Wahl auf mein Amt und mein Mandat verzichten, sonst ginge sie mit dem Material an die Öffentlichkeit.»

Solange es keinen Zeugen dafür gab, war die Anschuldigung haltlos. Er brauchte mehr, um gegen Ute Mayer vorzugehen.

«Sie legen sich jetzt hin und ruhen sich aus», sagte er bestimmt. «Morgen ist auch noch ein Tag.»

Wie ein verschreckter, übergewichtiger Junge folgte Schachtner der Anweisung. Er legte sich aufs Bett, verschränkte die Hände über dem mächtigen Bauch und starrte an die Decke.

Kilian sammelte die Papiere ein. Er würde Ute Mayer damit zur Rede stellen.

Als er das Zimmer verließ, sah er Schachtner ruhig auf dem Bett liegen und etwas murmeln. Er konnte es nicht verstehen, aber es klang nach einer Gebetsformel, die er ein ums andere Mal wiederholte. Später würde er nochmal nach ihm schauen.

Die Nacht war klar und in der Dunkelheit des Walds mit einem prächtigen Sternenhimmel gesegnet. Auf dem Vorplatz war niemand zu sehen. Alle schienen fest zu schlafen. Kilian ließ den Mann an der Rezeption weiterdösen und machte sich auf den Weg zu Ute Mayers Zimmer. Sie würde keinesfalls zu Bett gegangen sein. Stattdessen vermutete er sie zufrieden an der Hausbar mit einem Glas Champagner.

Er klopfte an ihre Tür.

«Ich muss mit Ihnen sprechen.»

Niemand antwortete, und so klopfte er stärker.

«Einen Moment», hörte er.

Schließlich öffnete Ute Mayer, eilig in einen Morgenmantel gehüllt und mit hochgesteckten Haaren. Es sah so aus, als hätte sie sich bettfertig gemacht. Aber etwas stimmte nicht. Unter dem Saum schaute eine Jeans hervor, und das Fenster stand offen. Fürs Durchlüften sehr mutig. Es war eine frostige Nacht, und es hatte eher den Anschein, als wollte sie etwas verheimlichen. War sie allein im Zimmer?

«Was gibt es denn noch?», fragte Ute Mayer unwirsch. «Es ist spät, und ich will zu Bett.»

«Es dauert nicht lange.» Er trat unaufgefordert ein. «Wenn ich diese Unterlagen richtig verstehe», er zeigte ihr die Papiere, «dann handelt es sich hier um Erpressung. Ist Ihnen das klar? Darauf steht Freiheitsentzug.»

Ute Mayer war nicht beeindruckt. «Von Erpressung kann nicht die Rede sein.»

«Wovon dann?»

«Jemand, der so eine Historie wie Schachtner aufweist, sollte sich schämen, auch nur eine Minute länger in verantwortlicher Position zu sein.»

«Also doch Erpressung.»

«Ich habe ihm klargemacht, dass er nicht länger mit meinem Stillschweigen rechnen kann. Im Gegenteil, er hat sich strafbar gemacht. Es ist meine Bürgerpflicht, seine Schweinereien ans Licht zu bringen.»

«Wieso kamen Sie damit nicht zu mir?»

«Reiner Schachtner ist ein verdienstvoller Parteikollege. Ich wollte ihm die Gelegenheit geben, selbst für reinen Tisch zu sorgen. Das hat in unserer Partei Tradition, und das ist auch gut so.»

«Und deshalb setzen Sie ihm das Messer auf die Brust?»

«Das hat er längst selbst getan. Nichts bleibt für immer verborgen. Eines Tages kommt alles raus.»

Kilian zeigte ihr die Papiere.

«Wie sind Sie überhaupt an dieses Zeug gekommen? Das lag doch nicht einfach auf seinem Schreibtisch herum.»

Ute Mayer blickte auf.

«Ich habe keinen einzigen Finger dafür krumm gemacht.»

«Das glaube ich Ihnen nicht.»

Sie grinste.

«Wenn Sie wüssten, was mir alles unaufgefordert zugeschickt und zugeflüstert wird. Ich muss mich in keinster Weise darum bemühen. Jeder hat Feinde, selbst im eigenen Bett, und niemand verbirgt irgendetwas auf ewig. Rache, Eifersucht, Neid … Suchen Sie sich's aus. Jeder einzelne davon ein verdammt guter Grund, um es jemand anderem heimzuzahlen.»

Ihr Blick ging für einen Moment zum Fenster.

«Ich stoße die Dinge nur an. Jeder ist frei in seiner Entscheidung, was er daraus macht.»

Kilian drehte sich um. Gegenüber lag das Gästehaus in einem unheilvollen Mondlicht. Auf dem Flachdach, das als Terrasse für die Gäste diente, hielt sich jemand auf. Im Gegenlicht bildete sich die Kontur eines Menschen ab – eines Mannes, dickleibig und verstört, der auf den Rand zutaumelte. Dahinter ging es tief in die Teufelsschlucht.

Kilian hastete zur Tür hinaus.

«Rufen Sie die Polizei an. Ich kümmere mich um Schachtner.»

Der Zugang zur Dachterrasse war nicht verschlossen. Selbst in der Nacht sollten die Gäste Gelegenheit haben, sich an dem grandiosen Blick über die Teufelsschlucht zu erfreuen.

Das Geländer reichte nur bis zur Hüfte, was als Schutz normalerweise völlig ausreichte. Für einen Selbstmörder jedoch stellte es kein allzu großes Hindernis dar. Selbst für den übergewichtigen Schachtner nicht.

Wie schon bei Heinlein vor ein paar Tagen, näherte sich Kilian ihm mit Vorsicht.

Vertrauen aufbauen, keine Überraschungen.

Doch in diesem Fall machte ihm der Untergrund zu schaffen. Er ging nicht auf trittleisem Beton, sondern auf knirschenden Kieselsteinen.

«Herr Schachtner», sagte er, «ist es nicht ein wenig spät, um sich am Sternenhimmel zu erfreuen?»

«Lassen Sie mich in Ruhe», antwortete er. «Das muss ich allein klären.»

«Kann ich mich Ihnen anschließen?»

«Gehen Sie weg.»

Schachtner wuchtete seinen schweren Körper über das Geländer. Dahinter hatte er noch einen Fußbreit Platz, bevor es in die Tiefe ging.

Kilian kam schnell näher. Er musste ihn zu fassen kriegen, für Worte war es zu spät. Er erwischte ihn am Arm.

«Lassen Sie mich los», schrie Schachtner.

«Sie wissen, dass ich das nicht tun kann. Ich bin Polizist.»

«Zum Teufel damit.»

«Dort werden Sie auch gleich sein, wenn Sie nicht zur Besinnung kommen. Sie brechen sich alle Knochen.»

«Genau das habe ich vor.»

Schachtner stemmte sich gegen den Umlauf, aber Kilian hielt ihn verbissen fest. Doch die Gewichte waren ungleich verteilt. Unvermittelt hob es Kilian aus dem Stand über das Geländer.

«Kommen Sie endlich zur Vernunft», schrie Kilian den dicken Mann an. Er hatte gerade noch eine Hand am Geländer, die andere an Schachtners Arm. Der kniete inzwischen nur noch mit einem Bein auf dem schmalen Grat, das andere schwebte über der Teufelsschlucht.

«Lassen Sie mich endlich los», stöhnte er. «Ich will nicht mehr.»

«Wir können über alles reden, aber zuvor müssen wir das hier beenden.»

Schachtner hörte nicht mehr zu. Er ließ sich fallen.

Kilian wurde mitgerissen, bekam den Wasserablauf zu fassen und konnte ein Bein darüberschlagen. An seinem Arm hing weiterhin Schachtner. Dessen Gewicht nahm Kilian nicht nur den Atem, sondern seine Wunde hatte sich auch wieder geöffnet. Der Schmerz traf ihn wie ein Stromschlag. Er betete darum, dass bald etwas geschah. Ansonsten würde er loslassen müssen.

Er glaubte, sein Flehen sei erhört worden, als er Schritte auf den Kieselsteinen knirschen hörte.

«Hilfe …»

Die Schritte kamen näher. Er konnte nicht hochblicken, doch er hoffte, dass der Retter wusste, was zu tun war.

Der Unbekannte schwang sich behände übers Geländer.

«Helfen Sie mir», stöhnte Kilian, «ich kann nicht …»

Doch plötzlich spürte er einen Schlag in die Seite. Dann einen zweiten.

Kilian schrie vor Schmerz auf. Er blickte zur Seite und erkannte schwarze Motorradstiefel, die erneut ausholten. Der Tritt traf ihn in die Rippen und nahm ihm die Luft.

Er spürte noch, wie Schachtner ihm aus den Händen glitt. Dann krümmte er sich auf dem schmalen Fußsteg zusammen. Doch anstatt ihm den letzten Tritt zu verpassen, ließ der Unbekannte von ihm ab. Seine Schritte entfernten sich schnell über dem Kies.

Kilian zwängte sich durchs Geländer auf sicheres Terrain, wo er erschöpft das Bewusstsein verlor.

Das Letzte, was er zu hören glaubte, war das Aufheulen eines Motors.

31

Der Vorplatz hatte sich binnen einer halben Stunde mit Einsatzfahrzeugen der Polizei, der Feuerwehr und des Roten Kreuzes gefüllt. Große Scheinwerfer warfen ihr kaltes Licht in die Teufelsschlucht, wo Feuerwehrleute den toten Schachtner bargen.

Kilian lag auf einer Krankentrage in einem Sanitätsfahrzeug.

«Das muss unbedingt behandelt werden», sagte der Notarzt. «Am besten fahren wir sofort ins Krankenhaus.»

Kilian erhob sich. «Dafür ist jetzt keine Zeit.»

«Aber Sie können sich ernsthafte innere Verletzungen zugezogen haben.»

«Das Risiko muss ich eingehen.»

Er knöpfte sein Hemd zu, zog eine Jacke an und stieg aus dem Krankenwagen. Auf dem Vorplatz erwartete ihn bereits ein Kollege von der Kriminalpolizeiinspektion Aschaffenburg. Der schaute finster drein und war über den frühen Einsatz alles andere als erfreut.

«Kilian, Kripo Würzburg», sagte Kilian.

«Mehldorn, Kripo Aschaffenburg», antwortete der andere. «Was ist hier vorgefallen?»

Er zündete sich eine Zigarette an. Mehrere Kippen lagen bereits aufgeraucht und zertreten zu seinen Füßen.

«Tut mir leid, Kollege», antwortete Kilian, «dass ich dich mitten in der Nacht aus den Federn geholt habe, aber es war nicht zu vermeiden.»

«Schon gut. Was ist passiert?»

Kilian schilderte ihm die Ereignisse der letzten Stunden, auch dass Ute Mayer mit ihren kompromittierenden Unterlagen diese Tragödie ausgelöst hatte.

«Gibt es Zeugen?», fragte Mehldorn.

Kilian verneinte.

«Sie streitet es auch nicht ab, wenngleich sie von Erpressung nichts wissen will. Sie hielt es für ihre staatsbürgerliche Pflicht, Schachtner mit den Unterlagen zu konfrontieren.»

Mehldorn zog ein letztes Mal an der Zigarette und beförderte sie zu den anderen.

«Wer hat Sie angegriffen?»

«Kann ich nicht sagen», antwortete Kilian. «Ich habe kaum etwas erkennen können. Nur diese schwarzen Motorradstiefel.»

«Bei der Herfahrt ist uns kein Motorradfahrer begegnet. Hast du die Maschine oder gar das Nummernschild erkannt?»

Kilian verneinte.

«Es war zu dunkel, und außerdem habe ich nicht darauf geachtet. Es könnte eine Motocrossmaschine gewesen sein. Ich bin mir aber nicht sicher.»

«Ich gebe dennoch einen Suchbefehl heraus. Vielleicht haben wir Glück, und der Fahrer ist jemandem aufgefallen.»

Jenseits des Parkplatzes an der Teufelsschlucht wurden Kommandos gerufen. Der Schwenkarm eines Krans beförderte den toten Körper Schachtners nach oben.

«Ich muss rüber», sagte Mehldorn. «Kommst du mit?»

«Wenn du mich entschuldigst», antwortete Kilian, «eine zerschmetterte Leiche ist gerade nicht nach meinem Geschmack.»

Mehldorn nickte und ging zur Bergungsstelle hinüber.

Kilian blieb zurück. Liebend gern hätte er sich ein Zigarillo angesteckt, aber der übermächtige Schmerz in seiner Seite ließ ihn darauf verzichten. Stattdessen holte er sein Handy hervor und schaute, ob sich Schneider gemeldet hatte. Er wählte seine Nummer, klickte sie aber gleich wieder weg, als er Schneiders Wagen auf den Platz fahren sah.

«Alles mit dir in Ordnung?», fragte Schneider besorgt.

«Gerade nochmal gutgegangen», antwortete Kilian. «Aber wir haben einen neuen Mitspieler.»

«Wen meinst du?»

«Einen Motorradfahrer, der sichergehen wollte, dass sich Schachtner auch wirklich das Leben nahm.»

«Hast du eine Beschreibung von ihm?»

«Nein, ich konnte nur seine Stiefel und sein Motorrad erkennen. Beim Motorrad handelt es sich wahrscheinlich um eine Motocrossmaschine, und bei den Stiefeln …» Kilian war sich unschlüssig. «Ich weiß nicht, eigentlich hätte ein einziger Tritt genügt, um Schachtner und mich über die Kante zu befördern. Entweder hat er nur halbherzig zugetreten, oder es handelt sich … um eine Frau.»

«Seltsam, dass du das jetzt sagst», überlegte Schneider. «Der Schlüsselmann will seine Auftraggeberin auf einem Motorrad gesehen haben.»

«Hat er sich das Nummernschild gemerkt?»

«Nein, aber wir haben jetzt eine Beschreibung der Fahrerin, und es ist nicht Petra Bauer, wie du vermutet hast.»

Er holte ein Phantombild hervor. «Hier, das ist die gesuchte Frau.»

Das am Computer erstellte Bild zeigte eine Frau mit schwarzen halblangen Haaren. Sie mochte um die zwanzig Jahre alt sein und hatte ein rundliches Gesicht. Etwas an diesem Gesicht kam Kilian vertraut vor. Er spürte, dass er diese Person schon einmal getroffen hatte.

«Ich glaube, ich kenne sie», sagte er. «Ich weiß bloß nicht, wo ich sie schon mal gesehen habe. Es könnte im Parteibüro gewesen sein.»

«Du meinst, sie ist möglicherweise eine von Ute Mayers Mitarbeiterinnen?»

«Könnte sein, aber ich bin mir nicht sicher. Apropos Ute Mayer: Hast du schon etwas über sie herausgefunden?»

«Nicht viel, dafür war die Zeit zu kurz. Aber so viel: Sie ist 1960 in Würzburg geboren worden und auch dort aufgewachsen. Ihre Eltern führten einen Kürschnerbetrieb ...»

«Kürschner?», unterbrach Kilian. «Dann weiß sie über die Präparation von toten Körpern Bescheid.»

«Tierkörpern», korrigierte Schneider.

«Der Schritt vom Tier zum Menschen ist nicht groß. Sie kennt die Vorgehensweise, wie man Fleisch, Sehnen und Knochen behandeln muss. Das könnte gut auf den möglichen Täterkreis passen, den Pia beschrieben hat. Was hast du noch herausgefunden?»

«Schulzeit in Würzburg, Studium in München, unverheiratet, keine Kinder. Karrierefrau.»

«Freunde, Förderer, Feinde?»

«Auffällig ist ihre Beziehung zu Werner Schwerdt.»

Kilian stutzte. «Welche Beziehung?»

«Er ist ihr Cousin zweiten Grades.»

«Ihr was?»

«Sie haben die gleichen Ururgroßeltern. Während Ute Mayer in Würzburg aufgewachsen ist, stammt Werner Schwerdt aus der Nähe von Deggendorf, wo seine Vorfahren herkommen. Frag mich nicht weiter, es ist ziemlich kompliziert. Auf jeden Fall sind sie miteinander verwandt.»

«Wissen die beiden das?»

«Davon ist auszugehen. Ute Mayers Großvater war Friedrich Gaubert, ein Freund und Weggefährte des Gründers der Partei. Da die Partei so traditionsbewusst ist, dürfte die Verbindung kaum zu verbergen gewesen sein.»

Kilian tat sich bei der Vorstellung, dass Ute Mayer und

Werner Schwerdt miteinander verwandt waren, schwer. Sie schienen so verschieden und zerstritten. Aber vielleicht war genau das das Geheimnis.

Apropos Werner Schwerdt: Wo steckte er die ganze Zeit? Seitdem ihn Kilian mit Schachtner vor dem Gästehaus gesehen hatte, war er nicht mehr aufgetaucht. Obwohl bei dem Radau, den die Einsatzkräfte machten, an Schlafen überhaupt nicht zu denken war.

«Komm mit», sagte Kilian und hielt auf das Hotel zu.

Der Mann an der Rezeption war wie das gesamte Personal unerwartet früh im Einsatz. Die Gäste hatten sich im Restaurant versammelt und wollten verköstigt werden.

«Werner Schwerdt», sagte Kilian, «wo kann ich ihn finden?»

Der Mann schaute auf seine Belegliste.

«Er hat ausgecheckt, wenn ich mich nicht irre.»

«Hat er oder hat er nicht?»

Er zog seine Liste erneut zu Rate.

«Gestern Abend wurde die Rechnung bezahlt und der Schlüssel abgegeben.»

«Sie sagten: *Die Rechnung wurde bezahlt.* Heißt das, er hat es nicht selbst getan?»

«Das war vor meiner Schicht, aber wenn ich den Eintrag richtig verstehe, wurde die Rechnung bar bezahlt. Ich kann nicht sagen, ob Herr Schwerdt das persönlich getan hat.»

«Auf jeden Fall ist er nicht mehr hier im Hotel. Korrekt?»

«Der Zimmerschlüssel ist da. Also …»

Kilian verlangte den Zimmerschlüssel und reichte ihn an Schneider weiter.

«Schau nach, ob er und sein Gepäck noch da sind. Ich befrage in der Zwischenzeit Ute Mayer.»

Er nahm die Stufen hoch zu ihrem Zimmer nicht mehr so leicht, wie er es noch vor ein paar Stunden getan hatte. Aber dieses Mal würde sie sich nicht mehr so leicht herausreden können wie zuvor. Es gab einiges zu klären.

Als er an ihre Tür klopfte, sprang sie unvermutet auf. Sie war nur angelehnt.

«Frau Mayer?»

Niemand antwortete. Eine gute Gelegenheit, sich etwas umzusehen.

Wie nicht anders zu erwarten war, lagen Kleidungsstücke im Zimmer verteilt, Koffer standen offen, und Handtücher bedeckten den Boden.

Das Bett jedoch schien unbenutzt. Mittlerweile war es fünf Uhr morgens. Hatte sich Ute Mayer nicht hingelegt, um sich von der anstrengenden Reise auszuruhen, so wie sie es vorgegeben hatte? Wenn nein, was hatte sie dann die ganze Zeit über getrieben?

Ein in Leder gefasstes Notizbuch erregte seine Aufmerksamkeit. Es war ein Tageskalender, in dem die jeweiligen Aufgaben und Termine notiert waren.

Für heute standen zwei Wahlkampftermine und Treffen mit der Presse und den Bürgermeistern der jeweiligen Städte auf dem Programm. Am Freitag sollte MP in SW sein, und HM hätte das Dossier bis dahin fertiggestellt. In roter Farbe war der Buchstabe V mit einem Ausrufezeichen hervorgehoben.

Bei SW tippte Kilian auf Schweinfurt, gemäß dem Autokennzeichen. MP und HM deuteten eher darauf hin, dass es sich um Personen oder Gruppierungen handelte. Bei V konnte alles Mögliche dahinterstecken – Vertrag, Verhandlung, Vortrag oder ein Verzeichnis.

Er blätterte zurück, ob sich der Buchstabe V noch an anderer Stelle wiederholte. Der älteste Eintrag war mit dem Tag der Parteiveranstaltung in der Residenz datiert. Vorträge wurden dort oft gehalten, sicher auch verhandelt. Vielleicht wurde auch vermittelt. Es konnte alles Mögliche sein.

Andererseits könnte das vermeintliche V auch nur ein Zeichen sein – ein Haken für erledigt oder abgeschlossen.

«Da bist du ja», sagte Schneider, der zur Tür hereinschaute. «Ich habe dich überall gesucht.»

«Hast du Schwerdt gefunden?», fragte Kilian.

Er erhob sich und ging mit ihm auf den Gang.

«Fehlanzeige. Keine Spur von ihm oder seinem Gepäck. Er scheint tatsächlich abgereist zu sein. Was ist daran eigentlich so ungewöhnlich?»

«Es passt irgendwie nicht zu ihm. Ich hätte erwartet, dass er nach Schachtners Tod erst richtig Ärger machen würde.»

«Wenn er zuvor abgereist ist, weiß er noch nichts davon.»

«Danach sah es aber bei seinem Treffen mit Schachtner nicht aus. Ich wette, dass die beiden sich hier verabredet hatten.»

«Wozu?»

«Weiß der Himmel. Keine Ahnung. Finde seine Handynummer heraus und ruf ihn an. Ich habe ein komisches Gefühl bei der Sache.»

Ein Hotelangestellter, der einen Essenswagen vor sich herschob, kam ihnen entgegen. Er machte auf halbem Weg halt und klopfte an eine Tür. Sie wurde von einer übernächtigten Sandra Wagner geöffnet. Im Hintergrund saß Ute Mayer am Tisch, den Kopf auf die Hände gestützt, als hätte sie eine schlechte Nachricht erhalten.

«Das trifft sich gut», sagte Kilian. «Ich habe Sie beide gesucht.»

Sandra Wagner war in einen Bademantel gehüllt. An ihren Füßen trug sie Badeschlappen. Anders als noch vor ein paar Tagen, als Kilian sie hinter dem Dom getroffen hatte, kam sie ihm jetzt noch kleiner vor, im eigentlichen Sinne zierlich.

«Das kommt ungelegen», antwortete sie und deutete auf ihre Nachtgarderobe hin, «wie Sie sehen, sind wir noch nicht gesellschaftsfähig.»

«Sie sind nicht die ersten Frauen, die ich im Bademantel sehe.»

Kilian und Schneider traten ein. Ute Mayer schaute aus verheulten Augen die beiden Kommissare an. Im nächsten Augenblick hatte sie nichts Eiligeres zu tun, als die vor ihr ausgebreiteten Unterlagen hastig einzusammeln und in einer Akte verschwinden zu lassen.

Kilian erspähte Fotokopien und Bilder, die sie Hand in Hand mit einer Frau zeigten. Auf einem Bild lag sie mit ihr im Bett.

«Was ist das?», fragte Kilian.

«Nichts, was Sie in irgendeiner Weise etwas angeht», antwortete sie bissig.

«Wenn es das ist, was ich vermute, dann scheint nun jemand den Spieß umzudrehen.»

«Sie irren sich.»

«Vor ein paar Stunden hielt ich noch die gesammelten Beweise für Schachtners unrühmliche Vergangenheit in den Händen, und nun sehe ich Ähnliches von Ihnen.»

«Daran ist nichts unrühmlich, sondern nur gemein und hinterhältig.»

«Darf ich es sehen?»

«Nein.»

«Die Unterlagen könnten Teil einer Mordermittlung sein.»

«Lassen Sie sich was Besseres einfallen.»

«Nun gut», sagte er und setzte sich neben ihr an den Tisch. «Wie wär's, wenn Sie mir endlich erzählen würden, was hier gespielt wird.»

«Wie ich schon sagte, es geht Sie nichts an.»

«Genug», erwiderte Sandra Wagner unvermittelt. «Komm, sag's ihm. Er gibt ohnehin keine Ruhe.»

Ute Mayer schaute sie vorwurfsvoll an, aber Sandra Wagner nickte ihr auffordernd zu.

«Bringen wir es endlich hinter uns. Früher oder später kommt es eh heraus.»

Schweren Herzens öffnete sie die Akte und zeigte Kilian den Inhalt. Wie auch bei Schachtner waren viele fotokopierte Seiten darunter, aber auch intime Aufnahmen.

«Das hat mir jemand letzte Nacht zukommen lassen.»

«Wer ist *jemand*?»

«Ich weiß es nicht. Es lag vor meiner Tür. Jemand klopfte, und als ich öffnete, war er verschwunden.»

Erneut wurde Kilian mit Unterlagen konfrontiert, aus denen er nichts herauslesen konnte.

«Sagen Sie mir, worum es sich hierbei handelt.»

Sie nahm die obenliegenden Seiten zur Hand.

«Das ist eine von mir erstellte Expertise über ein Joint Venture von Biogas und einem asiatischen Investor.»

«Ja und?»

«Ich habe den Vorgang nach bestem Wissen und Gewissen bearbeitet. Meine Informationen erhielt ich von einem der Partei nahestehenden Förderer – einem wichtigen Mann, der viel Geld in unseren Wahlkampf investiert. Leider waren die Informationen alle zu seinem Vorteil gefälscht und der asiatische Investor längst pleite.

In den Ausschüssen wurde bereits über eine Beteiligung des Freistaats in Höhe von fünfhundert Millionen Euro an dem Vorhaben diskutiert, als ich einen Wink bekam. Natürlich habe ich meine Expertise sofort zurückgezogen, und wir kamen mit einem blauen Auge davon. Aber da interessierte sich natürlich niemand mehr für unseren feinen Förderer. Ich hätte die Verantwortung allein tragen müssen.»

«Es wäre dann das Gleiche passiert wie zu Beginn der Finanzkrise?»

«Richtig. Der Freistaat hätte eine halbe Milliarde Euro einem Bankrotteur hinterhergeworfen.»

«Nicht gerade eine Empfehlung.»

«Eine Blamage sondergleichen und das Ende meiner politischen Karriere.»

Kilian blätterte weiter.

«Was ist das hier?»

«Die Mitschrift eines Telefonats.»

«Was hat es damit auf sich?»

Ute Mayer winkte ab.

«Eine private Angelegenheit, über die ich nicht sprechen möchte.»

«Ich bin keineswegs an ihrer sexuellen Ausrichtung interessiert.»

«Darum geht es nicht», widersprach Ute Mayer.

«Worum dann?»

«Es ist die widerrechtliche Aufzeichnung eines Gesprächs zwischen mir und dem ehemaligen Staatsminister für Finanzen.»

«Dem ehemaligen?»

«Ja.»

Nun also zeigte sich ein weiteres Gesicht dieses seltsamen Clubs. Kilian war gespannt, wer noch auftauchen würde.

«Wer hat die Aufzeichnung gemacht?»

«Alle Gespräche, die ich von meinem Handy aus tätige, werden verschlüsselt. Der Einzige, der über die notwendige Technik verfügt, um ein verschlüsseltes Gespräch zu entschlüsseln, ist der Bundesnachrichtendienst.»

Eine offizielle Abhörerlaubnis war nicht so leicht zu bekommen, wenn es stimmte, was sie sagte. Folglich musste der BND auf eigene Faust gearbeitet haben. Gab es nun plötzlich einen dritten Mitspieler, oder steckte die Staatskanzlei dahinter?

«Das heißt, Sie wurden abgehört.»

«Ich nehme es an.»

«Wer sollte dies veranlasst haben?»

«Gute Frage. Das wüsste ich auch gern.»

Kilian verkniff sich ein Schmunzeln. Die Situation hatte etwas Komisches an sich – die Erpresser wurden nun selbst erpresst.

«Ich erhielt ähnliche Post», fügte Sandra Wagner hinzu.

Sie holte vom Nachtschränkchen eine Akte und legte sie auf den Tisch.

«Allerdings lag sie nicht vor meiner Tür, sondern auf meinem Bett.»

«Es war jemand in Ihrem Zimmer?»

«Ich war im Badezimmer und habe geduscht. Als ich zurückkam, lag sie da.»

«War die Tür nicht abgeschlossen?»

«Ich habe nicht darauf geachtet.»

Konnte das stimmen? Eine Frau, die duschte, schloss nicht ab?

«Um welches Material handelt es sich bei Ihnen?», fragte Kilian.

«Über die Jahre häufen sich nicht nur Erfolge an, sondern auch Fehler, Versäumnisse und Irrtümer», antwortete Sandra Wagner. «Jemand muss sehr tief gegraben haben, um diesen Dreck ans Tageslicht zu zerren. Vor allem musste er wissen, wo er zu graben hatte. Schließlich liegen diese Dokumente nicht frei herum.»

«Haben Sie jemanden in Verdacht?»

«Nicht direkt. Es kommen aber nur wenige Personen dafür in Betracht.»

«Wie zum Beispiel?»

«Werner Schwerdt. Er hat die Verbindungen, einen guten Grund und die dafür notwendige Intelligenz.»

«So wie Reiner Schachtner?»

Ute Mayer lachte bitter.

«Nein, nicht wie Reiner. Er war dumm wie Bohnenstroh. Alles, was er je zustande gebracht hat, hat er mit Sitzfleisch erreicht, nicht mit Grips. Man musste ihn nur vor einen Karren spannen und ihm einflößen, dass er auf dem richtigen Weg sei, und schon lief er los. Unermüdlich. Er war ein braver Parteisoldat. Irgendwann hat er dann seinen Posten bekommen, und gut war's. Fragen hat er nie gestellt.»

«Apropos Werner Schwerdt», sagte Kilian und richtete die Frage an beide. «Sie wissen nicht zufällig, wo er sich zurzeit aufhält?»

«Er wird in seinem Zimmer sein», antwortete Ute Mayer lakonisch, «seinen Rausch ausschlafen.»

Kilian wandte sich an Sandra Wagner.

«Und Sie?»

«Keine Ahnung. Ich bin nicht sein Kindermädchen.»

«Wann haben Sie ihn zuletzt gesehen?»

«Als ich vorhin mit Ihnen in der Jägerklause zusammengesessen bin», antwortete Ute Mayer.

«Danach nicht mehr?»

«Nein.»

«Auch nicht, als Sie Reiner Schachtner mit der Akte aufgesucht haben?»

«Reiner war allein in seinem Zimmer.»

«Wo war Werner Schwerdt zu dieser Zeit?»

«Woher soll ich das wissen? Wahrscheinlich an der Hotelbar.»

Kilian blickte zu Sandra Wagner.

«Wann haben Sie Werner Schwerdt das letzte Mal gesehen?»

Wenn mich nicht alles täuscht, habe ich ihn von meinem Fenster aus über den Hof streichen sehen.»

«Wann war das?»

«Gestern Abend, kurz vor neun Uhr.»

«Wo ging er hin?»

«Ins Gästehaus, nehme ich an. Ich habe ihn nur von hinten gesehen.»

«Wenn er zum Gästehaus ging, muss er aus dem Hotel gekommen sein. Irgendeine Ahnung, wen er hier getroffen haben könnte?»

«Fragen Sie besser den Barmann.»

«Er hat nicht zufällig an Ihre Tür geklopft?»

Sandra Wagner grinste höhnisch.

«Werner? An meine Tür? Sie träumen.»

«Oder war er an Ihrer Tür?», fragte Kilian Ute Mayer.

«Bestimmt nicht.»

«Ich meine, so unter Cousin und Cousine …»

Treffer. Ute Mayer rang um Selbstbeherrschung.

«Wer hat Ihnen das gesteckt?»

«Es war nicht schwer herauszufinden», erwiderte Schneider. «Ihre beiden Familien haben in der Geschichte der Partei eine wesentliche Rolle gespielt. Sie gehören sozusagen zu den Gründungsvätern.»

«Das ist aber auch schon alles an Gemeinsamkeit», sagte Ute Mayer. «Werner und ich können uns seit der Kindheit auf den Tod nicht ausstehen. Er ist auf einem völlig anderen Planeten zu Hause als ich.»

«Wieso haben Sie diese Verbindung nicht schon früher erwähnt?», fragte Kilian.

«Weil sie nichts zur Sache tut. Wir sind zufällig miteinander verwandt. Nichts weiter.»

Kilian erhob sich. Er ging zum Fenster. Draußen brach der Morgen an. Die Krankenwagen waren bereits vom Hof verschwunden, nur die Feuerwehrleute packten noch ihre Ausrüstung zusammen.

«Werner Schwerdt ist seit der letzten Nacht verschwunden», sagte er trocken. «Niemand weiß, wo er steckt.»

«Hat er schon ausgecheckt?», fragte Ute Mayer.

«Laut Rezeption, ja. Leider hat ihn niemand persönlich dabei gesehen.»

«Dann hat er seine Niederlage hoffentlich eingesehen und lässt uns in Frieden arbeiten.»

«Kann sein ...»

Er gab Schneider ein Zeichen zum Aufbruch. Als er sich am Tisch vorbeidrückte, fiel ihm jedoch etwas auf. Auf dem Teppichboden war der Abdruck eines Stiefels mit grobem Profil zu erkennen.

«Hat jemand von Ihnen letzte Nacht ein Motorrad auf dem Hof gesehen?»

Die beiden sahen sich an und verneinten.

«Vielleicht einen Motorradfahrer?»

«Nein.»

«Fährt unter Umständen jemand von Ihnen Motorrad?»

Sandra Wagner schloss mit einem verkniffenen Lächeln die Tür.

«Was sollte das mit dem Motorrad bedeuten?», fragte Schneider.

«Komm mit», sagte Kilian, und die beiden gingen hinunter auf den Hof, wo nachts zuvor das Motorrad gestanden hatte.

Kilian suchte den Untergrund nach einer verwertbaren Spur ab, doch die zahlreichen Einsatzfahrzeuge hatten längst alles zunichtegemacht.

Auf der Dachterrasse, wo er von dem Unbekannten angegriffen worden war, musste er nicht nachsehen. Außer Beton und Kieselsteinen gab es dort nichts zu finden.

Sollte etwa Schwerdt der geheimnisvolle Motorradfahrer gewesen sein?

Und wie kam dann sein Stiefelabdruck in Sandra Wagners Zimmer?

«Wie machen wir jetzt weiter?», fragte Schneider.

Wenn Kilian nur eine passende Antwort darauf gehabt hätte. Reiner Schachtner hatte sich in den Tod gestürzt, ein unbekannter Motorradfahrer wollte sichergehen, dass er auch tatsächlich den Mut dafür aufbrachte, und schließlich war auch noch Werner Schwerdt wie vom Erdboden verschwunden.

War er der Todesengel und der Überbringer der geheimen Akten?

Hatte sich Kilian derart in ihm getäuscht?

Sein Handy unterbrach diesen Gedankengang.

«Wo steckt ihr denn nur alle?», sagte Sabine Anschütz. «Jetzt ist auch noch Schneider nicht zum Dienst erschienen. Langsam wird es hier ganz schön einsam.»

«Schneider ist hier bei mir. Beruhige dich.»

«Sag das mal dem Chef. Er hat Schorsch ausfindig gemacht.»

32

Kilian hastete die Gänge der Nervenklinik entlang. Er war mit Vollgas aus dem Spessart nach Würzburg zurückgekehrt, um zu retten, was wahrscheinlich schon verloren war.

Klein war Heinlein und ihm auf die Spur gekommen. Wie sollte er das seinem Chef nur erklären?

Er fand ihn mit dem Arzt am Fenster stehen vor. Der Weißkittel redete, Klein hörte aufmerksam zu. Sein nachdenkliches Nicken signalisierte Betroffenheit.

Kilian verlangsamte seinen Schritt, bis er einige Meter entfernt stehen blieb. Er würde dem Arzt die Chance geben, die ganze Geschichte zu erzählen. Es blieb abzuwarten, wie Klein darauf reagierte.

Draußen im Garten sah er Heinlein im Kreis mit anderen Patienten stehen. Die Leichtigkeit der ersten Tage war nun endgültig aus ihm gewichen. Er wirkte gebrochen, wie er zwischen den anderen Patienten stand und ihr Spiel mit dem Ball an sich vorüberziehen ließ. Wenn der Ball ihm zugeworfen wurde, regte er keinen Finger, sondern blieb unbeteiligt und abwesend. Sein Zustand musste sich weiter verschlechtert haben, seitdem er ihn in das spiegelnde Fenster des Speisesaals hatte starren sehen.

«Kilian», hörte er Klein rufen.

Er ging hinüber. Im besten Fall waren seine Tage als Kriminalhauptkommissar gezählt, im schlechtesten würde ihm Klein eine Dienstaufsichtsbeschwerde an den Hals hängen. So oder so, er hatte keine andere Wahl gehabt. Wenn er noch einmal vor der Entscheidung stünde, würde er genauso handeln.

«Was haben Sie sich nur dabei gedacht?», fuhr Klein ihn an.

Kilian setzte zu einer Entschuldigung an. «Ich …»

Aber Klein gab ihm keine Chance. «Halten Sie den Mund. Ich bin noch nicht fertig.» Er sammelte sich. «Das ist mir in meiner dreißigjährigen Dienstzeit noch nicht passiert. Meine eigenen Kommissare hintergehen mich.»

«Aber …»

«Nichts aber. Ich bin sehr von Ihnen enttäuscht, Kilian. Gerade von Ihnen hätte ich mehr Rückgrat erwartet.»

«Was hätte ich denn tun sollen?»

«Na, was wohl? Zu mir kommen. Das ist doch wohl klar. Ihr Freund Heinlein ist auch mein Kollege. Glauben Sie denn, dass ich so etwas zum ersten Mal sehe? Aus der Kriminalinspektion Schweinfurt sitzen zwei Kollegen in der Nervenheilanstalt, in Aschaffenburg hat sich ein Kollege sogar das Leben genommen. Bis heute war ich mir sicher, dass so etwas in meiner Inspektion nicht passiert, und wenn, erhalte ich früh genug Bescheid. Was ist da schiefgelaufen?»

Worauf wollte Klein hinaus?

«Ich verstehe nicht, was Sie …»

«Warum sind Sie nicht früher zu mir gekommen?»

Ja, warum? Kilian wusste keine rechte Antwort darauf. Allen war klar, dass Klein Heinlein wie eine faule Tomate fallenlassen würde, wenn er von seiner Erkrankung erfuhr. Wer wollte schon einen selbstmordgefährdeten Kollegen in den eigenen Reihen wissen? Schließlich trug er jederzeit eine scharfgeladene Waffe mit sich. Die Sache hätte auch eine andere, schreckliche Wendung nehmen können.

«Ich weiß es nicht», antwortete Kilian, «ich dachte, Sie würden Heinlein aus dem Dienst entfernen.»

Klein schaute ihn fassungslos an.

«Sind Sie nun völlig verrückt geworden? Kollege Heinlein ist ein langgedienter Kriminalbeamter mit einer beeindruckenden Aufklärungsrate. So einen Mann werde ich doch nicht fallenlassen. Er ist erschöpft und durcheinander, aber gerade jetzt braucht er unsere Hilfe. Kilian, das muss Ihnen doch klar gewesen sein.»

Das war es nicht, ansonsten hätte er ja diese Scharade nicht spielen müssen. Aber das konnte er ihm nicht sagen.

«Ich war mir nicht sicher», antwortete er.

«Das können Sie aber. Wir sind eine Mannschaft, vom Torwart bis zum Stürmer. Da steht der eine für den anderen ein. Teamgeist. Verstehen Sie?»

«Was schlagen Sie nun vor?»

«Kollege Heinlein braucht alle Unterstützung, die er bekommen kann. Laut seinem Arzt bedeutet das für die nächsten Wochen absolute Ruhe. Danach sehen wir weiter.»

Hervorragender Vorschlag, dachte Kilian. So weit war er schließlich auch schon.

«Lassen wir ihn also wieder zu Kräften kommen», fuhr Klein fort und nahm Kilian am Arm.

Er führte ihn zum Ausgang. Sie waren noch nicht um die erste Ecke gebogen, als er wieder dienstlich wurde.

«Frau Anschütz erzählte mir, dass Sie die letzte Nacht mit dem Kollegen Schneider im Einsatz waren?»

«Ja, es gab einen Toten.»

«Ich habe davon gehört. München hat mich in Kenntnis gesetzt.»

Der letzte Satz war als Schelte zu verstehen. Sie beeindruckte Kilian jedoch nicht.

«Der Landesgruppenchef Reiner Schachtner hat sich in den Tod gestürzt. Ich konnte ihn nicht davon abhalten.»

«Machen Sie sich keine Vorwürfe», beruhigte ihn Klein.

Das tat er nicht. Trotzdem wäre er sehr gern erfolgreicher gewesen.

«Anlass der Selbsttötung war eine von Ute Mayer zusammengestellte Akte über Schachtners Vergehen in seiner Zeit als …»

«Genau darüber wollte ich mit Ihnen sprechen», unterbrach ihn Klein.

«Über Schachtners Vergangenheit?»

«Nein, über diese mysteriöse Akte.»

«Ist das nicht dasselbe?»

«Nein, ist es nicht. Es sind sogar zwei völlig verschiedene Angelegenheiten, die keinesfalls miteinander vermischt werden dürfen.»

Sie traten aus der Klinik auf die Straße. Klein schaute sich nach unliebsamen Mithörern um, bevor er weitersprach.

«Wissen Sie, Kollege Kilian, es gibt da unterschiedliche Strömungen in der Partei und letztlich auch in der Verwaltung. Es ist zurzeit schwer, sich auf die eine oder andere zu verlassen, zumal sie selbst nicht wissen, wohin die Reise geht.»

Kilian hätte es wissen müssen. *München hat mich in Kenntnis gesetzt.*

Versuchte nun jeder so kurz vor der Wahl, sich keine Feinde mehr zu machen? Schließlich wusste man nicht, wer für die nächste Legislaturperiode die Zügel in der Hand hielt. Ein leises, unauffälliges Traben war die beste Wahl, wenn nicht gleich stilles Verharren.

«Worauf wollen Sie hinaus?», fragte Kilian.

«Diese Akte über Reiner Schachtner», fuhr Klein fort, «befindet sie sich noch in Ihrem Besitz?»

«Ich wollte sie nach meinem Besuch in der Klinik asservieren lassen.»

«Gut. Ich denke, es wäre sinnvoll, wenn ich zuvor einen Blick hineinwerfe.»

«Wieso das?»

«Schließlich muss ich mich zu den Umständen des Todes des Landesgruppenchefs äußern können.»

«Reicht dafür mein Bericht nicht aus? Außerdem ist das doch Sache der Kollegen in Aschaffenburg.»

«Ja, sicher. Wir haben bereits telefoniert und uns darauf verständigt, dass wir das über das Präsidium in Würzburg laufen lassen.»

«Dann will die Polizeipräsidentin also Einblick in Schachtners Akte haben?»

Klein wurde ungehalten. «Mensch, Kilian, jetzt stellen Sie sich nicht so begriffsstutzig. Ich soll die Stellungnahme für die Polizeipräsidentin vorbereiten.»

Natürlich, das war Kleins Job. Allerdings war Kilian noch immer nicht klar, wofür er dann Schachtners dubiose Akte benötigte. Sie war der Auslöser der Tat, sicher, aber mehr auch nicht.

«Und wenn Sie schon dabei sind», sprach Klein weiter, «dann möchte ich auch das Band haben, auf dem Ute Mayer zu hören ist.»

«Sie meinen, das von der Wahlkampfveranstaltung auf dem Unteren Markt?»

Klein nickte. «Das Originalband, bitte, und alle davon angefertigten Kopien.»

Jetzt wurde die Sache klar. Ute Mayers gute Kontakte sorgten gerade dafür, dass sie wieder eine weiße Weste erhielt. Niemand durfte gegen sie etwas in der Hand haben.

Kilian zollte ihr stillschweigend Respekt. In wenigen Stunden hatte sie es verstanden, an den richtigen Strippen zu ziehen, um sich aus der Schusslinie zu bringen. Sogar Klein hatte in ihrem kleinen Marionettentheater eine Rolle erhalten – die des Wachtmeisters Dimpelmoser, der tapsig und flapsig auf Räuberjagd geschickt wurde.

Kilian wurde das allmählich zu viel.

«Werner Schwerdt ist seit gestern Abend verschwunden.»

Anstatt Interesse an seinem Duz-Freund zu zeigen, blieb Klein gelassen.

«Liegt denn etwas gegen ihn vor?»

«Er hat Schachtner kurz vor seinem Tod getroffen.»

«Damit war er wahrscheinlich nicht der Einzige.»

«… und sein Aufenthalt zum Zeitpunkt von Schachtners Tod ist auch nicht geklärt.»

«Ist das wichtig?»

«Ja, es gab nämlich noch eine dritte beteiligte Person am Tod von Schachtner.»

Nun hatte er Kleins Aufmerksamkeit.

«Wen?»

«Ich konnte sie nicht erkennen, aber sie hat mich daran gehindert, Schachtner vor dem Freitod zu bewahren. Damit wird aus Selbstmord vorsätzliche Tötung.»

«Sie verdächtigen Werner Schwerdt?»

«Ich kann es nicht ausschließen. Dazu muss ich aber mit ihm sprechen. Wissen Sie, wo er sich aufhält?»

Klein reagierte verärgert.

«Wie kommen Sie darauf? Ich habe nichts mit ihm zu schaffen.»

Ich will nichts mehr mit ihm zu schaffen haben, sollte es wohl richtig heißen.

«Was mache ich jetzt?», fragte Kilian. «Lasse ich ihn nun suchen oder nicht?»

«Ihre Entscheidung», entgegnete Klein lapidar. «Wenn Sie ihn für die dritte Person halten, nur zu.»

Sie waren an ihren Autos angekommen. Bevor Klein einstieg, erinnerte er Kilian an seine Aufgabe.

«Ich erwarte die Akte und das Band in einer Stunde auf meinem Schreibtisch.»

Auf dem Weg in die Kriminalinspektion kämpfte Kilian mit sich, ob er Klein geben sollte, wonach er verlangte. Was auch immer da im Hintergrund lief, er war nicht gewillt, den Handlanger für finstere Geschäfte zu spielen. Er würde sich absichern, um selbst ein Pfund in der Hand zu haben, sollte er in die Schusslinie geraten.

Und Ute Mayers Schuld war kein schlechter Anfang.

«Wie ist es gelaufen?», fragte Sabine aufgeregt, als er ins Büro kam.

«Einfacher, als ich dachte. Der Alte war mehr daran interessiert, dass wir keinen Wind um Schorschs Erkrankung machen, als dass wir uns mit dem psychologischen Dienst in Verbindung setzen. Er redete von Teamgeist, meinte aber nur Klappehalten.»

«Das sieht ihm ähnlich. Aber wenigstens hat das Versteckspiel nun ein Ende.»

«Da bin ich mir nicht so sicher.»

«Was meinst du damit?»

Kilian erzählte von den Vorkommnissen der vergangenen Nacht und dem Gespräch mit Klein.

«Glaubst du, er hängt da mit drin?», fragte Sabine.

«Ich weiß langsam überhaupt nicht mehr, was ich glauben soll. Gestern war Schwerdt noch sein Duz-Freund, und heute lässt er ihn wie eine heiße Kartoffel fallen. Auffällig ist, wie sehr er um Ute Mayers Wohlergehen bemüht ist.»

Er reichte Sabine das Band und Schachtners Akte.

«Bevor du ihm das übergibst, fertige eine Kopie an und erzähl niemandem davon. Ich brauch etwas in der Hinterhand, wenn es schmutzig wird.»

Sabine nahm es entgegen.

«Wir mussten Lutz Bender freilassen. Sein Anwalt hat darauf bestanden. Er steht ja nicht mehr unter Tatverdacht.»

Das war zwar noch nicht ausgeschlossen, aber Bender

war Kilians kleinstes Problem. Der verschwundene Werner Schwerdt beunruhigte ihn.

«Telefonier mal rum, ob du Schwerdt ausfindig machen kannst. Wenn du ihn hast, dann bestell ihn ein. Ich habe ein paar Fragen an ihn.»

«Sollte das nicht Schneider erledigen?»

«Ich habe ihn Ute Mayer an die Seite gestellt. Er soll zweimal täglich Bericht erstatten, ob sich in ihrem Umfeld etwas tut. Gibt es sonst was Neues?»

«Ein paar Anrufe. Ich habe sie notiert. Liegt alles auf deinem Schreibtisch.»

Kilian ging die Telefonnotizen durch. Es war nichts Dringendes dabei. Einzig ein Anruf eines gewissen Bruder Vinzenz ließ ihn aufmerken. Er bat um Rückruf.

«Wer ist Bruder Vinzenz», rief Kilian ins Nebenzimmer hinüber, «und was wollte er?»

«Er hat's mir nicht gesagt. Er wollte unbedingt mit dir sprechen.»

Während Kilian seine Nummer wählte, las er seinen Namen ein ums andere Mal.

Vinzenz.

Vinzenz begann mit einem V.

Konnte mit diesem V der Eintrag in Ute Mayers Terminkalender gemeint sein?

«Bruder Vinzenz», hörte er am anderen Ende der Leitung.

«Kilian hier, Kripo Würzburg. Sie hatten angerufen.»

Vinzenz schien erleichtert. «Herr Kilian … schön, dass Sie anrufen. Ich möchte gern mit Ihnen sprechen.»

«Worum geht's?»

«Das möchte ich Ihnen lieber persönlich sagen.»

«Gut, dann kommen Sie in die Weißenburger Straße.»

«Das wäre mir sehr unangenehm. Ein Priester bei der Polizei. Manche könnten da auf falsche Gedanken kommen.»

«Hören Sie, ich bin sehr …»

«Ich weiß … beschäftigt. Aber in diesem Fall bitte ich Sie, eine Ausnahme zu machen. Es handelt sich um eine sehr delikate Angelegenheit.»

Kilian seufzte. Einzig das Rätsel um den Buchstaben V ließ ihn ein zweites Mal über die Bitte nachdenken.

«Nun gut. Wo finde ich Sie?»

Bruder Vinzenz gab ihm seine Adresse. Er wohnte in der Nähe des Kardinal-Döpfner-Platzes. Kilian wollte so schnell wie möglich vorbeikommen.

Zuvor galt es, ein zweites Telefonat zu führen.

Er wählte eine Nummer des Bundesnachrichtendienstes und verlangte nach Peter Müller. Kilian hatte in seiner Zeit beim Landeskriminalamt nie herausgefunden, ob das sein richtiger Name war.

«Müller.»

«Kilian hier.»

«Jo?»

«Exakt.»

«Warte, ich schalte dich um.»

Die Verschlüsselung wurde eingeschaltet. Sie sollten jetzt auf einer abhörsicheren Leitung sprechen.

«Kilian, alter Schwede, wie geht's?»

«Überraschend gut», antwortete Kilian und presste sein Leben der letzten Jahre in eine Fünf-Minuten-Version. Dann schilderte er ihm sein Anliegen.

Wurde Ute Mayers Handy abgehört?

«Davon ist mir nichts bekannt», antwortete Müller, «und es ist höchst unwahrscheinlich. Du weißt, wir arbeiten mittlerweile verstärkt für die Bundeswehr. Der Verfassungsschutz könnte eher dein Ansprechpartner sein.»

«Kannst du dich für mich umhören? Es ist wichtig.»

«Das wird aber ein bisschen dauern.»

«Meldest du dich?»

Müller versprach es und legte auf.

Wenn Ute Mayers Handy tatsächlich abgehört wurde, Müller würde es herausbekommen. Er war seit Ewigkeiten beim Dienst und hatte die entsprechenden Kontakte.

Kilian fühlte sich müde, ungeduscht und hungrig.

«Ich bin dann mal weg», sagte er.

«Wohin gehst du?»

«Offiziell bin ich bei diesem Bruder Vinzenz.»

«Und inoffiziell?»

«Zu Hause unter der Dusche. Wenn was ist, klingle durch.»

Auf dem Weg zu seiner Wohnung besorgte er sich eine Tüte Antipasti vom Italiener und eine Stange Weißbrot. Bis ins Badezimmer hatte er die Hälfte davon bereits verspeist.

Und als er das warme Wasser der Dusche auf seinem Körper fühlte, erinnerte ihn das an seine Zeit im Süden.

Sonne, Strand und Meer.

Gleich nachdem sein Kind zur Welt gekommen war, würde er Urlaub einreichen und mit Pia und dem Kleinen eine Woche verschwinden.

Aber konnte man das einem Säugling überhaupt zumuten? Kilian hatte nicht den blassesten Schimmer.

33

Sein Handy surrte die Melodie von *Mission Impossible*.

Kilian war auf der Couch eingeschlafen. Er tastete nach dem Unruhestifter.

«Kilian.»

Das Erste, was er hörte, war das Klingeln einer Straßenbahn. Darauf meldete sich eine verzerrte, aber bekannte Stimme. Es war Peter Müller.

«Offiziell nein», sagte er, «zehn null neun, dreiundzwanzig. Viel Glück.»

Dann legte er unvermittelt auf.

Kilian rieb sich den Schlaf aus den Augen, suchte nach einem Bleistift und notierte die Nachricht auf einer Zeitung.

Wenn Peter Müller von einem öffentlichen Telefon aus anrief und ihm eine verschlüsselte Nachricht mitteilte, dann hatte die Sache Brisanz. Folglich durfte er ihn nicht mehr darauf ansprechen, geschweige denn zurückrufen.

Es war bereits dunkel, als Kilian vor die Tür trat. Er hatte den Schlaf dringend gebraucht.

Wo steckte Pia? Sollte sie nicht längst zu Hause sein? Er würde heute Abend ein ernstes Wörtchen mit ihr reden. Hochschwanger und noch immer im Dienst.

Doch zuvor galt es, Peter Müllers Geheimbotschaft zu entschlüsseln. Er machte sich auf den Weg in die Valentin-Becker-Straße. Dort gab es einen kleinen, aber feinen Comicladen.

Man musste Peter Müller näher kennen, um die Botschaft dechiffrieren zu können. Er hatte nämlich eine heimliche Leidenschaft für den *Rächer* – eine kaum bekannte Comicfigur aus den USA. Die Hefte waren in der Originalausgabe nur in ein paar Läden zu bekommen.

Er verlangte nach der Ausgabe Nummer zehn aus dem Jahr 2009.

«Das ist mächtig lange her», sagte der Mann.

«Aber ich bin mir sicher, dass Sie eine Ausgabe im Archiv haben», antwortete Kilian.

«Sie haben's erfasst.»

Der Mann verschwand im Lager, um wenig später mit der gewünschten Ausgabe vor ihm zu stehen.

«Zwölf achtzig.»

«Stolzer Preis.»

«Stolzer Rächer.»

Kilian reichte ihm das Geld und verzog sich mit dem Heft in eine stille Ecke. Er schlug Seite dreiundzwanzig auf und landete mitten im Kampf des Rächers gegen eine Horde Schurken. Wenn Peter Müller nichts weiter als die Seite angab, dann bedeutete es, dass Kilian den Sinn beziehungsweise den Inhalt der betreffenden Seite erfassen musste, um die Botschaft zu entschlüsseln.

Okay, worum drehte es sich da?

Der Rächer in seinem typischen schwarzen Cape und mit der Kapuze über dem Kopf sah sich vier Gegnern gegenüber. Es handelte sich nicht um irgendwelche Schurken, sondern um Frauen in abenteuerlichen Kostümen.

Auf Seite dreiundzwanzig wurde nicht viel gesprochen, außer *Arghhh! Oomph!* und *Take that.* Folglich musste der Hinweis in der Szene versteckt sein.

Der Kampf fand nachts in einer dunklen Ecke von New York statt.

Frauen, Kampf, New York?

Das ergab keinen Sinn.

Eine Neonschrift wies die dunkle Ecke als Al's Backyard aus, auf Deutsch: Als Hinterhof.

Frauen, Kampf, Als Hinterhof, New York.

Derselbe Quatsch.

Beim nächsten Mal würde Kilian mit Peter sprechen müssen. Seine kryptischen Rätsel brachten ihn noch um den Verstand.

In my company, sagte am Ende der Seite eine der Amazonen und meinte, dass sie nicht allein gekommen sei.

In my company bedeutete aber auch so viel wie: *In meiner Gesellschaft.*

Frauen, Hinterhof, Gesellschaft.

Je länger sich Kilian die Worte durch den Kopf gehen ließ und sie auf den Zusammenhang seiner Frage an Peter überprüfte, desto deutlicher formte sich ein Name heraus.

Fraunhofer-Gesellschaft.

Kilian atmete erleichtert auf. Das könnte passen. Der BND und der Verfassungsschutz arbeiteten im Zuge der Kryptographie mit Instituten der Fraunhofer-Gesellschaft zusammen.

Der Rest des Rätsels war leicht.

Viel Glück war kein gutgemeinter Wunsch, sondern wies auf einen Ansprechpartner hin. Glück oder so ähnlich wäre demnach sein Name. Und *Viel* bedeutete, nur ihn anzusprechen, niemand anderen.

Damit war die geheime Botschaft entschlüsselt. Sie besagte im Klartext:

Ute Mayers Handy wurde offiziell nicht abgehört, aber inoffiziell schon. Um mehr herauszufinden, sollte er sich mit einem Herrn oder einer Frau Glück bei der Fraunhofer-Gesellschaft in Verbindung setzen und nur mit dieser Person sprechen. Peter musste folglich mit ihr oder ihm zuvor gesprochen haben.

Doch die Fraunhofer-Gesellschaft bestand aus vielen Instituten, und die waren über das ganze Land verstreut.

Welches sollte er kontaktieren?

«Haben Sie einen Computer hier, mit dem Sie online gehen können?», fragte Kilian.

«Stehen Bäume im Wald?», lautete die Antwort.

Kilian gab die Begriffe Fraunhofer und Bundesnachrichtendienst ein. Er erhielt einige Treffer, und es zeigte sich, dass die Verbindung der beiden gar nicht so geheim war. Ein Suchergebnis erschien ihm besonders interessant. Es war ein Institut, das besonders für die Auslandsaufklärung der Bundeswehr arbeitete. Und wie es auf jeder gutgepflegten Website üblich war, wurden die einzelnen Abteilungen aufgeführt.

Wo versteckte sich nun Herr oder Frau Glück?

Kilian klickte sich durch das Organigramm, erfolglos, wie sich zeigte. Nirgends fand er einen Glück.

Hatte er sich vergaloppiert?

Ein Name fiel ihm ins Auge. Dr. Georg Lück. Er wählte die Nummer und ließ sich mit ihm verbinden.

«Lück.»

«Jo Kilian, Kripo Würzburg. Ich ...»

Der Mann ließ ihn nicht weitersprechen.

«Geben Sie mir die PIN Ihres Handys. Sie erhalten in den nächsten Minuten zwei Anrufe. Nehmen Sie nur das zweite Gespräch entgegen. Bis gleich.»

Kilian folgte der Anweisung. Den ersten Anruf nahm er nur wahr, weil sich auf dem Display etwas tat. Offenbar geschah etwas mit seinem Handy.

Dann der zweite Anruf.

«Kilian.»

«Entschuldigen Sie die Vorsichtsmaßnahme», sagte Lück. «Ich musste erst eine Verschlüsselungssoftware auf Ihrem Handy installieren. Wir können jetzt sprechen.»

Wenn es so leicht war, ein Handy zu manipulieren, wunderte Kilian gar nichts mehr.

«Peter hat mit Ihnen gesprochen?», fragte Kilian.

«Ja.»

Gut, das ersparte ihm eine lange Erklärung.

«Wieso tat er so geheimnisvoll bei einer einfachen Anfrage, ob das Handy einer gewissen Ute Mayer abgehört wird oder nicht?»

«Weil es offiziell nicht geschieht.»

«Aber inoffiziell.»

«Richtig.»

«In wessen Auftrag?»

«Das macht die Sache so heikel. Peter hat mir versprochen, dass die Information unter uns bleibt.»

Kilian versicherte es ihm.

«Vor einem halben Jahr hat es begonnen», fuhr Lück fort. «Der Auftrag kam vom Verfassungsschutz, allerdings nicht offiziell.»

«Wie habe ich das zu verstehen?»

«Jemand handelte ohne amtliche Erlaubnis. Er ordnete die Überwachung mehrerer Telefonnummern an und bestand auf striktes Stillschweigen, auch seinen Vorgesetzten gegenüber.»

«Gleich mehrere Nummern wurden überwacht?»

«Ja.»

«Welche befinden sich darunter?»

«Unter anderem die Nummer einer gewissen Sandra Wagner – der neuen Generalsekretärin der Partei in Bayern.»

«Haben Sie sich darauf eingelassen?»

«Notgedrungen.»

«Warum?»

«Weil ich einen weiteren Anruf erhalten habe.»

«Wer hat Sie angerufen?»

«Das kann ich Ihnen nicht sagen, nur so viel: Die Person stand dem Innenministerium bereits einmal vor.»

«Sie meinen, ein ehemaliger Staatsminister hat die Überprüfung veranlasst?»

«Ja.»

Ein Ehemaliger bespitzelte Ute Mayer, Sandra Wagner und andere. Stellte sich nur die Frage, ob der ominöse Auftraggeber auch Teil des Netzwerks war. Wenn ja, dann hatte Ute Mayer einen Verräter in den eigenen Reihen.

Schwerdts ausladende Netzwerkerklärung vor ein paar Tagen fiel ihm ein. Er hatte behauptet, dass ein Knotenpunkt auch mit einem anderen Netzwerk verbunden sein kann.

«Ich hatte eine Abschrift eines dieser abgehörten Telefonate in den Händen», sagte Kilian.

«Das habe ich befürchtet», antwortete Lück.

«Warum?»

«Solche Aufträge bergen immer ein großes Sicherheitsrisiko, besonders wenn ich meine Ergebnisse mit einer Privatperson teilen muss.»

Kilian stutzte.

«Um wen handelt es sich?»

«Ich habe keinen Namen, sondern nur eine Adresse mit einem Kürzel.»

«Wie lautet die Adresse?»

Kilian staunte nicht schlecht, als Lück die Adresse des Parteibüros in Würzburg nannte.

Und das Kürzel HM.

34

Kilian erinnerte sich an den Eintrag in Ute Mayers Terminkalender.

Freitag, MP in SW. HM Dossier fertig.

Darunter war in roter Farbe der Buchstabe V mit einem Ausrufezeichen hervorgehoben.

Bisher hatte er nur das Kürzel SW zuordnen können. Es handelte sich wahrscheinlich um Schweinfurt. Bei MP und HM hatte er Personen oder Gruppierungen angenommen.

Nach dem Telefonat mit Lück vom Fraunhofer-Institut verdichtete sich nun diese Annahme. HM war eine Person, und sie war im Parteibüro der Würzburger Gruppe zu finden.

Die einzige Person, von der er wusste und auf die die Abkürzung zutraf, war Hilde Michalik, Ute Mayers Sekretärin.

Hatte Hilde Michalik ihre Chefin ausspionieren lassen?

Wie sollte das möglich sein? Sie war, nach all dem, was er von ihr wusste, eine einfache Sekretärin – langgedient und treu ergeben, ja, aber war sie auch einflussreich genug, um eine geheime Überprüfung von Ute Mayer und Sandra Wagner in Auftrag zu geben?

Kaum vorstellbar.

Und außerdem: Warum sollte sie das tun? Sie kannte doch alle Termine, Gespräche und Planungen, in die Ute Mayer eingebunden war.

Hier lief offenbar ein ganz anderes Spiel – eines, das alle bisherigen Erkenntnisse über den Aufbau des Clubs in den Schatten stellte.

Kilian musste unbedingt mehr über Hilde Michalik in Erfahrung bringen.

Schneider war an der Seite Ute Mayers, Sabine Anschütz schon längst im Feierabend. Wer könnte ihn auf die Schnelle mit konkreten Hintergrundinformationen beliefern?

Werner Schwerdt fiel ihm prompt ein. Der hatte Hilde Michalik bei seinem betrunkenen Auftritt im Parteibüro sogar als *Strippenzieherin* bezeichnet.

Wieso hatte Kilian die Anschuldigung nicht ernst genommen? Gerade Betrunkene sprachen oft die Wahrheit aus.

Schwerdt würde wissen, wer Hilde tatsächlich war.

Doch wo war er abgeblieben? Seit letzter Nacht schien er wie vom Erdboden verschluckt. Sabine wollte sich darum kümmern. Sie hatte bisher keine Informationen geliefert.

Er rief sie an. «Hast du schon etwas über den Verbleib von Werner Schwerdt herausbekommen?»

«Fehlanzeige», antwortete Sabine. «Hat das nicht bis Montag Zeit?»

Bis Montag? Erst jetzt realisierte Kilian, dass es bereits Freitag war. Die letzten Tage waren turbulent gewesen, er hatte jedes Zeitgefühl verloren.

Freitag.

Heute sollte laut Ute Mayers Eintrag in ihrem Terminkalender MP in Schweinfurt sein.

«Wo steckt Schneider?», fragte er Sabine.

«Er hat sich vorhin aus Schweinfurt gemeldet.»

«Was hat er berichtet?»

«Dass alles ruhig sei, keine besonderen Vorkommnisse.»

«Sonst nichts?»

Sabine zögerte. «Doch. Alle seien ziemlich aufgeregt, weil der Ministerpräsident heute Abend eine Wahlkampfrede hält, die im Fernsehen übertragen wird.»

Ministerpräsident. Abgekürzt: MP.

Das war's also.

HM, Hilde Michalik, hatte für Ute Mayer ein Dossier vorbereitet, das offenbar MP, dem Ministerpräsidenten, schaden sollte.

«Hat Schneider gesagt, wann die Rede stattfindet?»

«Eigentlich jeden Moment. In fünf Minuten, um genau zu sein.»

Nach Schweinfurt waren es rund fünfzig Kilometer. Wenn Kilian in die Inspektion fuhr, ein Fahrzeug organisierte und sich im Feierabendverkehr nach Schweinfurt durchquälte, würden gut neunzig Minuten vergehen. Bis dahin war die Rede des Ministerpräsidenten vorüber.

Er musste auf Schneider vertrauen.

«Kann ich sonst noch etwas für dich tun?», fragte Sabine. «Ich treffe mich gleich mit Freunden.»

«Viel Spaß», antwortete Kilian geistesabwesend und klickte das Gespräch weg.

Was jetzt?

Irgendetwas ging in Schweinfurt vor, etwas, das mit Hilde Michalik, Ute Mayer und dem Ministerpräsidenten zu tun hatte.

Das Dossier.

Würde der Club seiner bewährten Vorgehensweise treu bleiben und den Ministerpräsidenten mit einem kompromittierenden Dossier über seine Verfehlungen aus dem Amt jagen?

Ein gewagtes Unterfangen. Aber die Gelegenheit war günstig. Alle Augen schauten auf den Live-Auftritt des Landesvaters.

Schneider musste informiert werden.

«Wo steckst du?», fragte Kilian.

«Im Saalbau, in dem der Ministerpräsident soeben eintrifft», antwortete Schneider.

Im Hintergrund schwoll Applaus und Marschmusik an.

«Hast du Ute Mayer noch im Blick?»

«Ja, sie sitzt in der ersten Reihe bei den anderen Politikern.»

«Hat sie so etwas wie eine Akte bei sich?»

«Kann ich nicht sagen. Jeder von denen hat irgendetwas dabei.»

«Überprüf es.»

«Was?»

«Tu es! Jetzt.»

Kilian hörte, wie Schneider sich auf den Weg machte. Vorbei an jubelnden Anhängern, bis er eine empörte Ute Mayer am Apparat hatte.

«Was fällt Ihnen ein», fauchte sie ins Telefon, «mich vor allen Leuten bloßzustellen?»

«Ich weiß, was Sie vorhaben», antwortete Kilian ruhig.

«Nichts wissen Sie!»

«Sie wollen den Ministerpräsidenten auf offener Bühne mit einem Dossier in Verlegenheit bringen.»

Er hörte sie förmlich grinsen. «Wenn es nicht so traurig wäre, müsste ich lachen. Sie sind so etwas von ahnungslos …»

Das klang echt. Hatte Kilian sich geirrt?

«Sagen Sie mir, womit Sie dann den Ministerpräsidenten zu Fall bringen wollen.»

«Ich will gar nichts. Das erledigen andere.»

«Andere wie Hilde Michalik?»

«Was wollen Sie von Hilde? Sie hat nichts damit zu schaffen.»

«O doch, Sie hat das Dossier zusammengestellt, das Sie gegen den Ministerpräsidenten einsetzen wollen.»

«Noch einmal. Es gibt kein Dossier.»

«Ich habe es aber in Ihrem Terminkalender gelesen.»

«Sie haben was?»

263

«Er lag offen herum.»

Ute Mayer hielt für einen Moment inne. «Egal. Sie liegen vollkommen daneben.»

«Auch, dass Hilde Michalik Sie abhören lässt?»

Wieder verstrichen ein paar Sekunden.

«Hilde? Niemals. Sie ist mir treu ergeben.»

«Ich habe den Beweis.»

«Sie bluffen.»

«Was verbindet Sie beide?»

«Das geht Sie nichts an, und außerdem muss ich jetzt Schluss machen. Die Show beginnt.»

Der Applaus im Hintergrund war verebbt. Die Stimme des Ministerpräsidenten erklang über die Lautsprecher.

«Bist du noch dran?», hörte Kilian Schneider.

«Ja, aber was geht da bei euch vor?»

«Die Rede hat begonnen. Nichts weiter.»

Aber irgendetwas musste vor sich gehen. Nicht umsonst hatte Ute Mayer sich so siegesgewiss gegeben.

«Bleib an ihr dran», bat Kilian, «und ruf mich sofort an, wenn etwas Ungewöhnliches passiert.»

Schneider versprach es, und Kilian konnte sich des Gefühls nicht erwehren, dass er den Wald vor lauter Bäumen nicht sah.

Was passierte soeben im Saalbau in Schweinfurt, und wieso sollte das Dossier nichts damit zu tun haben?

Ein ums andere Mal ging er in Gedanken den Eintrag in Ute Mayers Terminkalender durch. Die kryptische Notiz schien gelöst, alle Beteiligten waren enttarnt.

Bis auf V.

V wie Bruder Vinzenz.

Er eilte zum Kardinal-Döpfner-Platz.

Die Wohnung lag im zweiten Stock. Über die Gegensprechanlage sagte er seinen Namen und wurde eingelassen.

«Es freut mich, dass Sie meiner Bitte gefolgt sind», begrüßte ihn ein Mann, der so gar nicht nach einem Priester aussehen wollte. Er hatte sich des sonst üblichen schwarzen Anzugs entledigt und trug stattdessen bequeme Hauskleidung. Kilian schätzte ihn auf sechzig Jahre, bemerkte das gepflegte Äußere und die unerwartet zarten Hände eines Priesters, die nie schwere körperliche Arbeit gesehen haben.

«Bitte treten Sie näher.»

Er führte Kilian durch einen Korridor in einen großen Raum, der eine Überraschung bereithielt. Was auch immer Kilian von der Wohnung eines Priesters erwartet hatte, dieser feingearbeitete, verschnörkelte und zweifellos echt wirkende Beichtstuhl übertraf seine Vorstellung von häuslicher Einrichtung. Es schien, als schmiegte sich der Raum um dieses gute Stück, und wie Kilian erfahren sollte, war das genau der Zweck.

«Es mag Sie überraschen», begann Bruder Vinzenz und bot Kilian einen Platz am Schreibtisch an, der von Bücherregalen flankiert wurde, «dass ich Sie hier empfange.»

«Ich gebe zu, so etwas habe ich noch nie gesehen. Was ist das?»

«Ein Beichtstuhl aus dem vierzehnten Jahrhundert. Eine wahre Rarität, um nicht zu sagen, von unschätzbarem Wert. Ich habe ihn zufällig in Spanien gefunden. Er lag auf einer Müllhalde.»

«Kann man ihn noch betreten?»

«Sicher, deswegen steht er auch hier.»

«Heißt das, Sie nehmen hier die Beichte ab?»

Bruder Vinzenz nickte. «Ja, das ist sozusagen mein Arbeitsplatz. Ich bin der Beichtvater von einigen nicht ganz unbedeutenden Menschen, die sich ungern in der Öffentlichkeit in einem Beichtstuhl sehen lassen wollen.»

«Ich verstehe. Die Bußwilligen kommen also zu Ihnen nach Hause.»

«Ein Teil davon. Den anderen bereise ich, je nach Wunsch und Gelegenheit.»

«Zum Beispiel?»

Bruder Vinzenz lächelte verhalten.

«Das fällt unter das Beichtgeheimnis.»

Das zarte Lächeln erstarb im selben Moment wieder und wechselte in Betroffenheit.

«Das ist aber auch der Grund, wieso ich Sie um dieses Gespräch gebeten habe.»

«Ich bin ganz Ohr.»

Was würde ihm dieser geheimnisvolle Beichtvater anvertrauen?

«Ich befinde mich in einer prekären Situation», begann Bruder Vinzenz, «aus der ich keinen Ausweg mehr weiß.»

Kilian wurde unruhig. In Schweinfurt bahnte sich eine Tragödie an, und er sollte nun der Beichtvater eines Beichtvaters sein. Eine skurrile Situation.

«Wie kann ich behilflich sein?»

«Verhaften Sie mich.»

«Wie bitte?»

Kilian glaubte sich verhört zu haben.

«Ich trage Schuld am Tod eines Menschen, und ich kann nicht länger damit leben.»

«Wer soll durch Ihr Verschulden gestorben sein?»

«Ein Kind. Ich kenne seinen Namen nicht. Es passierte vor einigen Jahren, als ich von einer Beichte nach Hause fuhr. Ich hatte getrunken und war aufgewühlt. An einer Kreuzung ist es dann passiert. Ich sah es nicht kommen, hörte nur den Schlag gegen den Kotflügel. Im Rückspiegel sah ich das Kind auf der Straße liegen.»

«War es tot?»

«Ich nehme es an.»

«Sie sind also nicht zu ihm gegangen?»

Bruder Vinzenz vergrub sein Gesicht in den Händen. Er schüttelte den Kopf.

«Nein.»

Kilian seufzte.

«Wieso erzählen Sie mir das?»

«Zum einen kann ich nicht länger mit der Schuld leben, und zum anderen erwächst aus meiner Tat seitdem nur Schlechtes. Straftaten. Sie geschehen täglich. Heute. Jetzt.»

«Ich verstehe nicht. Was hat Ihre Fahrerflucht von damals mit Straftaten von heute zu tun?»

Bruder Vinzenz richtete sich auf. Seine Betroffenheit wich der Entschlossenheit, mit allem aufzuräumen, wofür er sich schuldig fühlte.

«Es gibt da eine Person, die zur Beichte kommt. Sie weiß um meine Tat von damals.»

«Sie werden von ihr erpresst?»

Er nickte.

«Was verlangt Sie von Ihnen?», hakte Kilian nach.

«Informationen.»

«Welche Art von Informationen?»

«Jegliche Art. Hauptsächlich geht es um Personen, die bei mir in die Beichte gehen.»

Kilian schwante Schlimmes. Sollte er auf einen Priester getroffen sein, der das Beichtgeheimnis gebrochen hatte?

«Wofür verwendet sie diese Informationen?»

«Sie nutzt sie zu ihrem Vorteil. Sie nötigt, erpresst und zerstört die Betroffenen damit.»

Jetzt war ihm klar, um wen es sich handelte. Aber Kilian brauchte die Bestätigung.

«Wer ist diese Person?»

«Das kann ich Ihnen nicht sagen. Es fällt unter das Beichtgeheimnis.»

«Ich weiß, aber geben Sie mir einen Hinweis.»

«Das kann ich nicht tun, selbst jetzt nicht.»

«Warum? Was hat sich geändert?»

«Ich habe heute Nachmittag mein Priesteramt niedergelegt, um mich meiner Verantwortung zu stellen. Der Koffer ist gepackt. Sie können mich gleich mitnehmen.»

«Das heißt, Sie sind kein Priester mehr?»

«Richtig.»

«Dann können Sie doch frei sprechen.»

«Nicht über Vergangenes, nicht über mir Anvertrautes.»

Es war zum Haareraufen. Kilian musste eine andere Taktik versuchen.

«Bevor wir gehen, erzählen Sie mir von dieser Person. Sie brauchen keinen Namen zu nennen, nur, welche Lebensgeschichte sie hat. Daran ist nichts Verfängliches. Sie verletzen das Beichtgeheimnis dadurch nicht.»

Bruder Vinzenz zeigte sich einverstanden, und er begann seine Beschreibung von einem Mädchen, das von den Kriegswirren nach Würzburg verschlagen worden war, in einem Kürschnerbetrieb Arbeit fand und bis zu ihrem Fortgang nach München Kindermädchen war.

«Sie arbeitete als Kindermädchen in der Familie des Kürschners?», unterbrach ihn Kilian.

«So hat man es mir erzählt.»

Ute Mayer war die Tochter eines Kürschners. Es konnte sich folglich nur um eine Person handeln: Hilde Michalik.

Daher also diese tiefe Verbundenheit.

Wie kam es dann dazu, dass Hilde ihr Pflegekind ausspionierte?

«Die junge Frau begann eine Karriere in der Politik», fuhr Bruder Vinzenz fort. «Sie strebte nie ein Amt an, sondern begnügte sich mit der zweiten Reihe. Seltsam, wenn ich heute darüber nachdenke. Dabei hatte sie in den vielen Jahren alle Großen kennengelernt, mit ihnen gearbeitet und Kontakte geknüpft.»

«Sie ist die perfekte Schattenfrau», ergänzte Kilian.

«Wenn Sie sie so nennen wollen ... Sie war die Ziehmutter einiger großer Politiker, die in den letzten Jahren die Geschicke des Landes bestimmt haben.»

«Wie haben Sie sie kennengelernt?»

«Eines Tages erschien sie zur Beichte. Sie gab sich sehr gläubig und bereute aus tiefstem Herzen. Ich glaubte ihr. Nachdem ich sie losgesprochen hatte, beklagte sie aber den Zustand der Partei, den Missbrauch der Grundwerte, die die Partei einst geformt haben, und die moralische Verwahrlosung der Männer, die die Partei anführten ... Mehr kann ich Ihnen nicht dazu sagen. Es war ohnehin schon viel zu viel.»

Mehr musste Bruder Vinzenz auch nicht sagen. Das, was Kilian gehört hatte, reichte, um sich ein Bild von Hilde Michalik zu machen – eine scheinbar tiefgläubige und vom Politikalltag enttäuschte Frau war auf einem Kreuzzug. Und einer ihrer Knappen war Ute Mayer.

«Wieso hat nun Ihre Unfallflucht noch Auswirkungen auf Straftaten von heute?», wollte Kilian wissen.

«Diese Person erpresst mich mit einem Bild, das eine Verkehrskamera damals in der Nähe des Unfallorts aufgenommen hat. Seitdem muss ich ihr berichten, was der eine oder andere Politiker mir beichtet.»

«Ist das denn so interessant?»

«Über die kleinen Sünden sprechen wir nicht. Es dreht sich mitunter um große, einschneidende Ereignisse, die früher oder später unter dem Druck eines schlechten Gewissens in meinem Beichtstuhl ausgesprochen werden. Gerade wenn sich jemand versündigt hat, so bleibt er doch ein Mensch, der auf die Gnade des Herrn zählen darf.»

«Für welche Straftaten ist sie nun verantwortlich?»

Bruder Vinzenz schaute auf die Uhr.

«Es geschieht gerade eben.»

Er erhob sich, öffnete den Wandschrank, in dem ein Fernsehgerät eingelassen war, und schaltete auf den Kanal, der die Rede aus dem Saalbau in Schweinfurt übertrug.

«Was ist daran kriminell?», fragte Kilian ironisch.

«Warten wir noch einen Moment. Gleich müsste es so weit sein.»

Gemeinsam verfolgten sie die Rede, bis Kilian die Geduld verließ.

«Ich kann daran nichts …»

Er wurde von einer Reporterin eines Besseren belehrt. Sie berichtete live aus dem Vorraum des Saalbaus.

«Wir unterbrechen die Rede für eine Sondermeldung. Die Ehefrau des Spitzenkandidaten der Opposition, Charlotte Henning, erhebt schwere Vorwürfe gegen die Spitze der Partei. Sie behauptet, das Privatleben ihres Mannes sei vom ehemaligen Generalsekretär Werner Schwerdt ausspioniert worden. Ziel sei es gewesen, etwaige *Schwachstellen* zu erkunden, um sie im Wahlkampf gegen ihn einzusetzen. Dies sei nicht nur mit Duldung der Parteiführung geschehen, sondern sogar in ihrem Auftrag.» Die Kamera schwenkte zur Seite. Charlotte Henning trat ins Bild. «Das sind ungeheure Vorwürfe, die Sie erheben, Frau Henning. Wie können wir Ihnen das glauben?»

Charlotte Henning schien auf ihren Fernsehauftritt bestens vorbereitet. Aus einer Akte nahm sie ein Bild heraus und hielt es in die Kamera.

«Dies ist die Aufnahme einer Wohnung in der Nähe der Münchner Wies'n. Am Fenster kann man Werner Schwerdt gut erkennen. Ich wurde unter Vorgabe falscher Tatsachen dorthin gelockt …»

«Welche falschen Tatsachen?», fragte die Reporterin.

«Es hieß, mein Mann sei in Gefahr.»

«Welche Art von Gefahr?»

«Gefahr für sein privates, aber auch politisches Leben.»

«Haben Sie das nicht sofort der Polizei mitgeteilt?»

«Nein.»

«Warum nicht?»

«Ich wollte meinen Mann gegen falsche Anschuldigungen schützen und mir erst selbst ein Bild machen, bevor ich die Polizei offiziell einschaltete. Es gibt viele Anfeindungen im politischen Leben, die sich im Nachhinein als haltlos herausstellen.»

Und was geschah dann an diesem Ort?

«Als ich die Wohnung betrat, empfing mich Werner Schwerdt. Erst wollte ich sofort wieder gehen, dann zeigte er mir aber Unterlagen, die meinem Mann ruinieren würden.»

«Welche Unterlagen?»

«Dazu möchte ich im Moment nichts weiter sagen, doch der Großteil hat sich jetzt als infame Lügen und Fälschungen herausgestellt.»

«Was passierte dann?»

«Er zwang mich, Einzelheiten aus unserem privaten Umfeld und aus der politischen Arbeit meines Mannes mit ihm zu teilen.»

«Sie meinen, Werner Schwerdt hat Sie erpresst?»

«So kann man es nennen.»

«Das sind schwere Vorwürfe gegen den ehemaligen Generalsekretär und die Spitze der Partei.»

«Ich weiß», unterbrach Charlotte Henning, «dass mir diese Anschuldigung als politisches Störfeuer ausgelegt wird. Doch ich bitte Sie, mir zu glauben. Ich habe einen Zeugen, einen sehr glaubhaften, der alles bestätigen kann.»

Ein Mann trat an ihre Seite.

«Wer sind Sie?», fragte die Reporterin.

«Mein Name ist Dieter Ferch, und ich bin der ehemalige Büroleiter Werner Schwerdts.»

«Können Sie die Anschuldigungen, die Frau Henning erhoben hat, bestätigen?»

Er wirkte betroffen. «Es hat sich alles so zugetragen, wie Frau Henning es beschreibt. Ich erhielt von Herrn Schwerdt den Auftrag, eine Wohnung anzumieten, wo das Treffen stattfinden konnte. Aus Gründen der Tarnung lief die Wohnung unter dem Namen einer Verwandten. Die Miete hat sie im Zuge eines vorgetäuschten Praktikantenplatzes erhalten.»

«Wer wusste noch von dieser ominösen Wohnung?»

«Der Vorgang wurde streng geheim gehalten, mit einem wöchentlichen Bericht nach oben.»

«Wer oder was ist *oben*?»

«Ganz oben.»

«Wurde die Wohnung auch noch zu einem anderen Zweck genutzt als zur Erpressung Charlotte Hennings?»

«Ja.»

«Zu welchem?»

«Werner Schwerdt hat sich dort mit verschiedenen Frauen getroffen.»

«Welchen Frauen? Wozu?»

«Darauf möchte ich nicht antworten. Jeder mit einem gesunden Menschenverstand kann es erahnen.»

«Gibt es dafür Beweise?»

Wieder wurde die Akte bemüht, die Charlotte Henning in den Händen hielt. Sie nahm ein Foto heraus. Eine unbekannte junge Frau war mit Werner Schwerdt am Fenster der Wohnung zu sehen.

Die Reporterin seufzte. «Das sind tatsächlich sehr überzeugende Aufnahmen von einer konspirativen Wohnung im Münchner Westen, die von Mitgliedern der Parteispitze genutzt wurde. In der Pause werden wir der Sache weiter nachgehen und die Verantwortlichen zur Rede stellen. Bleiben Sie dran.»

Bruder Vinzenz schaltete den Apparat ab. «Das ist es, was ich meine.»

Kilian hatte die ganze Zeit über gebannt verfolgt, was sich da in Schweinfurt tat. Der Club hatte es geschafft, Schwerdts Liebesnest völlig anders darzustellen, als es der Wahrheit entsprach.

Charlotte Henning war jetzt nicht mehr die betrügerische Ehefrau, sondern die aufopfernde Gattin, die ihren Ehemann vor den hinterhältigen Bespitzelungen der Partei in Schutz nahm.

Das würde die Partei die letzten Stimmen kosten. Damit war sie faktisch erledigt.

Und jetzt wurde Kilian auch Ute Mayers geringschätzige Bemerkung klar. Die berüchtigte Akte behandelte nicht etwaige Verfehlungen der Parteispitze, sondern Schwerdts Liebesnest, das mit Duldung und auf Kosten der Partei lief.

Einzig dieser windige Büroleiter passte nicht so recht ins Bild.

«Wer ist dieser Dieter Ferch?», fragte Kilian.

«Ein charakterschwacher Mensch», antwortete Bruder Vinzenz, «der mehr den Zorn seiner Frau fürchtet als die Arbeitslosigkeit. Er klagte mir sein Leid vor einigen Tagen.»

«Haben Sie Informationen über ihn herausgegeben?»

Bruder Vinzenz nickte stumm.

«Verstehen Sie jetzt, wieso sich einmal begangenes Unrecht immer weiter ausbreitet? Hätte ich mich damals gleich der Polizei gestellt, wäre das alles nicht passiert. Ich schäme mich vom tiefsten Grund meiner Seele.»

Er stand auf.

«Ich bin so weit. Die Koffer sind gepackt. Wir können gehen.»

Sosehr Kilian den Mut und die Aufrichtigkeit Bruder Vinzenz' auch schätzte, so wenig konnte er im Moment mit ihm anfangen.

Eine Lawine aus Vorwürfen, Beschuldigungen und Rücktrittsforderungen würde nun über die Partei hereinbrechen – gefolgt von Reaktionen der Betroffenen, die niemand voraussehen konnte.

Auch wenn sich Kilian nicht als Gralshüter der Partei verstand, es ging hier um Menschenleben, die möglicherweise in Gefahr gerieten.

Er begleitete Bruder Vinzenz hinunter auf die Straße und rief eine Streife, die ihn zur Inspektion bringen sollte.

«Hatten Sie auch Kontakt zu Ute Mayer?», fragte Kilian, als sie auf den Gehweg traten.

«Nein, nur zu dieser einen Person.»

«Können Sie sich dann vorstellen, wieso Ihr Kürzel V in ihrem Terminkalender erscheint?»

«Ich habe kein Kürzel.»

«Sie haben Sie also nie kennengelernt?»

«Nicht dass ich wüsste.»

Kilian zog den Kragen seiner Jacke hoch. Die kommende Nacht würde Schnee bringen. Die Luft war klar und frisch. Ein leichter Wind kam auf.

Jetzt, nach der Beichte Bruder Vinzenz', gab es nicht mehr viel zu sagen. Die beiden standen auf dem Gehweg und warteten darauf, dass die Streife eintraf. Auch die Stadt war ruhig. Wahrscheinlich hielten sich ihre Bürger vor den Fernsehern und Radios auf.

Aus der Ferne näherte sich ein Fahrzeug. Endlich.

«Ich kann Ihnen nicht sagen, was der Richter anordnen wird», sagte Kilian, «aber Ihren Koffer werden sie vorerst nicht brauchen. Wollen wir ihn nicht wieder nach oben bringen?»

«Sie meinen, ich muss nicht gleich ins Gefängnis?»

Das Motorengeräusch wurde lauter. Noch eine Hausecke, und Kilian würde Bruder Vinzenz in den Streifenwagen verfrachten. Dann könnte er …

Jäh drehte der Motor hoch. Kilian drehte sich um und versuchte zu erkennen, warum der Kollege die Maschine so malträtierte.

Aus der Dunkelheit kam ein Motorrad auf sie zu – gefährlich schnell.

Kilian zerrte Bruder Vinzenz vom Gehsteig zurück. Etwas traf sie beide trotzdem. Zuerst spürte er nur einen Stoß, doch als er an seine Brust fasste, fühlte es sich feucht an. Er war von der Wucht des Schlags zu Boden gegangen, so wie auch Bruder Vinzenz. Allerdings quoll aus Vinzenz' Mund Blut.

Kilian beugte sich über ihn.

«Bruder Vinzenz? Hören Sie mich? Geht es Ihnen gut? Sagen Sie doch etwas!»

Er antwortete nicht.

Sein nächster Blick ging die Straße entlang. Dort lag die Maschine des Angreifers auf der Seite, während sich die Räder noch immer drehten.

Einige Meter entfernt lag der Motorradfahrer. Er musste gestürzt sein.

Kilian erhob sich. Ein stechender Schmerz in seiner Brust drohte ihm den Atem zu nehmen. Er griff zu seiner Waffe.

Die Streife bog um die Ecke und hielt vor Vinzenz' Haus.

«Kümmert euch um den Mann», ordnete Kilian an. «Er ist schwer verletzt.»

«Und du?», fragte der Kollege.

«Ich schnappe mir den anderen.»

Je näher Kilian ihm kam, desto deutlicher zeichnete sich ab, dass es sich um einen Angreifer von auffällig kleiner Statur handelte, vermutlich einen Jugendlichen.

Und er war ganz in Schwarz gekleidet.

Sollte das der gleiche Kerl wie im Spessart sein?

Er richtete sich auf. Offenbar war auch er nicht ohne Blessuren davongekommen. Sein Arm hing seltsam leblos am Körper.

«Bleiben Sie liegen!», rief Kilian mit gezückter Waffe ihm zu. «Polizei.»

Doch der Angreifer hatte nicht vor, sich darauf einzulassen.

35

Der Schlag gegen Kilian und Bruder Vinzenz war mit einem Baseballschläger geführt worden.

Kilian sah ihn neben der Maschine am Boden liegen. Blut klebte darauf. Der Angreifer hatte sich ohne sein Motorrad und seine Waffe davongemacht, noch bevor Kilian ihn erreichen konnte.

Weit konnte er nicht gekommen sein. Er war verletzt.

Kilian folgte ihm durch den engen Durchgang am Dom, hinüber zum Oberen Markt bis in die Julius-Promenade hinein.

Dort verlor sich seine Spur. Er schien in eine der dunklen Gassen verschwunden zu sein. Unmöglich, jede einzelne zu überprüfen.

Die Wunde schmerzte. Kilian schob das Hemd zur Seite und sah im fahlen Licht der Straßenlampe eine Platzwunde, die quer über die Brust verlief.

Jetzt, nachdem er erkannt hatte, wie sehr ihn der Knüppel getroffen hatte, spürte er auch, wie der Schmerz zunahm. Er pochte im Einklang mit seinem Puls und machte es ihm schwer zu atmen. An eine weitere Verfolgung war beim besten Willen nicht zu denken.

Er rief die Einsatzzentrale an.

«Kommissar Kilian hier. Verdächtige Person in schwarzer Motorradkleidung flüchtig. Alter und Geschlecht unbekannt, von kleiner Statur, wahrscheinlich verletzt. Letzter Sichtkontakt Juliuspromenade, Höhe Koellikerstraße. Fordere Unterstützung an.»

«Wir sind schon von einer Streife verständigt worden», lautete die Antwort, «bleiben Sie vor Ort, um die Kollegen zu informieren. Und noch etwas: Ihr Chef sucht Sie dringend. Soll ich ihn verständigen?»

Kilian seufzte. «Wenn es unbedingt sein muss.»

Das Krankenhaus des Juliusspitals lag in der Koellikerstraße. Eigentlich hätte er sich sofort dorthin begeben müssen. Die Wunde musste verschlossen werden, bevor sie sich entzündete.

Ein Gedanke zwang sich ihm auf.

Lag das Parteibüro nicht in der Nähe?, fragte er sich.

Der Angreifer hatte weitaus bessere Möglichkeiten gehabt unterzutauchen. Wieso war er den weiten Weg gegangen?

Er würde herausfinden, was dahintersteckte.

Die Tür stand offen, die Büroräume waren dunkel und verlassen. Nur aus einem fiel Licht auf den Gang. Ein Fernseher übertrug die Rede aus dem Saalbau in Schweinfurt.

Mit der Waffe im Anschlag öffnete Kilian vorsichtig die Tür. Hinter dem Schreibtisch saß Hilde Michalik, den Blick auf den Fernsehschirm gerichtet. Zu ihren Füßen kauerte der schwarzgekleidete Motorradfahrer. Im hellen Licht wirkte er nun keineswegs mehr bedrohlich, sondern klein und hilfsbedürftig. Etwas stimmte mit seinem Arm nicht. Er schien gebrochen.

«Noch so spät bei der Arbeit?», sagte Kilian, als er eintrat.

Hilde Michalik blickte auf.

«Herr Kilian», antwortete sie wenig beeindruckt, so, als hätte sie ihn erwartet. «Was führt Sie zu mir?»

Ihre Aufmerksamkeit wechselte wieder zur Fernsehübertragung.

Kilian näherte sich den beiden. Sie gaben ein seltsames Bild ab, fast wie Mutter und Kind.

«Sie stehen jetzt auf», sagte er im Befehlston und meinte den Motorradfahrer.

«Sie muss dringend ins Krankenhaus», entgegnete Hilde Michalik. «Würde es Ihnen etwas ausmachen, wenn Sie das übernehmen? Ich kann gerade hier nicht weg.»

Doch Kilian ignorierte sie.

«Aufstehen. Jetzt. Sofort.»

Der Motorradfahrer hob den Kopf.

«Ich bin verletzt», sagte Vroni, das Zimmermädchen aus dem Hotel.

Kilian konnte es nicht fassen. Dieses zarte Wesen sollte den Anschlag auf Bruder Vinzenz und ihn verübt haben? Doch als er ihr in die Augen blickte, erkannte er sie von der Phantomzeichnung, die Schneider hatte erstellen lassen, wieder.

Vroni war es also, die den Schlüssel von der Waldhütte kopieren ließ, und sie war es, die sichergehen wollte, dass Schachtner tatsächlich Selbstmord beging.

Aber was bedeutete ihre Flucht in die Arme Hilde Michaliks? Diese Verbindung war mehr als seltsam.

«Was machst du hier?», fragte Kilian teils besorgt, teils vorwurfsvoll.

«Ich bin zu Hause», antwortete sie.

«Sie werden wenig Freude an ihr haben», sagte Hilde Michalik, «sie ist in psychiatrischer Behandlung.»

«Warum?»

«Fragen Sie ihren Vater. Er hat sie mit einer von seinen Huren gezeugt.» Sie seufzte. «Aber was sag ich da … Er weiß ja noch nicht mal von ihrer Existenz.»

«Wer ist ihr Vater?»

Sie grinste bitter. «Der Shootingstar der letzten Saison. Die Hoffnung der Partei. Der Überflieger oder was auch immer.»

«Werner Schwerdt? Sie ist seine Tochter?»

«Biologisch, ja. Um mehr hat er sich nicht gekümmert. Sie ist nicht die Einzige.»

«Aber wie kommt sie hierher? Was hat sie mit Ihnen zu schaffen? Ich verstehe das nicht.»

Er steckte seine Waffe weg, beugte sich zu ihr hinunter und begutachtete ihren Arm. Die Schwellung war immens, der Knochen war tatsächlich gebrochen.

«Was glauben Sie, wer seit Jahren hinter diesen feinen Herren aufräumt», erwiderte Hilde Michalik barsch. «Vom ersten Tag an hatte ich nichts anderes zu tun, als den Dreck wegzuräumen. Ich habe Vroni aus einer betreuten Einrichtung herausgeholt und zu mir genommen, damit sie endlich ein Zuhause hat. Irgendjemand musste sich ja um sie kümmern, wenn es der verehrte Erzeuger schon nicht tat. Lauthals von Familie und Werten reden, ja, das können sie. Aber insgeheim sind sie nichts anderes als Hurenböcke und Schmarotzer.»

Kilian ging ein Licht auf.

«Sie haben sie im Hotel als Zimmermädchen untergebracht. Sie war Ihre Spionin und Ihr Handlanger zugleich.»

«Ich habe ihr eine Aufgabe gegeben, so wie sie jeder junge Mensch braucht, um sich im Leben zurechtzufinden.»

«Gehörte der Mord an Petra Bauer auch zu Ihrer Jugendpolitik?»

«Petra war eine rückgratlose Verräterin. Sie hat bekommen, was sie verdient hat. Verrat wurde schon immer mit dem Tod bestraft – damals und heute.»

«Wie haben Sie es angestellt?»

«Ich habe gar nichts getan. Vroni wusste mit Waschmittel umzugehen. Nur das Gerippe hätte sie früher entsorgen sollen.»

«Sie sitzen also wie eine Spinne im Netz, während ein verstörtes Mädchen für Sie die Drecksarbeit erledigt. Sie sind keinen Deut besser als Schwerdt.»

«Feuer bekämpft man am besten mit Feuer. Niemand kommt in unserem Geschäft mit einer sauberen Weste davon.

Und ich denke, in Ihrem Job wird es nicht anders sein. Ersparen Sie mir weitere Plattitüden.»

Sie widmete sich wieder der Fernsehübertragung. Der Auftritt Charlotte Hennings schien sich in Schweinfurt mittlerweile herumgesprochen haben. Man sah erschrockene und verständnislose Gesichter.

Die bekannte Reporterin suchte nach einem Interviewpartner und fand Ute Mayer.

Hilde Michalik reagierte verärgert.

«Ich habe ihr doch eingeschärft, sich zurückzuhalten. Ihre Zeit ist noch nicht gekommen.»

Aber Ute Mayer hatte sich offenbar von ihrer Ziehmutter gelöst. Sie traf nun eigene Entscheidungen.

«Wir sind alle sehr betroffen», sprach sie in die Kamera. «Ein unfassbarer Vorgang. Ich möchte mich im Namen aller aufrechten Parteikollegen für das Verhalten von Werner Schwerdt bei Charlotte Henning und ihrem Mann entschuldigen.»

«Die Vorwürfe richten sich nicht nur gegen den früheren Generalsekretär», hakte die Reporterin nach. «Die Parteispitze soll darin verwickelt sein. Wie stehen Sie dazu?»

Hilde Michalik fuhr auf. «Halte deinen Mund. Du ruinierst alles.»

Doch Ute Mayer glaubte, ihre Zeit sei gekommen.

«Wir werden ohne Ansehen von Person und Amt für Aufklärung sorgen. Das verspreche ich Ihnen und allen Wählerinnen und Wählern im Land. Die Fraktion der Frauen wird mit diesem Saustall aufräumen. Eine neue Ehrlichkeit schafft sich Raum.»

«Stellt sich die Fraktion der Frauen damit dem Votum der Wähler, als Alternative zu den bisherigen Kandidaten?»

«Wir sind bereit, Verantwortung zu übernehmen – auf jeder Ebene, in jeder Position.»

«Schluss damit», rief Hilde Michalik aufgebracht.

Sie griff zum Telefon und tippte eine Nummer ein.

«Ich nehme an», sagte Kilian, «damit haben Sie nicht gerechnet.»

«Ich rechne mit allem», erwiderte sie, «darauf können Sie sich verlassen.»

Am anderen Ende wurde der Hörer abgenommen. Hilde Michalik verzichtete auf Präliminarien.

«Nimm sie vom Sender. Jetzt. Sofort.»

Die Antwort schien ihr nicht zu gefallen.

«Was soll das heißen: *Geht nicht?* Du machst, was ich dir sage, ansonsten weißt du, was dir blüht.»

Noch immer konnte sie ihn offensichtlich nicht überzeugen.

«Dann lass deine Reporterin folgende Frage stellen: *Welches Verhältnis haben Sie zu Charlotte Henning?* Und sie soll sich nicht abspeisen lassen. Die beiden haben Schwerdt eine Falle gestellt. Ich sorge für die Beweise.»

«Damit machen Sie alles kaputt», sagte Kilian. «Nicht nur Ute Mayer, sondern auch ihren Club der Ehemaligen.»

Hilde Michalik scherte das wenig. «Weder Ute noch der Club haben irgendeine Bedeutung. Sie werden von anderen Netzwerken geschluckt, bis sich wieder neue ergeben. Ein ewiger Kreislauf.»

«In wessen Auftrag handeln Sie?»

«Das wollen Sie nicht wissen. Glauben Sie mir. Es sind mächtige Leute, denen Sie besser nicht in die Quere kommen.»

«Aber wenn Ute Mayer auf die Frage antwortet, dann gehen auch Sie mit ihr unter.»

«Das wird sie nicht wagen.»

Die Reporterin stellte die von Hilde Michalik verlangte Frage wortwörtlich.

Ute Mayer war verwirrt, antwortete ausweichend, bis die Reporterin unerbittlich nachhakte.

«Es liegen Beweise vor, dass Werner Schwerdt und Charlotte Henning ein Verhältnis hatten. Sie haben sich das zunutze gemacht und Ihren Vorteil daraus gezogen.»

Ute Mayer verstummte für einen Augenblick. Dann versuchte sie den Gegenangriff.

«Ich hege schon länger den Verdacht gegen eine meiner Mitarbeiterinnen, dass sie im Auftrag einer mächtigen und gefährlichen Gruppierung infame Lügen verbreitet. Geben Sie mir die Gelegenheit, und ich werde …»

Das Bild wechselte in den Saalbau. Der Regisseur im Sendestudio hatte sie vom Sender genommen.

«Sehen Sie», triumphierte Hilde Michalik, «das geschieht mit Verrätern.»

«Sie mundtot machen?», fragte Kilian. «Irrtum, es gibt einen Zeugen für Ihre Machenschaften.»

«Wer sollte das sein?»

«Er steht vor Ihnen.»

Kilian hatte genug gehört und gesehen. Es war höchste Zeit, Vroni ins Krankenhaus zu bringen. Den Rest würden die Kollegen übernehmen.

Er bückte sich und fasste Vroni am Arm.

Hinter ihm wurde eine Schublade geöffnet. Kurz darauf hörte er das vertraute, metallisch klingende Einrasten eines Hahns. Er spürte, dass eine Waffe auf ihn gerichtet war.

«Sie lassen mir keine andere Wahl», sagte Hilde Michalik. «Es steht zu viel auf dem Spiel.»

Noch bevor Kilian reagieren konnte, hörte er eine Stimme von der Tür.

Sie war laut, unmissverständlich und sehr vertraut.

«Nehmen Sie die Waffe runter», sagte sein Chef Klein höchstpersönlich.

Epilog

Die Wahlbeteiligung war unter der Fünfzig-Prozent-Marke geblieben. Noch in der Wahlnacht präsentierte sich trotzdem jede Partei als Sieger, auch wenn sie allesamt herbe Verluste hatten hinnehmen müssen. In den kommenden Wochen standen aufreibende Koalitionsgespräche ins Haus. Aber wen interessierte das noch?

Am Tag nach der Wahl ging alles seinen gewohnten Gang – so als sei eine Grippe überstanden. Die Börsenkurse zogen wieder an, Wahlversprechen wurden relativiert, die Bürger schimpften über den goldenen Handschlag für einen Manager, dessen Unfähigkeit Tausende Arbeitsplätze vernichtet hatte.

Ansonsten blieb alles ruhig.

Vielleicht lag es am frühen Schnee, der ein weißes Tuch der Unschuld über Würzburg gebreitet hatte.

Am Schalksberg fand sich Kommissar Heinlein zur Gruppentherapie ein. Thema der Stunde: *Der Angst begegnen.*

Eine Neue war dazugekommen, eine junge Frau namens Vroni. Anfangs wirkte sie noch etwas schüchtern. Doch als sie spürte, dass sie sich unter Leidensgefährten befand, die ein ähnliches Schicksal teilten, öffnete sie sich. Sie berichtete von ihrem Vater, den sie nur kurz kennengelernt hatte, zeigte unter Tränen die Bilder, die sie in einer Hotelbar von ihm und seiner Geliebten aufgenommen hatte. Bei ihrer letzten Begegnung im Spessart wollte er sie nicht kennen und auch nichts mit ihr zu tun haben. Das hatte Vroni bis ins Mark erschüttert. Bei diesen Worten wurde sie von einem Weinkrampf geschüttelt, der in ein leises Schluchzen überging, als die anderen Patienten sie solidarisch und voller Mitgefühl in ihre Arme nahmen.

Werner Schwerdt blieb seit jener Nacht vermisst. Er wäre auch schwer zu finden gewesen in jener unzugänglichen Felsspalte der Teufelsschlucht. Der Neuschnee bereitete ihm ein letztes, frisches Bett.

Ute Mayer war nach ihrem verhängnisvollen Interview erst einmal aus der Öffentlichkeit verschwunden. Doch schon bald sollte der neue Ministerpräsident auf sie zurückgreifen. Das tat er weniger aus Zuneigung oder wegen ihres politischen Talents, sondern weil in den Wahlkreisen überraschend viele Frauen gewählt worden waren. Diese Entwicklung galt es nicht aus den Augen zu verlieren und mit einem eigenen Ministerium zu honorieren.

Dem Vorwurf der Anstiftung zum Mord sah sich Hilde Michalik nur kurz ausgesetzt. Die Beweise reichten nicht aus, und der Staatsanwalt entließ sie in ihre verdiente Rente. Auch die Bedrohung eines Kriminalbeamten mit einer Waffe blieb ohne ernsthafte Folgen für sie. Ihr renommierter Rechtsbeistand konnte glaubhaft machen, dass sie mit der Waffe Kommissar Kilian vor der geistesgestörten Veronika Waller hatte schützen wollen. Nach vier Monaten Urlaub auf Mallorca machte sie sich dann auf den langersehnten Jakobsweg. Kurz vor der spanischen Grenze erreichte sie eine Nachricht. Ein Telekommunikationsunternehmen bot ihr eine fürstlich dotierte Stelle als Beraterin in Brüssel an. Nachdem sie am Grab des Apostels Jakobus in Santiago de Compostela die Beichte bei einem verständnisvollen Priester abgelegt hatte, nahm sie die nächste Maschine in die belgische Hauptstadt.

Bruder Vinzenz war nach der Attacke mit dem Baseballschläger der Prozess gemacht worden. Er erklärte sich in allen Anklagepunkten für schuldig. Zu seinem Glück hatte der Junge den Unfall überlebt, er saß aber seitdem im Rollstuhl. Nach Verbüßen seiner Strafe nahm sich Vinzenz Johann vor – so lautete sein bürgerlicher Name –, für die Ausbildung und Rekonvaleszenz seines Opfers zu sorgen. Er wurde ein geschätzter Mitarbeiter in der kommunalen Jugendarbeit.

Nach nur acht Stunden in der Frauenklinik gebar Pia einen Sohn. Kilian war die ganze Zeit an ihrer Seite und hieß den Neuankömmling willkommen. Er sollte auf Kilians zweiten Vornamen hören, Raphael. Auf Deutsch: Gott heilt.